KB214421

두뇌자원 나라

두뇌자원 나라

2025년 4월 2일 제 1판 인쇄 발행

지 은 이 ㅣ 송봉현
펴 낸 이 ㅣ 박종래
펴 낸 곳 ㅣ 도서출판 명성서림

등록번호 ㅣ 301-2014-013
주   소 ㅣ 04552 서울시 중구 필동로6(2,3층)
대표전화 ㅣ 02)2277-2800
팩   스 ㅣ 02)2277-8945
이 메 일 ㅣ msprint8944@naver.com

값 20,000원
ISBN 979-11-94200-72-7

두뇌자원 나라

송봉현 수필

도서출판 명성서림

앞글

케이
   팔십년 체험으로
   통일은 한글 아리랑 씨름판 동질성이라 썼어
   그런데 트럼프가 희망으로 보여
   월등 잘 사는 우리에게
   자유민주주의 하나 되는 꿈인 것 같아
   힘 한곳으로 모아 준비해야 할 것 아닌가

케이
   대척점에 선 북쪽이 핵무장 했어
   오랜 은혜나라 달래 핵 가져야 돼
   핵은 자유 생명 번영 평화 지키는 병기야

케이
   세계적인 재벌 훨씬 많아야 해
   재벌은 앞선 기술로 이루어 일자리 늘리지
   노동 착취란 마르크스 이념
   생각의 뼈까지 바꿔야 해

   두뇌자원으로 선진국에 오른 나라
   인공지능(AI) 시대만나 위태로워
   철든 정치인이면 투자하게 도와야지

케이
　지금 대통령 국무총리도 공백인 혼란
　얼어붙은 밤에 수만 명 나와서
　자유민주주의 지키겠다는 외침
　그것은 더 나은 국가 알리는 찬양이야
　거리에 수많은 평화모임에 자발적으로 나서지 않은가

사랑하는 케이.
　파란 하늘 흐르는 구름 보며 무심 중 떠오른 생각

　이제 골프장은 널브러졌어
　대덕연구단지 골프장은 기능을 바꿨으면 싶어
　과학기술자 기리는 국립묘지를 세워
　늘 숭앙하는 명소 과학나라 영원히 빛났으면

　새로운 이야기와 문예지에 발표했거나 기존 발행한 내
용도 매무시하여 미래에 대한 꿈 담아 세상에 보낸다.

2025년 봄
서울 대모산 아래 서재에서
原齊 송 봉 현

3. 왕세손 걱정

4. 연못가 맴돈 벗들

1

한글, 통일을 품다

여러분은 독립된 뒤에도 지역·이념
나누어 다투면 안된다.

- 도쿄 유학생들에게 고당 조만식

저 붉은 잎새에 충혼이

10월 27일 팔레스 호텔에서 "위기 시대와 과학기술"이란 주제의 조찬 토론회가 끝난 뒤 동작동 국립묘지로 향했다. 며칠 전 여성 수필가 J로부터 현충원 단풍이 참 곱다는 전화가 왔다.

제이는 단아한 수필가다. 글이 매끄럽고 담백하다. 좀 새침데기인 듯 고고 하지만 어울림이 따뜻하고 진솔한 고운 맘씨다. 제이의 전화가 현충원 묘비에 새겨진 사연을 알아보고 싶다는 잠든 생각을 깨워 옮긴 발걸음이다.

현충원은 목욕재계하고 경건한 맘가짐으로 찾아야 할 우리들의 성역이다. 정문에서 오른 쪽 길을 따라 가다 평장으로 배치된 묘역에 들어섰다. 깔끔하게 정돈 된 묘역. 나지막한 산으로 둘러친 공원에 내려앉은 가을 햇살이 따사롭다. 허공으로 빠져들고 싶도록 푸른 옥빛으로 채운 청량한 날씨는 우리나라 가을 하늘의 상징이다.

작은 돌비에 새겨진 내용을 차근차근 읽었다. 대부분 1970년대 초 베트남에서 전사한 병사들 묘다. 치열 했을 전투상황은 기록되지 않아 알 수 없다.

친구가 소대장으로 참전하여 베트콩 기습을 받았다. 총알이 하늘을 가르는 절체절명의 순간 "죽었구나 하는 생각과 어머님 얼굴이 스치더라"는 얘기를 떠 올리며 추모했다.

한 블럭을 돌아 본 뒤 다시 인도로 나와 한 참 걸어 오르니 오른 편에 유공자 제 2묘역 표지판이 보였다. 오른 쪽으로 이십 계단 쯤 걸어 묘역에 이르니 바로 앞에 이태규 이학박사 부부의 묘비가 서있다.

이태규 박사 회고록에서 인용한 묘비에는 국민소득 3만 달러를 일궈낸데 핵심 역할을 한 과학기술자들을 대변한 혼이 배어 있고 긍지가 빛난다. "과학도는 예리한 관찰과 꾸준한 노력이 절대 필요하다는 것을 명심하고 살았다. 다시 태어나도 과학탐구의 길을 걷겠다."

십여 기로 이루어진 묘역에는 국회의장을 지낸 곽상훈, 독립군 출신 이범석 국무총리, 애국가 작곡 안익태 선생 등의 묘가 줄지어 가지런하다.

이 박사 왼 편 옆자리엔 뜻밖에 고당 조만식 선생 부부 묘다. 북한에서 작고한 조만식 선생을 기리는 분들이 청원하여 육신은 없고 영혼만 모셔진 가묘일성 싶다. 그 묘비명이 또한 감동을 준다. "고향을 묻지 말고 일해 나가자. 인화단결은 독립 후에도 나라발전의 주요 덕목일 것이다."

일본의 조선 강점으로 캄캄한 세월, 그 때 도쿄 우리 유학생들 모임에서 한 말씀이라고 덧 붙여 있다. 이글을 읽고 눈물을 흘릴 뻔 했다. 사려 깊은 고당의 혜안, 섬광이 뇌 속으로 파고든다. 당연한 상식을 등 돌린 채 우리는 얼마나 심한 지역갈등 속을 헤맸고 이념갈등의 수렁에 빠졌는가.

문호 이어령 선생은 "사과 껍질 빛깔이 각기 달라도 벗기면 모두 사과다. 민족동질성에 상처를 내는 이념논쟁은 이제 종식되어야한다"고 강조한다. 역사 시간에 사색당파 싸움에 분노를 느꼈던 우리들이다. 지금 이념논쟁은 조선조 권력을 둘러싼 논쟁과 다를 게 없다는 생각이 든다.

하기야 갈등 없는 사회가 있겠는가. 소크라테스는 이념이 다른 실세들에게 독살 당했고 제자 플라톤이 이집트에 망명하여 연구한 이론이 "왕은 철학자가 맡고 통치그룹은 엘리트집단이, 공직자재산은 공동관리"를 주장한 것이 세월이 지나면서 오늘의 공산주의 최초 이론의 씨앗이 되었다.

이는 도편으로 뽑은 의원들이 숫자로 밀어붙여 사랑하는 스승을 죽음으로 몰아 엇나간 고대 그리스 민주주의에 대한 비판이기도 하다. 예수는 이교도들에게 십자가에 못 박혀 죽임 당했다.

오늘 날 높은 이상과 사랑 도덕 윤리를 세워 인류의 추앙 받는 분들의 이념이 당대를 끌고 간 실세들과는 맞지 않은 사례다. 동서양 공히 보통으로 살아가는 우리들의 한계인가 싶다.

"내일 지구가 멸망해도 한 그루 사과나무를 심겠다"는 스피노자는 "현실을 현재 눈으로 보지 말고 먼 뒷날의 눈으로 보라"고 충고 한다.

인생도 역사도 시간도 현충원에 떠도는 바람처럼 스쳐 간다. 우리는 '경제건설'과 '민주화'를 아름답게 이룬 장한 나라다. 우리역사에 희생과 단비를 뿌린 세대로 긍지를 가져도 될 것이다.

큰 틀에서 보면 일제 강점이후 역사적 과제는 통일이지만 쉬운 일이 아니다. 남북화해 속에 왕래가 자유롭다면 어떤 현상이 일어날지 훤히 보이지 않는가.

여기 누워 있는 수많은 애국자들. 독립운동가 6.25를 이겨 낸 장군과 일반장교, 사병, 경찰, 모두 거룩하게 살다 간 삶 앞에 숙연해 진다.

하나 된 자유 민주통일국가 성취만이 독립운동가와 전쟁에서 희생된 영령들이 지향한 뜻에 합당하리라 생각된다. 여긴 분열이 없고 질투 갈등 펏대 세워 침 튀기는 좌파 우파 논쟁도 없다.

성역 현충원. 파란 하늘 아래 비친 「저 붉은 잎새」에도 충혼이 깃들었으리라 상상에 빠진 시간이다.

두뇌자원 나라

1

짧은 내 삶 체험 속에 조국은 60여 년 전 보릿고개 때 칙 뿌리로 연명하여 퉁퉁 부은 얼굴(전북 장수군 번암 지지리:1964년) 에서 5천년 빈곤을 말끔히 씻고 천국 같은 선진국 백성 삶을 누린다. 이는 유엔 설립 후 새로 가입한 150여 국가 중 우리만이 올라선 유아독존이다.

새해아침 떠오른 붉은 태양을 바라보며 이 나라를 일으켜 세운 실상들을 생각한다. 기독교가 융성한 나라에서 목회자들은 하나님 은총이요 기도의 힘을 제일 앞자리에 내 세운다. 천운의 덕을 배척하지 않는다. 그런데 누더기 악순환에서 화려한 선진국 옷을 갈아입힌 것은 《《첨단기술》》이다.

그 기술 개발의 치열한 상황을 엿본 단편들을 돌아본다. 그 과정과 내용을 한 편의 글에 담기는 내 능력도 부족하고 글의 양과 내용도 매우 허술함을 고백한다.

아랍 국가들은 땅 속에 묻힌 석유를 캐내 일하지 않고도 부를 누리고 있다. 우리나라엔 그런 지하자원이 없거나 미미하다. 그렇다면? 〈두뇌자원인 과학기술자들〉이 '첨단기술'을 일으켜 금자탑을 세운 은혜를 모르고 스치는 모습들이 매우 아프다.

1956년 국제 전력電力대가 미국인 워커 리 시슬러(Walker Lee Sisler)는 경무대로 이승만 대통령을 예방했다. 호롱불 아래서 책 읽던 시절이다. 전력부족에 번민하는 이대통령에게 시슬러는 작은 나무상자를 열어 우라늄과 석탄 덩이를 꺼냈다.

"우라늄 1그램은 석탄 300만 그램(3톤)과 맞먹는 에너지가 있습니다. 석탄은 땅에서 캐내지만 원자력은 사람의 머리에서 캐내는 자원입니다. 과학자들을 기르십시오."

이후 이대통령은 빈약한 국고를 덜어내어 연차적으로 200여명의 우수과학자들을 선발하고 1인당 6천 달러씩 지급하여 선진국에 유학 보내 과학자들을 길렀다. 6천 달러는 당시 우리 형편에 파격적인 큰 돈 이었다고 이승만이 기른 유학생이 회고한다.

이대통령은 당대에는 빛을 볼 수 없는 먼 미래를 내다보고 인재를 길렀고 원자력원을 설립하여 시험로 2기基를 들여와 이 땅에 원자력 싹을 틔웠다.

박정희 대통령이 존슨 지원금 6백만 달러 사용처를 청와대 비서관들과 협의했다. 존슨대통령을 기리자는 다양한 의견이 나왔다. 그런데 2급 공무원 선박기술자 고00은 "선진국들은 모두 과학이 발달한 나라입니다. 이공계연구소를 세우면 어떻겠습니까." 건의에 공감하여 다른 비서관들의 제안을 묻고 이공계연구소인 KIST를 세웠다(KIST 강당을 존슨 강당이라 함). 박대통령은 해외에 머물고 있는 이대통령이 육성한 과학두뇌들을 특별예우를 하며 귀국케 했다. 당시 과학기술은 허허벌판 황무지였다.

　연구소는 처음 중소기업기술지도로부터 시작하여 선진국에서 배운 기술을 접목하기 시작했다. KIST가 자리 잡아가자 정부는 표준 기계 화학 전기 해양 항공우주… 등 과학기술 관련 정부출연연구소를 세워갔다.

　한편 이대통령이 기른 천재과학자 정근모(23세 최연소 박사 미국 미시칸주립대 물리학 · 하버드대에서 과학기술정책 이수)가 1969년 제안 한 『이공계특수대학(현 KAIST)』 설립을 교육계의 반대에도 박대통령이 수용하여 졸업생에게 병역특례 직업알선 등 특혜를 주어 우수과학두뇌 해외유출을 막고 중화학공업 등에 소요인력을 뒷받침했다. 학교관리도 교육부서 아닌 과학기술처(부)가 맡도록 했다.

　1966년 KIST 설립 후 정부출연연구소의 놀랄만한 고도기술 성공사례는 〈원자력발전국산화(원자력 연)〉〈고속전철개발(철도 연)〉〈자체인공위성 발사(항공우주 연)〉〈농약신물질 창출과 제약국산화기반구축(화학 연)〉 등이다. 이 기술들은 선진 몇 개국만이 보유 한 탁월이다. 대형과제 국산화는 수많은 과학기술자들의 땀과 치열한 탐구 시행착오들이 떠받힌 황금숏대들이다.

2

　1980년대 말 이후 30여 년 간 2개 기업이 우리나라 총수출

20%를 유지하고 세계시장 70%를 점유해온 메모리반도체는 부자국가로 성장하는데 큰 획을 그었다. 전두환 정부 때 500억 원 예산을 확보(과학기술처)하여 한국전자통신연구소주관하에 S·H·L 3개 대기업에 년 100억을 지원하며 연구결과는 3개월마다 토론케 했다.

사장들은 '일본' '독일' '미국' 3개 선진국이 세계시장을 점유한 상황에서 반도체개발은 승산 없다는 뜻을 과기처에 전했다. 과기처 보고를 받은 청와대 1급 비서관이 대기업대표들을 만났다.

"정부가 돈 벌자는 것 아니지 않은가. 거액 국고지원도 하고 임금은 올려 달라 아우성인 현실 타개는 기술혁신 밖에 없어 보인다." 선진기술도전이 담긴 말은 간절함이었다. 더구나 K그룹해체 후 날 세운 정부 청와대 관계자 말에 기업들은 위엄에 끌렸을 성도 싶다. 보고를 받은 기업총수들은 참여를 결단했다.

연구수행 3년쯤 후 정부는 "지원도 멈추고 손 떼십시오." 하고는 S기업 연구팀이 세계 최대용량 메모리 반도체개발 성공을 발표했다. 3대 기업들은 국내외 관련인재를 모아 전력투구했다. 기술의 새로운 제품 개발과 생산력 증가는 국내 노동조합 임금상승 요구를 품어 용해한 전환점이 되기도 했다.

이때 각 신문 방송들은 흙속에 묻혀 드러나지 않은 나무를 떠받치는 '뿌리'처럼 보이지 않은 과학자들의 연구현장을 찾아가 고뇌로 채워진 숨은 이야기를 속속들이 보도하여 전 국민의 환호와 축제분위기를 연출했다.

우리들 눈에 잘 뵈지 않은 '과학기술자'들 애환이 담긴 이야기였다. 30여 년 간 삼성과 SK(현대전자 인수,LG는 아이엠에프 때 구조조정)가 수출한 메모리 반도체로 우리나라 경제발전과 국민 소득향상은 눈부셨다.

민간기업의 연구가 활성화 되면서 현대중공업 민계식 박사 (MIT)가 상위 직 반대와 질책을 참아내며 외롭게 개발한 '힘센 (HIMSEN) 엔진'은 성능이 뛰어나고 값이 싸 세계 선박회사들에서 주문이 쇄도하여 현대중공업을 세계적인 선박회사로 비약시켰다. 현대조선 상사들이 민박사가 개발한 엔진탑재를 거부하여 독일의 한 엔지니어가 운영하는 선박회사를 찾아가 처음 탑재케 한 일화와 과학자 민계식을 생각하면 찡하다.

이동식 전기 생산에도 사용되어 국교가 없던 친북 쿠바가 (2024년에 대사관 설립) 외진마을에 전력공급 용으로 사용했다. 소요전력 30%를 「힘센엔진」으로 생산한 쿠바정부는 감사의 표시로 화폐도안(15페소)에 힘센엔진 사진을 넣어 사용하고 있다. 외국화폐에 우리과학자가 개발한 엔진모형이 들어있다는 광채는 국민들에게 잘 알려져 있지 않은 신화다.

민 박사는 현대조선회장퇴임 후 KAIST석좌교수로 재임 시 중국으로부터 현대조선 회장연봉 3배씩 지급하겠다는 제안을 거부한 조국만을 생각한 반듯한 애국자다.

생명을 앗아가는 코로나19가 세계적으로 퍼졌다. 이 때 소규모 우리벤처기업이 세계최초 코로나 식별 키트를 개발했다. 국내 뿐 아니라 미국을 포함한 세계 각 나라에서 주문이 쇄도했다. 외교 채널까지 동원하여 우리가 개발한 키트 구입을 위해 아우성쳤다.

과학자가 5천만 국민들에게 통쾌한 승리감을 안겨줬던 일을 기억할 것이다.

한국의 에너지자원 자급률은 5% 내외다. 시슬러의 '머리에서 캐내는 자원(과학자들의 기술창조)'으로 석유 등 값비싼 자연자원이 없거나 빈약한 속 고도의 기술인 원자력발전을 국산화하여 값싼 전기를 넉넉히 공급해왔다. 그런데 지도자 한 분이 반 원전 정책으로 영국의 우리원전도입접근을 막아버렸다. 흑자이던 전기회사가 빚더미에 올랐고 전기요금 인상압박, 기술자 국외유출 등 원전생태계를 해체수준으로 몰아넣었다. 폴란드에 가서는 우리원전안전성을 들며 교섭하는 자가당착 안타까움도 있었다.

한국번영의 밑바닥에는 잘 뵈지 않은 과학자들의 첨단기술이 지하수처럼 흐르며 전자 선박 철강 반도체 등 선진국 기업을 앞지르며 달려왔다.

과학기술자들의 톡톡 튀는 창의와 기술은 건설 분야에서도 세계최고층건물(두바이)과 교각 없이 최장 다리(터키)를 우리기업 기술자들이 건설했다. 터키 대통령과 김부겸 국무총리가 준공식 테이프를 끊고 교량을 질주하지 않았는가.

2023년 국민소득 3만 6천여 달러 선진국으로 치솟은 우리산업 바닥에는 두뇌자원인 과학자들이 개발한 세계 1등 기술로 생산된 제품을 국제시장에 팔아 벌어들인 달러라는 것을 생각하면 나는 황홀 해 가슴이 뛴다.

정주영 이병철 박태준… 등 앞선 경제 지도자들의 탁월도 선진국으로 이끄는 존경스러운 경제인들이다. 삼성전자 수원단지 뜰

한편엔 "과학기술은 문명의 원천이다" 마치 독립선언 하듯 이 회장 상반신 동상 아래 새겨 있음을 기억하며 일했다.

이승만 (과학자양성 원자력 시작) 박정희(산업화성공 한강의 기적) 전두환(첨단기술 공략, 기술선진화)은 독재라는 비판을 받지만 선진국 탑을 이룩한 빛의 대통령들이다. 전두환은 광주학살 책임자로 지탄 받는다. 그러나 우리기술을 선진국 반석에 밀어올린 은혜로움도 함께 기억되어야 한다.

노태우대통령은 보수이면서 왼쪽 깜빡이를 켜고 중국 구소련 동구라파 공산국가들과 과감한 수교로 경제시장을 확 넓혔다. 요즈음 남북문제는 마치 진보정당의 독점물로 곡해 되고 있는데 사실 보수정권 노태우 대통령이 민족통합과 화합 차원에서 둑을 무너뜨렸던 것이다.

3

박정희 대통령 서거 때 기업연구소는 40개 1인당 국민소득 1,700 달러로 당시기준 중진국 반열에 올랐다. 경제기획원장관을 역임한 석학 이한빈 박사는 "중진국으로만 잘 관리해야지 더 나아가려다 넘어질 수 있다"고 중앙공무원 교육특강에서 강조한 말씀이 저 멀리 아득하다. 전두환대통령의 선진 첨단기술 공략의 성공으로 석학의 충고도 무색해 졌다.

선진국으로 뛰어오른 획기적인 전환점은 전대통령 때의 〈민간

기업연구소 육성 확산〉과 〈국가연구개발예산(132억→현 30조원 내외)〉 지원 특단조치의 두 날개가 기술혁명을 일으킨 계기다. 기업연구소는 기술 용광로로 세계기술을 앞질러 갔다.

1980년대 초 전대통령은 수출은 우수제품이 많으면 이루어진다고 수출의 날 행사를 중지시킨 뒤 〈기술진흥확대회의〉를 개최했다. 전 국무위원, 정부출연연구기관장 모두, 대기업총수, 저명 과학자들 200여명을 청와대 영빈관에 모아 놓고 대통령이 회의를 주재했다.

회의 때마다 과학기술처는 선진국에서 생활하다 귀국한 과학자들의 고견을 담고 우리 경제학자들 의견을 융합하여 선진국을 지향한 기술발전 안을 보고했다. 이 회의에서 결정된 사안은 각 부처가 법령개정까지 하며 기술개발 지원에 발을 맞췄다.

전대통령은 기술진흥확대회의를 11번 개최했다. 전 국무위원들과 과학자 기업가들이 한 자리에서 기술 공략을 토론한 것은 세계기술역사에 사례가 없다.

첨단기술공략 그 높은 전략은 과학기술의 힘을 깊이 이해한 경제기획원출신 김재익(아웅산 순직) 경제수석 건의였다는 평가가 정설처럼 알려지고 있다.

첨단기술로 열린 기적의 황금열매는 연구시설과 조직을 갖추고 과학자기술자들을 연구원으로 채용하여 연구케 한 대기업들도 깜짝 놀랄만한 것이었다.

'두뇌자원인 과학자들'이 동해바다에 일렁이는 아침태양 빛처럼 아름답게 가슴 탁 트인 빛깔을 우리가슴에 안겨준 열매였다.

이후 중견기업 중소기업으로 연구소는 확대 되었고 대기업 중에는 세계적인 기업으로 부상하기도 했다.

이때부터 각 부처 장관과 공무원들도 과학기술에 관심 갖기 시작했다. 국가연구비 집행은 일반 사업비 집행규정으론 어렵다. 과학기술처(부)가 창안하여 감사원등과 협의한 탄력적인 연구비 집행업무를 각 부처에 알려주어 지금은 공업부문 뿐만 아니라 보건 농림수산 환경 국방…대학 전반으로 연구비가 지원되고 활성화 됐다.

농촌진흥청 홍보관을 탐방했을 때 마치 생명공학연구소를 방문한 듯 활기 넘친 성과들을 보았다. 영농도 수산업도 과학기술 시대를 맞아 꽃피우고 있다.

지금 웬만한 기업은 연구소가 있으며 기술로 창업하는 벤처기업까지 현재 수 십 만개에 이른다. 전대통령의 기업연구소 육성 이후 기업이 기술개발 중심에 서서 뛰고 있다. 단위산업과학기술연구소 박사연구원 수가 정부출연기관을 앞지른 사례도 있다.

공과대학 연구실에서도 톡톡 튀는 성과가 나오고 있다. 지방자치단체 장들도 과학기술산업 단지를 조성하고 과학기술 지원에 바쁜 발걸음이다. 과거 기술천시 사상에서 기술을 앞세워 한국을 환골탈태케 했다.

과학기술은 중립이다. 민주화투쟁에 앞장섰던 대통령들도 과학기술을 중시했다. 김대중 노무현 대통령은 진보진영이었지만 경제정책 과학기술지원업무는 박정희 전두환 대통령의 정책을 뒤집지 않고 이어달리기를 했다.

김대통령은 반 원전을 표방했다가 원전수용, 과학기술(부)로 승격, 정보화고속도로 구축, 과학훈장제 신설, 수출관세를 낮추는 칠레와 자유무역협정을 처음 추진했다.

노무현대통령은 과학기술부장관을 '부총리'로 격상 시키고(오명) 정보통신 산업자원 국토건설 등 이공계출신 장관을 가장 많이 기용한 대통령이다. 비서실장까지 이공계출신을 기용하기도 했다.

전 부처로 확산된 과학기술연구업무를 과학기술부총리가 평가 조정케 했다. 한 · 미 자유무역협정을 체결하여 대미수출에 큰 획을 그었다. 한 · 러 협력으로 인공위성발사기술의 국산화 토대를 다졌다.

세계로 경제영토를 넓힌 데는 우리두뇌자원인 과학기술자들의 탁월성과 노력 근로자들의 땀 당당한 기업인들의 해외시장개척의 어우러짐 속에 우리경제는 질주해 왔다. 우리 기술 현장을 보고 선진국인 미국 유럽인들도 눈이 휘둥그러진다. 두뇌자원들이 일으킨 기술혁명으로 벌어들인 달러는 돌고 돌아 우리들 주머니도 부풀게 한다.

2024년 노벨경제학 수상자 3명이 한국의 경제성공을 언급하며 원인설명을 못했다(2024년 11월 4일 조선일보 강경희 칼럼: 노벨상 수상 때는 '민주주의 실현이라' 언급)고 한다. 노벨 경제학 수상자들도 우리 두뇌자원들이 일으킨 과학기술혁명의 뿌리를 천착하지 못했던 것 같다. 자유민주주의 분방도 과학기술자들의 창의활동에 역동성을 일으켰을 것이다.

만시지탄이지만 40년 묶어 둔 장거리 미사일 코뚜레를 풀어준 바이든 미국대통령이 한국방문 때 대통령과 회담 전에 〈삼성반도체 시설〉을 먼저가고 트럼프 당선자가 윤대통령과 통화에서 "선박기술 협력"을 제안했다고 한다.

이보다 앞서 2024년 8.15기념예배에서 깜짝 놀랐다. 원로 홍정길 목사는 "한국기술 힘을 빌리지 않으면 미국해군은 머잖아 중국에 밀린다." 자동차 반도체 전자제품 등 각 분야에서 우리기술의 뛰어남을 예찬한 목회자는 처음이다. 김진홍 목사도 한국인 5대 우수성에 '기술의 뛰어남'을 들추고 있다. 두 분 모두 북한을 많이 다녀온 목회자다.

시내버스 도착 시간을 실시간 예고하고 버스와 지하철 환승 교통시스템이나 2시간대에 부산 목포 등 국토 끝에 도달한 한국기술. 전국을 휘도는 포장된 도로를 질주하는 자동차 정경을 우리들이 상상 해본 일이 있었던가. 필자는 청소년 시절 마을 앞 신작로에 자갈 깔기 부역의 고통스러웠던 일이 서럽게 아른거린다.

국민 2인 당 한 대꼴의 차량보유와 그 연료 충당 우후죽순처럼 세워지는 아파트 난방의 원할 한 공급만으로도 놀랍고 에너지공급 우려를 해소한 기적이라 생각한다. 1970년 정부 세종로청사 입주 때 주차장은 전혀 고려되지 않았다.

경제적 여유로움은 체육을 솟구쳐 올려 올림픽이나 아시안 게임에서 당당하다. 문화면에서도 르네상스를 구가한다. 〈채식주의와 소년이 온다 등을 쓴 한강〉이 모든 문인들과 국민의 여망인 꿈의 〈노벨문학상〉을 받았다. 이 기적은 한국문학과 나라 격을 드높였다. 노벨문학상은 선망의 경지 아닌가. 노벨상의 영예에도 이 넘놀이 한 분들이 있다. 세계인들의 이목이 집중된 스웨덴노벨상 수상인터뷰에서 우리말로 담담하게 답하는 한강작가. 그 장면은 허술하나 문단에 이름올린 사람으로서 가슴 벅찬 승리감이었다.

강남스타일 방탄소년단으로 시작 된 노래와 율동으로 세계 젊은이들 가슴을 뒤흔든 K팝그룹의 활동으로 한국은 활기차고 더 빛난다. 내 정서엔 거부감이 있었지만 오징어게임도 세계인들 가슴까지 파고들었다.

우수두뇌자원인 과학기술자들이 일으킨 나비효과로 체육 문화 예술 교통 복지 등 각 분야에서 태풍으로 이어져 퍼져가고 세계 곳곳에서 어려움을 돕는 봉사단원들이 긍지요 자랑 아닌가. 올 설에는 140만여 명이 외국여행을 떠나 지구촌곳곳을 덮었다.

신앙처럼 과학기술을 노래한 뛰어난 두 문인을 소환한다.

춘원 이광수는 소설 〈무정〉에서 여행 중 삼랑진에서 큰 홍수피해를 바라보며 "과학! 과학! 하며 조선 사람에게 먼저 과학을 줘야 한다."고 외쳤다.

미당 서정주 시인은 포항공대 뜰에 누워서(동판시비가 누워있음) "첨단기술을 일으켜라" 간절히 호소하고 있다. 춘원이나 미당이 문인이지만 '과학기술창조성'이 미래 희망임을 호소한 것은 번득이는 예지와 국가미래에 대한 깊은 고뇌 속에 솟아난 시원한 샘물 아닌가.

국민정서를 순화시키고 국가비전을 제시 하는데 문인들은 새롭게 붓을 일으킬 때다.

4

4월21일은 과학의 날이다. 키스트 발족 후 과학기술 진흥과 과학자들 지원부서로 박정희 대통령은 1967년 4월 21일 과학기술처(부)를 신설한 정부조직을 개편했다.   산하가 푸른 옷으로 갈아입은 계절처럼 한국을 과학기술국가로 세우기 위하여 출발시킨 기관은 과학기술진흥에 정려했다. 관련부처의 외면과 국민들의 무관심속 과학기술처(부)는 과학기술 황무지를 갈아엎고 씨를 뿌리며 물주고 거름을 주었다.

정부출연연구소와 공과대학 민간연구소까지 품어 대한민국 땅에 과학기술나무가 푸르게 더 푸르게 우거진 푸른 동산을 가꾸는데 봉사해온 부처다.

선배들은 후배들을 따뜻하게 배려했고 후배들은 선배들을 존경심으로 받드는 온유하고 화기애애한 분위기의 일터였다. 선진국에서 활동하다 귀국한 과학자들의 의견을 겸허히 수렴하며 경제학자들의 고견을 들어 『분야 별 과학기술 발전 중장기 계획』을 반복해서 수립해 왔다.

해외유치 박사들은 "하위 직급에서 장관까지 터놓고 얘기할 수 있는 정부기관은 과학기술처뿐이다. 다른 중앙부처는 과장 만나기도 어렵다"고 친근감을 드러냈다.

그들의 선진국체험이 반영 된 중장기 계획들은 미래를 지향한 설계도로 나에겐 깊이와 넓이가 잘 뵈지 않은 망망대해 같았다. 대통령들은 과학기술 발전계획을 격려하고 밀어주며 과학기술

행정에 힘을 실어주었다.

공무원시험합격 후 과학기술처를 희망한 것은 행복을 채워 준 일생 중 잘한 선택이었다. 그 선택은 삶을 선하고 성실로 채워 준 행운이었다. 1970년부터 과학기술관련 업무에 41년 간 심부름 하면서 우리나라 과학기술발달과 함께 일하고 공부하며 걸었기에 횡설수설 과학기술이야기를 쓰고 있다. 이권도 없고 불미스럽게 축출된 동료도 없었던 청결한 일터였다.

소위 이권이 없는 과학기술행정은 사회나 정부 내에서도 소외되었다. 그러나 실망하지 않고 멀리 시베리아에서 날아 온 흑두루미처럼 꿈을 키우며 푸른 하늘을 힘차게 날았다. 넓은 하늘의 긴 비행은 외로움이었지만 할 일을 한 순수했고 도덕이었다.

2024년 세계개발은행에서 "한국은 후발국에서 선진화 한 나라〈교과서〉"라 극찬했다한다. 국제적 권위 있는 경제관련 기관이 평가한 얼마나 기분 좋고 현실에 합당한 찬사인가.

그러나 필자는 훨씬 전인 88서울 올림픽 현장에서 세계인들이 인정하고 놀란 사실을 세계개발은행이 늦게 썼다고 변호한다. 최선진국 미국 LA올림픽보다 앞선 전산화로 전광판에 경기결과가 실시간으로 뜨고 100미터 달리기 우승자를 도핑검사로 실격시켰다. 전산화와 도핑은 과학기술처가 과학기술자들을 발굴하여 수행했던 과제로 세계 앞에 우리 과학기술역량을 넉넉히 보여 줬다.

서울올림픽은 공산주의를 뒤엎어 버린 단초가 되었다. 160개국이 참가한 화합과 평화 우리기술이 빛나는 올림픽이었다. 거리엔 국산자동차가 넘쳐나고 자유민주주의를 쟁취한 시민들의 발랄함에 많은 외국인들이 깜짝 놀랐었다.

미국식민지로 인식했던 공산국가들의 충격이 컸다. 88올림픽 체험 후 동독이 무너지고 공산종주국 소련이 해체 되었다. 동유럽 공산국들이 뒤집혔다. 이웃 중국도 자본주의경제체제로 바꾸며 한국과 한국을 귀하게 응대하고 기술을 배웠다. 경천동지가 88올림픽 후 일어 난 자본주의와 자유민주주의 승리 현장이었다.

한 회사가 생산성을 높이는 기술을 개발하면 다른 회사가 본받아 생산하는 때에 "기술특허제도"를 예견치 못한 4대천재 중 유일한 인문계인 마르크스가 한국첨단기술에 죽임당한 대회였다.

경제학자 슘페터의 기술동태론을 읽었다. 과학자들이 개발한 제품을 〈특허제도〉로 보호하면서 기술폭발과 노동생산성을 변혁시키는 능률에 마르크스는 연기가 되었다. 그의 공동생산 분배라는 비능률의 천국이론은 88서울 올림픽 한국의 기술과 번영 앞에 무릎 꿇었다.

5

제3의 물결인 정보화 사회를 우리들은 세계에서 선두그룹자리를 지키며 탁상 PC앞에서 웬만한 일을 처리하는 재택근무까지 앞장서서 물 흐르듯 달려 왔다.

〈인공지능 미래〉를 쓴 미국 카플란은 이제 "인간은 필요 없다"

고 주장한다. 그러나 사람은 어딘가에 동참하여 일해야 하지 않을까. 제4차 산업혁명이라 부르는 인공지능(AI) 시대가 숨 가쁘게 다가서며 두뇌자원나라인 한국도 새로운 도전 앞에 섰다.

미국은 5천억 달러(718조원)를 투자하여 선두주자가 되겠다고 선언 하지 않았는가. 중국에서 개발한 저비용 고효율의 인공지능 '딥 시크'가 세계 주식시장을 흔들었다. 딥 시크 개발자들은 일약 120조가 넘는 자산 평가를 받는다.

정치지도자들은 이 엄중한 현실 앞에 무슨 생각 어떤 경쟁을 하며 무엇을 챙기는가. 좌·우 이념논쟁은 멈추고 오직 '과학기술 지향' 단일 이념으로 통합하시라. 자연자원이 빈약한 우리는 기술이 뒤지면 빈곤국가로 전락할 위험이 있다. 세계사의 흥망을 돌아보면 영원불멸은 없었다.

지난해 말 세종대왕을 기리는 〈원정〉 과학포럼에서 한국에너지연구원 AI전문가를 초청하여 국내외 실상 얘기를 들은 적이 있었다. "교육도 기업임원들의 생각도 AI시대로 바꿔야 한다. AI 공부한 신입사원이 새로운 생산방식얘기를 하면 임원들은 되레 꾸짖는다. 그러다 바꾸면 더 나은 능률로 전변한다." 우리 수준은 미국 중국과 비교하기가 어렵다는 말에 걱정이 쌓인다.

우리 사회의 단면을 짚은 S대 재료공학과 어느 교수가 "공학도들이 일으켜 세운 위대한 조국을 달러 한 푼 못 벌어온 법률 등 인문계출신들이 사회를 흔들고 발목 잡는다."고 탄식했다.

2024년 12월 3일 계엄선포이후 나라는 혼란상태다. 대통령 국무총리 군 수뇌부가 텅 빈 상황이다. 미국 트럼프대통령이 높은 관세 칼을 휘둘러 나라마다 비상 등 켜고 달려간다. 그런데 우린 대응해야할 직책들의 손발을 꼭꼭 묶어놓았다. 임진왜란 전 동인 서인 다툼보다 더 팍팍하고 위태롭다.

한문 '법法'은 물 흐르듯 사회를 끌고 간다는 의미를 품고 있다. 지금 여 야 국회의원 사법부 등 법가들이 서로 얽혀 다투며 흘러 가야 할 강물을 막아 대 혼란이다.

어지러움 속에 S대 재료공학과 교수의 탄식처럼 달러 한 푼 못 벌면서 지도자에 오른 인문학전공자도들의 행태가 가슴을 찌른다. 슬픈 생각까지 든다.

그런데 추운겨울 수만 명의 청년들이 밤을 지세며 외친 자유민 주주의와 큰 도시마다 기독교인들이 기도와 자발적 모임 속에 더 밝은 미래가 담겨 있는 거 아닐까 위로 한다.

과학기술이 뒤지면 우리국력은 쇠락할 수밖에 없다. 자유민주 주의와 두뇌자원국가를 더 굳건히 다지기 위해 우리들은 무엇을 해야 할까. 과학자들을 숭앙하고 더 빛나게 해야 할 국가차원의 선물이 필요해 보인다.

선진국가로 우뚝 세운 과학기술자들은 독립운동가 · 군 · 경 유 공자들처럼 기려야 할 귀중한 자산이다. 유공과학기술자들을 기 리고 숭앙하는 성지聖地인 국립묘지를 조성하면 어떨까.

외국에서 생활하다 유치된 초기 과학자와 그 가족들에게 일상 화한 체력단련 시설이 필요해 대덕연구단지에 골프장을 건설했 다. 골프장이 보편화 되지 않았을 때 유치과학자들과 가족의 사랑을 받아 온 골프장은 한 시대의 소명을 잘 메꿨다고 평가할 만하다. 그런데 이제 골프장은 국내 곳곳에 널브러지고 외국으로 골프여행을 떠난다.

땅 속에 가려진 뿌리처럼 뵈지 않은 곳에서 매진하는 유공과학기술자들을 당당하게 드러내 세워야 한다. 5천년 빈곤을 씻어 선진국으로 도약하는데 주역들의 위대함이 드러나게 해야 한다.

과학시인(대덕연구단지관리소장 역임)의 소박한 제언을 과학기술정보통신부 장관이하 관계자(대덕특구포함)는 대덕정부출연기관장 협의회와 출연기관노동조합 등과 과학기술자국립묘지를 논의했으면 싶다.

두뇌자원인 과학기술자들이 지구상에 한국을 높이 솟구치게 한 기적을 이어가도록 연구단지 골프장을 〈과학기술자국립묘지〉로 바꾸는 논의와 결단이 필요해 보인다.

대역전逆轉의 위기

　우리 앞에 놓인 가장 큰 과제 하나는 인구절벽이다. 세계에서 출산율이 제일 낮은 국가이면서 방안을 찾지 못한 채 헤매고 있다. 두뇌자원으로 솟아오른 나라가 뒤를 이어 갈 뒷받침인 아이들 울음소리가 잘 들리지 않은 것은 위태로움의 허허벌판이다.

　워드로 간략하게 1쪽짜리 대안을 만들어 윤석열 후보 여의도 원*룡 정책총괄을 만나러 갔다. 외출 중이라며 너무 많은 방문객 때문인지 팀장도 못 만나고 실무자에게 전달하고 돌아 왔다. 그 때 승리하여 원자력발전 복원도 꼭 이루어 달랬다.

　「부 총리급 인구총괄부서」를 만들어 결혼 출산 육아 초등교육 건강 노인복지까지 아우르고 세제 재정지출 등 전반적으로 검토 해야한다고 적었다. 쉽게 할 수 있는 건 먼저하고 긴 시간이 걸리는 건 따로 여야를 초월한 전문가 팀을 만들라는 내용이다. 한 기업 총수가 사원이 애를 낳으면 1억 원을 주는 파격인데 국가가 앞장서야 할 일에 30%정도 세금을 부과 한다니 헛기침이 나온다.

　2024년도 봄에 윤대통령이 인구절벽문제를 챙겼다. 싸움만 건다는 야당도 흔쾌히 동참을 표시했다. 여의도 선거 캠프로 찾아가 실무자를 통해 제안 했던 것이 눈에 띄었을 리는 없겠지만 인구절벽해소는 국민공감사항이다.

새롭게 추가하고 싶은 제안이 있다. 여야가 인구절벽 대책을 세울 때 "낙태제한법을 추가하기를 바란다.(트럼프도 생명존중 차원에서 시행 언급) 년 32만 명의 낙태숫자는 현 출산아기보다 많다. 산모생명이 위험 할 때로 전문의 2명 동의로 한정하면 어떤가. 결혼 여부를 떠나 출생아는 똑 같이 보호 받도록 관련 법령을 정비 해 주시라." 간곡히 건의 드린다.

결혼 안하고 나은 자식은 혼외자식으로 구분 말고 대등하게 보호하는 절차적문제도 프랑스처럼 과감히 수용하면 어떤가.《국토방위》다음으로 『결혼과 출산기피 현상을 뒤집는 고강도 정책이 필요하다』는 사랑담은 연서戀書다. 그 방대한 재정지출과 세법을 전반적으로 검토하자는 것은 국가와 기업의 출산장려책에 지혜를 모으자는 제안이다.

이름 없는 시인이 권력의 숲속으로 들어갔다가 서명한 글과 연락처를 밝힌 종이쪽지만 실무자에게 전하고 물러 선 아쉬움이 공론화되기를 바라며 풍선처럼 띄웠는데 최근 대통령이 희미한 시인생각과 같은 내용을 발표했다.

"싸우면서 큰다."는 말이 있었다. 그러나 지금은 자칫 폭력으로 몰린다. 필자가 어렸을 때 시골에서 또래들과 어울려 자란 남성들은 잘 놀던 동무와 한 번쯤 싸운 추억을 간직하고 있을 것이다. 상대를 넘어뜨려 위에서 짓누르다가 밑에 깔렸던 동무가 불끈 쓴 힘으로 뒤집혀 위에 올라타고 짓누른 싸움. 어렸을 적 뒹구는 싸움은 역전에 역전을 거듭했다.

역전에는 짜릿한 전율이 있고 상쾌한 카타르시스가 있다. 우리가 대표를 뽑는 선거나 운동 구경을 할 때에도 자신이 지지한 후보나 응원한 팀이 이기면 기분 좋다. 그런데 처음부터 끝까지 우세하여 승리 하는 것보다 처음엔 열세로 끌려가다가 전세를 뒤집어 이기는 역전의 맛이 훨씬 충만감을 높여준다.

앞머리에 언급한 것처럼 우리에게는 차단해야할 심각한 역전 현상의 질병이 깊어져 치유책을 못 찾은 채 헛발질 해왔다. 저 출산! 1980년대 말까지만 해도 아이를 많이 낳는 것이 경제성장의 저해 요인으로 인식 되었다. 가족계획요원을 면 동 .단위까지 배치하여 "둘 만 낳아 잘 기르자"고 강조하며 예비군훈련 아파트당첨 특혜까지 주며 정관수술을 권장 했다.

보통 4-6명쯤 낳는 다산의 상황과 먹고 살기도 힘든 때라 "식량은 산술급수로 증가 하는데 인구는 기하급수로 증가 한다"는 마르사스의 인구론은 정곡을 찔렀다. 인구증가가 경제발전의 저해요인이라는데 이르렀다.

의료기술과 의약의 발달로 피임과 단산 정관수술이 가능하여 가족계획정책 목표를 무리 없이 달성해 가는데 뒷받침 했다. 그 대열에 적극 동참하여 장수산골에서 가족계획요원 나*자와 밤에 마을부녀회를 찾아 가 설득한 것과 둘만 낳은 우리 부부는 국가정책을 잘 따른 반열에 오른 셈인가?

그런데 교육수준이 올라가 여성의 사회진출이 활발해 지고 도시 집값이 폭등하면서 아기를 낳아 기르는 모성애보다 힘겨움을 피하는 의식이 팽배해 졌다. 이제는 결혼 기피 출산회피로 이어진다. 도시에서 아이를 낳아 기르는 것은 무척 어려운 환경이다. 그렇지만 '민족의 소멸'이라는 소름끼치는 암이 깊어지고 있는 것을 방치하다시피 정책이 찔끔거린다. 중환자가 된 나라에 치유의 가능성이 보이는 확실한 정책이 없다. "제 먹을 것은 지니고 태어난다."는 농업사회 전래 의식은 홍수에 떠내려 간지 오래다. "자식 많은 것이 오복 중 하나"이던 아버지 시대의 가치관은 폐기 처분 되었다.

오늘의 급속한 결혼기피 현상과 저 출산은 국가를 위태로운 천 길 벼랑 앞에 세웠다. 실효성 있는 대책이 요구 된지 오래다. 경제가 선진국 언저리를 밟았고 자유민주주의를 성취한 자랑스러운 대한민국이 왜 이런 어지럼증을 치유하지 못할까. 정권마다 소리만 높지 근본적인 심각한 우환에 종합처방 없이 긁적거리며 우쭐대기만 했다.

젊은이들에게 행복한 가정을 꾸미고 아이를 낳아 기르는 즐거움을 안겨 줄 대책을 내 놓을 책무가 정부에 있다. 여야 정치지도자들에게 있다. 아기 울음소리 듣기가 바이올린 소리보다 귀해졌다. 문 닫는 초등학교가 늘어나는 비명소리가 들린다. 산부인과와 소아과가 문을 닫고 있다.

시골에서 공직생활 할 때 가족계획에 열정을 쏟았던 나*자 여사님. 부메랑으로 돌아와 가슴 찌른 얄궂은 현상에 어디서 회한에 젖어 있을 것 같네요. 출산의 대 역전 현상 앞에 슬픔에 빠져 있을지도 모를 젊음을 태우던 나 여사를 생각한다.

통일 품은 한글

소설가 김홍신은 "물은 맛이 없고 공기는 향기가 없다. 그래서 우리는 매일 마신다." 좌 · 우를 초월해야 한다는 말로도 들린다. 광복 후 우리는 미국의 도움을 많이 받았다, 나는 은혜국가로 규정하지만 무기 개발을 통제한 것은 실수지 싶다. 장거리미사일 발사를 40년간 못하게 한 어리석음을 드러냈다. 또한 미국은 한반도 비핵화에 실패하여 북한은 핵무장국가로 질주하는데 우리는 못하게 꽁꽁 묶는다.

현시점에서 우리 '안보의 최선은 북한과 대등한 핵무기를 보유한 것이다.' 이는 물과 공기처럼 필수다. 미국 핵정책의 변화를 끌어내 우리에게 '핵 불가'의 전자 팔찌를 떼어내 남북 간 핵 균형아래 평화로워야 한다.

파키스탄 인도의 사례에서 국력에 차이가 있어도 전쟁 억지력을 보여준 핵무장을 교훈삼아 여야 정치인은 핵보유 지향에 머뭇거리지 말고 미국을 설득해야 한다.

다른 무기들이 아무리 뛰어나다고 해도 핵무장을 한 북한을 무력으로 이기겠다는 말은 허언이요 망상이다. 미국은 우리가 핵무기를 개발토록 하든지 아니면 미국의 핵무기를 재 배치해야 남북

평화공존이 가능 하다.

좌파 우파 나눔이 도를 넘고 있다. 트럼프 대통령도 김정은을 추켜 세우며 다가서지 않는가. 트럼프는 친북 좌파인가? 정치지도자들은 평화와 화합이 본이다. 그러나 절대적인 핵병기를 갖춘 뒤에 남북화합이 가능하다. 트럼프의 대북 속셈은 알 수 없으나 북한 핵무장을 인정하니 한국의 핵무장을 허용할 가능성이 높은 미국대통령 아닌가. 주한미군 주둔 비용 올려야 한다지만 핵 균형을 이룬 뒤에는 외국군이 주둔할 필요가 없을 것이다.

핵 균형의 안정 속『통일은 한글이 품고 올 것이다!!』한글은 남북이 공용하는 모국어 바탕이다. '유대인'들을 보면 2천여 년을 나라 없이 떠돌면서도 후대들에게 모국어를 가르쳐 지켜냈다. 그랬기에 세계 2차 대전 뒤 적대세력 한 복판에 '이스라엘'을 세워 고토를 찾아 지키고 있다. 일제 강점 아래 한글학자들은 창씨개명의 살벌함 속에도 한글사전을 만드는 등 한글을 지켜냈다.

이에 비하면 '만주족'은 중국대륙을 점령했으나 만주어를 잃어버려 만주족 만주국도 소멸 되었다. '두 사례는 모국어와 국가존립의 깊은 관계'를 알기 쉽게 보여 준다.

남북은 역사와 전통문화도 뿌리 깊게 공유한다. 즐겨 부르는 아리랑도 유네스코에 문화유산으로 함께 등재했다. 민속놀이도 복장 습속도 공유한다. 남북은 핵의 균형 속 절대 화평을 추구해야 한다.

한국판 이솝우화 같은 풍선 날리기 기 싸움은 허망 아닌가. 80년간 통일을 외쳐도 이루지 못했다. 자유교류 속 세월에 맡기면 독일의 사례에서 보 듯 백성들이 살맛나는 나라를 선택 할 것이다. 북한 외교관들을 포함한 고급장교 군인과 3만4천여 월남(탈북)인이 본보기 아닌가.

화평하게 지낼 때 남쪽의 번영과 자유로움이 북쪽에 퍼져 죽음의 선을 넘은 분들이 답 아닌가요. 외국에 나가 자유분방함을 본 분들이 한국을 택하고 있지 않은가.

우리안보는 핵 균형이 시작과 끝이다.

지금 한국은 세계가 부러워 한 번영과 민주주의를 성취했다. 첨단무기 수출국가가 되었다. 그러나 일당 백 핵무기는 갖지 못하고 있다.

국제PEN한국본부에서는 매년 「세계한글작가대회」를 10회 째 성황리에 열었다. 국문학의 석학. 국내문인. 해외동포 작가. 외국인 한글연구자들도 참여하여 토론한다. 독일인 알브레히트 후베는 훈민정음연구가 깊다. 한글이 소리를 가장 다양하게 할 수 있는데 세계어로 통용되지 못함을 "묶여 있는 영웅" 이라 탄식했다. 〈2024년 노벨문학상 수상자 한강이 2023년 광주대회 특강에서 시- 단편- 장편소설〉쓰기 과정을 얘기했다. 맨 부커 인터내셔널상과 노벨문학상 작품 "채식주의" 만큼 어렵고 재미는 없었지만 오늘날 한국과 한글의 자존을 얼마나 높이고 있는가. 2024년 대회 후 광화문 현판을 한문에서 한글로 바꾸자고 성명을 냈다.

영국의 언어학자 존 맨은 "한글이야 말로 모든 언어가 꿈꾸는 알파벳"이라 했다. 석학 이어령은 한글은 '하늘 땅 사람'을 아우른 전자시대에 맞는 과학적인 글자라고 열변을 토했다. 세계 문자

평가대회에서 한글이 금메달을 받지 않았는가. 치솟은 국력과 함께 한글은 퍼져나가고 있다. 문화의 기반인 우리글이 빛나고 있다. 한글로 쓴 이야기책이 번역되어 2024년 한강이 노벨문학상을 받았다. 국격을 높인 큰 선물이다.

'한글문화축제 속에 남북통일의 길이 아른 거린다.' 지속해 가다보면 장차 북한작가들도 자리를 같이할 날이 올 것으로 기대한다. 외래어 한글화에 한글학회와 국어학자들은 힘 써야한다.

서양의 그 많은 과학기술, 의학, 건설, 심지어 법률용어 등을 동양의 '한자'화한 일본학자들 노력은 놀랍다. 논어에도 주역에도 없는 단어들은 오늘날 한국 중국 모두 일본학자들이 서양용어를 동양 글자로 바꾼 덕을 보고 있다.

국제PEN한국본부가 국내 문학단체 모두를 아우르고 해외동포 작가들까지 품는 세계한글작가대회를 만들어가고 있음은 아름다움이요 장차 통일의 씨앗을 심는 일이다.

강화도 애환

　강화도의 수난과 아픔은 나의 아픔이요 민족의 수난이다. 강화도를 「물 위에 핀 꽃」이라고도 한다. 섬의 아름다움에 시詩적 감성이 들어 있다. 참성단 올라가는 산등성이서 감성의 눈으로 바라보니 짙푸른 숲의 나무들은 꽃술이고 들쑥날쑥한 땅 모양들은 꽃잎이다.

　강화는 여름소나기 한 줄기 지나간 뒤 따가운 햇살 받으며 웃고 있는 수련睡蓮이요 봉긋 내미는 아름다운 유방이다. 한강 임진강 예성강이 강화에 와서야 발을 펴고 힘주어 섬을 떠받치고는 오대양을 들락거린 바닷물과 어우러져 돌며 강강술래 한다.

　강화는 우리역사의 만만찮은 자리에 서 있다. 단군이 하늘에 제사를 올린 '마니산 참성단'이 으뜸 표상으로 그 아래 여러 역사적 사건과 유적이 널브러져 있다.

　선사시대에 세워진 고인돌은 상상의 바람을 일으킨다. 큰 고인돌은 길이 육 미터 너비 오 미터가 넘는 지석묘로 돌이 아닌 '고인바위'라 해야 옳을 성 싶다. 기중기로 들어 올리는 기술시대에 살면서 선사시대의 사람으로 거슬러가 그려볼 때 고인돌은 불가사의다.

사람의 힘으론 움직이기 어려운 큰 돌로 기둥을 세우고 그 위에 넙죽하고 두꺼운 바위를 얹은 묘는 그 공사과정이 궁금하다. 이렇게 독특한 묘는 문화유산 중 보통 권력의 상징 아니던가.

경주의 우아하고 당당한 왕릉 중국의 진시황 묘 이집트의 피라미드가 그렇다. 세계문화유산으로 등재된 강화 고창 화순 등 전국에 퍼져 있는 고인돌 무덤의 주인공들은 어느 정도의 신분에 오른 사람들일까.

하루가 다르게 변하는 사회 속에 장례문화도 속절없이 달라진다. 슬픔과 낭만이 뒤섞인 상여소리가 멎은 지 오래다. 펄럭이는 만장이 뒤를 따른 상여행렬. "이제가면 언제 오나." "허이 허이 어와너 어나리 넘자 어와너". … 마을을 떠난 꽃상여는 좁은 논두렁 길을 지나 조심조심 산으로 갔다.

몽고에 쫓긴 고려 임금과 왕실이 삼십구 년 간 머문 고려궁터에 들어서니 황량하고 안타까운 감정이 몰려와 갈증을 일으킨다. 도방을 이끌던 최우도 힘없는 고종도 세월 앞에 허무하긴 마찬가지다.

밖에서 백성들은 사나운 몽고군에 짓밟히고 삶은 피폐로 치닫는데 왕과 통치 그룹은 해전 경험이 없는 몽고군의 약점을 간파하고 안전한 곳으로 찾아 든 것이다. 중국은 물론 이슬람권까지 제패한 막강 몽고군을 불심을 일으켜 물리치겠다는 것은 그 간절함에는 고개 숙인다. 적절한 전략은 아니다. 결국 몽고에 무릎 꿇을 걸 백성들만 피비린내 나는 더 가혹한 삶을 이어가게 하였다.

궁터 안 조선조 때 세운 왕실도서관인 외규장각에선 목에 핏줄이 팽팽 해진다. 1866년 프랑스군이 강화에 침입하여 외규장각에 보관 중인 의궤를 탈취해 갔다. 외규장각 의궤는 나라의 큰 행사를 치르는 내용과 소요비용들을 적은 기록과 컬러그림으로 국왕 열람용의 중요 자료다.

고급종이에 정성껏 쓴 글씨와 안료로 곱게 채색한 그림을 비단과 놋쇠물림으로 장정한 품격 높은 예술성까지 겸비했다. 그 귀중한 문화재를 탈취해 간 뒤 145년 만인 2011년에 대여 형태로 돌려줬다. 그들은 시치미를 떼며 문화국행세다. 빼앗겼던 약자의 격한 감정을 가늠한 바람이 텅 빈 궁터의 먼지를 일으켜 간다.

1871년엔 미국함대 1876년엔 일본군이 강화에 군함을 대고 강한 힘을 앞세워 병자수호조약 체결에 이른다. 이는 일본에 국권이 넘어감을 알리는 슬픈 조종弔鐘이었다.

이처럼 강화는 고려와 조선조 천년 동안 수도의 관문으로 침략한 외적에게 눈도장 찍힌 곳이다. 조선조왕실 집안 분들의 귀양처이기도 한 강화를 책임진 「유수」는 현재 서울특별시장 격으로 어전회의에도 참석한 직책이라며 해설사의 말에 힘이 들어간다.

여러 전적지를 들러본 뒤 일 킬로미터 남짓 건너 북한 쪽을 바라보는 평화전망대에서 명료한 생각이 든다. 「부국강군」. 이는 통합의 대상인 북한만을 염두에 둔 것이 아니다. 앞으로 끊임없이 이어갈 우리 후손들의 평화와 안전 행복한 삶을 위해서 부국강군은 시작이요 끝점인 것이다.

그 고지에 도달하기 위해선 남들이 갖지 못한 일당백의 무기를 갖춰야 한다. 지금 중국과 한 판 붙는다면? 일본과 붙는다면 이길

수 있는가? 우리들은 백성들을 안전하게 지키기 위해 근원에 접근하고 실천해야 한다.

이 백성이 더 넉넉히 살고 더 행복해 질 수 있다는 것은 그간의 성과로 희망을 넘어 믿음으로 자리잡아간다. 백성들은 통치자인 머슴들이 썩어 넘어지지 말도록 똑똑하게 챙겨야 한다고 술자리에서까지 목청을 높이는 것은 슬픈 고해다.

수없이 험난한 고개를 넘어 오천 년 이어 달려온 '물 위에 핀 꽃 강화'는 우리 앞에 숨찬 소리로 호소한다. 아픔과 설움 반복하지 않으려면 〈믿을 수 있는 해결사인 과학기술〉을 사랑으로 키워 솟구치라고.

독도 지킴이
- 장거리 미사일

문우들의 독도사랑 시詩가 홍수처럼 넘쳐난다. 독도지킴이를 자처하는 시민단체들도 밤하늘별처럼 많다. 〈독도사랑은 나라사랑이요 독도지킴이는 나라지킴이다〉

일본인들은 상글상글 웃지만 표독한 사람들이다. 임진왜란 때 조선인들의 코와 귀를 베어다 무덤을 쌓았다. 명성황후를 불태워 죽인 종족이다. 그들은 독도(죽도)의 가까운 지방에서 시작한 기념식 행사를 이제는 중앙정부가 챙기고 있다. 작은 것을 파고들어 크게 펼치는 의뭉과 속성이 일본인들에게 있다.

2020년 도쿄올림픽홍보자료에도 독도(죽도)를 일본영토라고 세계인들에게 알렸다. 우리정부의 시정요구에 고개를 돌렸지만 올림픽참가를 보이콧하진 않았다. 자기네 교과서에도 점점 등재를 넓힌다. 일본은 35년간 지독스럽게 한국말살 시키기를 했다.

일부공직자들은 잊었는가. 독도 지키기에 헐렁함이 보인다. 국방부의 교육 자료에서 독도를 분쟁지역으로, 행안부 홍보영상자료에서 일본식 죽도로 표현했다가 여론에 두들겨 맞으니 낯 뜨겁다.

안보에 가장 앞서야 하는 두 부처에서 다른 분야도 아닌 자국영토 표현에 독도 사랑 5천만에게 찬물을 끼얹었느냐 말이다.

우리는 국토방위나 평화가 한 편의 시 또는 시민단체 목소리만으로 지켜지지 않음을 체험했다. 치밀하게 사료를 모으고 조직적으로 대응하며 국방기술을 일본보다 높여 국방력 즉 국가의 힘을 우위로 올려 세워야 한다.

청일, 일로전쟁에서 승리한 일본은 차근차근 우리국권을 통째로 앗아가 합방까지 했었다. 나라 지키기는 노래보다 적을 제압한 첨단무기요 강인한 국민 국력에 바탕 한 외교력이다.

국권을 빼앗겼을 때 전국적으로 의병이 일어나 싸웠지만 역부족이었다. 기술을 천시한 조선에서 소총 한 자루 생산하지 못해 돌멩이를 들기도 했다. 일본 경찰 주둔소를 습격하여 몇 자루 소총을 확보하기도 했다.

기관총 전투기 대형군함 앞에 총 없는 의병은 애국정신이 강했지만 얼마나 초라했던가. "계란으로 바위치기였다." 수많은 희생만 내고 만주로 가서 독립군 대열에서 천신만고 일본군과 싸웠다.

1919년 기미 독립선언과 3.1평화만세운동을 폈다. 평화적 호소를 총칼로 살해하여 전국적으로 900여 명의 죽음이 있었다고 파고다공원에서 기록을 봤다.

민족대표의 독립선언서와 전국만세운동으로도 나라를 지키지 못하듯 문우동지들의 독도예찬 글만으로는 일본인 생각을 바꾸는 것은 어려워 보인다. 국가 차원의 예산을 확보하고도 여객선박 독도접안시설도 못하는 사례는 독도 지키기가 만만찮음을 보여주고 있다.

국토 지킴은 애국심만으로 이루어지지 않는다. 대한제국주의 끝 무렵 배를 가르고 자결하기도 했다. 통한의 역사가 100여 년 전에 벌어진 일이다.

일본은 더 강한 과학기술국가 미국무기 앞에 손들었다. 핵폭탄 2개가 날뛰던 일본군국주의 콧대를 꺾어버린 것이다. '과학기술 역량이 전쟁에서 승자와 패자'를 결정했는데 우리는 '과학기술시대'에 강 건너 불구경하듯 외면하는 경향이 있다.

『독도지킴이는 일본 무기를 뛰어넘는 중장거리 미사일 등 정교한 첨단무기보유』가 핵심이다. 문우들이여 독도사랑 시 속에 과학기술자 예찬을 함께 담아 찬양하면 어떻겠는가.

산하엔 감성이 없다. "금수강산"이라며 우리들은 무정한 국토를 향해 사랑을 토하고 노래지어 부른다. 그러나 사랑이나 노래만으로 나라가 지켜지지 않음을 체험했다.

당나라 몽골 임진왜란 후금 침략 때도 그랬다.

참신성이 떨어진 말이지만 현실은 강대국들에 의해 분단된 아픔 속에 대립하고 있는 남북과 우리주변 상황이 늘 출렁이고 있다. 또다시 세계 강대국인 미국 중국 러시아 사이에서 생존에 긴장해야 한다.

우리를 건드리면 엄청난 보복을 받는다는 인식을 주변국들에게 심어줘야 한다. 우리가 북한처럼 다양한 핵무장을 하면 독도를 지키기는 쉬워 질 것이다.

어느 홍보전에서 이겼다고 독도를 일본이 포기할 것처럼 기뻐하는 사람들을 보면 얼마나 순진한 민족인가. 우리문우들의 아름다운 독도 애창도 순수함이다. 일본이 그렇게 쉬운 이웃인가. 어려움을 헤쳐 가는 것이 정치의 알파요 오메가다.

　대법원장 출신이 "최근 우리국력이 일본을 뛰어 넘어 가고 있다"면서도 그 원인에 대하여는 모른 듯 말이 없더라. 퇴임을 앞두었던 이용훈 대법원장은 과학기술처를 없앤 당시 대통령을 향해 "자연자원이 없는 나라에서 두뇌 자원으로 이 만큼 컸는데 그 컨트롤 타워를 없앤 것이 말이 되느냐"고 조용히 말했는데 주요 일간지에서 대서특필 하자 아차, 하고 허둥대던 일이 떠오른다.

　이제 독도지킴이는 문우들의 우국충정을 담은 감성의 글을 뒷받침할 다양하고 현란한 "중장단거리미사일과 육 · 해 · 공군 첨단무기 갖춤"이다. 일본 중국은 물론 러시아 북한도 뛰어넘는 첨단무기가 국토방위의 중심에 자리해야 한다. 그 힘은 어디서 나오는가. 『과학기술력』이다. 과학자들을 더 따뜻하게 품어 격려해야 되지 싶다.

　새해가 시작되는 아침을 맞을 때마다 거친 파도와 갈매기들만 울어대는 외진 곳 독도를 생각한다. 거기 국토를 지키는 경찰님들에게 경의를 표한다. 2024년 10월 25일을 독도 날로 선포했다. 늦으나마 다행인 것은 정부차원에서 독도 지키기 의지의 표현이기 때문이다.

　저 멀리 동해바다 외로운 섬
　오늘도 거센 바람 불어 오겠지
　조그만 얼굴로 바람 맞으니…(한돌 작사 일부)
　장거리 미사일 핵으로 막아야지.

백두산에서

백두산 영봉, 거기엔 겨레를 일으켜 세우는 정기가 있다. 우리들 마음을 끌어당기는 천지의 푸른 물은 칠천 만 동포의 분발을 채근하며 신비로움을 연출하고 있다. 중국 통치자 강택민이 "백두산에 세 번 올랐는데 구름이 가려 한 번도 천지를 못 보았다"한다. 천지는 아무에게나 얼굴을 내밀지 않은 신비로움인가 싶었다.

"동해물과 백두산이…" 애국가 첫 절을 배울 때부터 백두산이 가슴속에 자리했다. 스스로에게 백두산과 만날 약속을 하고 그리워했다. 꼭 한 번 가보겠다고 다짐한 겨레의 영산엔 5천년 역사 뿌리가 그립다며 늘 불러 댄다. 백두산 등정에 환경기술사회 등산동아리 따라 아내와 함께 동행 하는 행운을 잡았다.

8월의 서울은 드샌 더위로 숨 막힐 지경인데 백두산은 시원한 바람이 모자를 날릴 만큼 불어댔다. 우리일행은 연변동포 여성 안내원의 제의대로 꼭대기에서 만주 쪽을 바라보며 소리 높여 '애국가를 4절'까지 합창했다. 한이 될 뻔한 응어리가 노래로 표출 되어 바람에 얹혀 날아갔다.

해란강변에는 헤이그 밀사 이준설 선생 석상이 있다. "통일 되지 않고 죽으면 동해로 흐르는 해란강물에 시체를 태워 뿌려달라”는 유언대로 시체 가루를 뿌린 연해주 언덕에 하얗게 서 있다.

지금은 중국 땅으로 분류된 백두산 아래 연변은 뜻밖에도 세종대왕의 혼이 살아 있다. 한글은 모든 간판의 윗자리에 자리 잡고 있다. 또한 세종대왕과 율곡, 퇴계선생의 초상화가 그려진 화폐가 자유로이 통행되고 있다. 한국티브이방송이 위성 안테나를 타고 실시간으로 퍼지고 있다.

가정을 소재로 한 ‘사랑이 뭐 길래’ 연속극이 중국동포들을 흠뻑 빠져들게 하여 방영 시간이 되면 하던 일손도 놓고 시청하며 즐긴다고 연변동포 안내원이 전했다. 그것은 조국에 대한 동경을 더 깊게 한다고. 문화는 나라의 격을 드러내며 자연스럽게 외교관 역할도 함을 알 수 있다.

두만강 다리 국경선이나 압록 강변 단동에서 북한 쪽을 바라보면 적막강산이었다. 푸른 물도 뱃사공도 떠난 두만강 낮은 물은 목숨 걸고 탈북을 도모하는 동포의 실낱같은 희망이란다. 큰 글씨로 써서 세워 논 영웅주의의 선전판과 너스레가 답답하다.

압록강에서 탄 유람선은 국경선인 강 중심을 살짝 넘어 신의주 가까이 접근한 뒤 돌아왔다. 8월 더위 쬐 벗은 아이들의 물장구치는 모습이 어린 시절 꿈을 깨웠다.

압록강 변 중국의 단동엔 하늘을 찌르며 솟구치는 빌딩들이 급속한 발전을 과시한데 강 건너 신의주는 깊은 잠에 빠져 불구경도 못하는 모양이었다.

공산주의 종주국인 러시아도 그 아류인 동구라파와 중국도 폐기해버린 공동생산 배급의 옷을 벗어던졌는데 「주체」라는 이름을 내세워 뭉그적거린 북쪽 그 암흑. 점점 약효가 떨어진 「자존」만 내세우면 어쩌자는 걸까. 주고받고 밀리고 엎어치기하며 사는 게 삶인 것을. 안타까움을 넘어 애잔하다.

백두산에 오르고 거기서 흘러나온 두만강과 압록강을 중국 쪽에서 둘러보는 것도 편한 마음만은 아니다. 밟고 돌아본 산야가 고구려 때 우리 땅이었다.

역사를 생각하면 긴 수면에 빠진 것처럼 갈라진 남북형제가 처연하다. 21세기 개명 천지에 북한은 외로운 섬이라는 생각이 든다. 절해고도, 외로운 섬에서 살고 있는 북한 동포가 눈물겹다.

백두산 등정의 작은 소망을 이룬 기쁨 틈새로 파고드는 절절한 서글픔을 떨칠 수 없다. 우리가 귀찮은 짐이라 생각 말고 평화의 가슴으로 보듬어 껴안고 가야할 실상임을 확인 한다.

광개토대왕의 호령소리 들리는 만주벌판을 둘러보고 단동 북한식당에서 점심 먹은 뒤 북쪽 여종업원들과 어울려 남쪽 트롯을 부르고 찍은 단체사진. 그 정경과 체험을 하고 돌아서는 감회는 아쉽고 답답하다.

지금은 땅의 넓이가 아닌 우수한 기술력으로 '경제적 영토'를 넓히는 새 광개토대왕 시대를 열어가고 있다는 깨달음을 준다. 여행이 준 보람이다. 자동차를 몰고 육로로 내달려 백두 금강 묘향산에 오르는 꿈을 안고 돌아왔다.

후일 2018년 평창 동계올림픽 남북 단일팀을 이끌고 온 김영남 위원장. 통치자 김정은 여동생 김여정. 예술단의 현송월. 운동선수단 응원단 등은 세계 일등의 인천국제공항과 강릉까지 소음 없이 쾌속으로 달리는 고속전철. 전국 포장 된 도로 위를 번쩍거리며 달리는 자동차를 본 뒤 어떤 생각을 하며 살고 있을까?

손전화도 할 수 없는 당신/보고파도 기별 못한 비애/
얼마를 더 기다려야/사랑하는 만남 이루어지나/
하늘에 어우러진 먹구름처럼 껴안고/우렁우렁 소리 지르다/
왈칵 울어버리면 풀릴 것을/ 헤어져 팔십 넘은 날까지/
은빛 머리칼 날리며/가슴에 스멀거린 한/속으로 삭인 노래/
매양 부르고 누워 있다.

– 자작 시 백두산에서 전문

하나원

북쪽은 지구상에서 가장 혹독하게 통제된 사회의 하나로 평가된다. 죽을 고비를 몇 번씩 넘기며 탈북(월남)한 동포들 이야길 들으면 참으로 비통하다.

1990년 초 동독에서 전자공학을 공부하다 베를린장벽 붕괴 때 탈출한 20대 초반의 전철우가 과학기술부에 와서 한 얘기도 그랬다. 88 서울 올림픽을 TV로 보며 북한보다 잘 살고 자유 발랄함을 보았지만 막상 탈북을 결심하는 과정은 생사의 갈림길에 선 떨림이었다고 했다.

유영철과 전철우는 받아들일 체계적인 제도도 없을 때 탈북이었지 싶다. 계급사회를 부순다며 〈당원〉이란 계급을 만들어 통치한 북한은 백성이 백성 감시 하느라 국리민복을 추구할 일을 못한 듯하다.

남북교류 뒤 남쪽 영화 연속극 유행가 등이 북한에 유입되어 전혀 다른 세상 남쪽을 알아차린 북쪽동포들은 하나뿐인 목숨을 걸고 북한을 탈출해 왔다. 한국으로 넘어와 정착한 동포들이 3만 4천여 명이다. 외교관 고급장교 보위부 직원 등 다양하다.

탈북과정의 강제 북송과 두 번 세 번 탈북, 살벌한 영화장면 같은 탈출과정에서 험준한 산을 넘으며 할퀸 채 라오스 태국 등지를 떠돌며 한국에 온 얘기들이 절박하다. 왜 그래야 하는가. 왜? 그것은 애통하고 슬픈 연가로 사무친다.

남서울은혜교회 「통일선교회회원」은 탈북동포들과 어울림 마당이 있다. 교회에서 부름은 북쪽동네 남쪽동네다. 북쪽동네 교우 중엔 러시아 연해주 선교여행 때 비행기 옆자리에 앉은 인연으로 자연스레 교제가 이어지고 있다.

교회 내 통일선교회 모임은 작은 통일과 만난 기분이다. 일반예배를 마치고 따로 담임목사 주관으로 예배가 이어진다. 북쪽 동포 60여 명 남쪽 40여 명이 한 가족처럼 교회식당에서 점심 먹은 뒤 모인다.

거대한 감방인 북한험지를 목숨 걸고 탈출한 분 중엔 직업들도 다양하다. 대부분 동원 된 농민 고난의 행군 후 장마당이 생겨 밀수꾼이 많다. 김일성대학 출신들이 북한에서는 함께 못 만나는데 "서울에서 동창회"를 한다는 이야기는 웃어넘길 수만 없는 북쪽 통제사회의 실상을 드러낸 슬픈 장송곡이다.

통일선교 연장선상에서 일요일이면 간간이 하나원 봉사 단원으로 참여한 일이 있었다. 하나원은 통일부 산하로 월남 동포들이 사회 적응교육을 받는 곳이다. 일곱 번 쯤 동행했다.

은퇴한 목사 장로 집사 등 신앙이 깊고 성경에 정통한 분들 속에 나는 쌀밥에 뉘다. 내 신앙은 아직 뿌리 내리지 못한 정신세계 한 부분일 정도다. 하지만 한 때 통일부 근무를 희망할까 생각할 정도로 내게도 통일은 관심이 깊어 하나원 방문 대화는 기쁨이고 뿌듯함이었다.

교육장은 경기도 안성(여성)과 강원도 화천(남성) 두 곳에 있다. 남성보다 여성분들이 훨씬 많은 이유를 지금도 잘 모른다.

일요일 이른 시간 서울을 출발한 차안에서 김밥으로 아침을 떼운다. 선교방문 때는 교회에서 과일 빵 등 교육생들의 간식거리를 넉넉히 준비해 간다. 교육생들이 가장 좋아한다는 마른 오징어는 항상 필수품이다.

그 분들이 딱딱한 마른오징어를 좋아한 건 왜일까. 지긋지긋한 삶의 고난들을 모아 자근자근 씹어대는 자아충족기분이 있는지도 모른다. 약 2개월 정도 국정원 교육을 받은 뒤 하나원에서 정착에 필요한 3개월 정도 적응 교육을 받는다.

성인교육은 스스로 어떤 목표를 세워 성취하기 위한 교육이 아니면 한 시간도 지루하다. 안전한 정착에 필수 프로그램이겠지만 남쪽에 대한 동경과 꿈에 부풀어 사선을 넘었는데 성인들에게 5개월 정도 교육은 좀 지루한 측면이 있어 보인다.

개신교를 선택한 분들은 일요일이면 한 시간 정도 목사의 설교를 들은 뒤 우리와 교류 시간은 오전 10시쯤부터 1시간이다. 목탁소리도 들리고 천주교 미사도 진행 한다고 했다.

선교봉사단원 1명이 북쪽에서 온 동포 7-8명과 대화했다. 단원들은 교회 방침대로 준비한 표준교재를 바탕으로 나름의 설교 식 기독교 예찬론을 이어간다. 고백한대로 나는 신앙심도 성경지식도 얕다. 다만 탈북동포를 만나 대화하고 싶은 것이 솔직한 참여 동기다. 교육의 지루함에 착안하여 교회에서 정한 방식을 벗어나기 일쑤다.

탈북 후 중국에서 일정기간 지내다 온 분들이 많았다. "남쪽에 오기 전 교회에 나가 본 분계십니까." 하면 한 두 명 손을 든다. 그러면 자유롭게 그분들의 교회생활〈체험 '간증'〉을 먼저 듣는다. 체험담은 실제적이고 신나는 입담이다. 듣는 분들은 내 알싸한 성경얘기보다 동료들의 신앙 이야기가 가슴에 닿지 않겠는가.

그리고 성경 중에 교회에서 정한 부분을 준비하여 짧게 얘기한다. 10분 정도는 이곳의 삶이 무지갯빛만도 아님을 말해준다. 정착관련 질문을 받으면 거주와 직업선택의 자유가 있으므로 "국가에서 주선 해준 일터에서 열심히 살아가다 보면 어떤 길이 보일 것"이라고 했다. 두 번 갔던 화천 하나원 남성들은 기술자들이 많았다. 그분들 정착은 다소 쉽겠다는 생각이 들었다.

하나원 교육이 끝날 무렵이면 하루씩 현장 체험을 한다. 시내 안내 봉사에도 세 번 참여했다. 봉사단원 1인 1명 씩 맡아 6시간 정도 우리사회 모습을 보여주고 대화한다. 봉사단원들이 점심도 자비로 산다.

주민센터 우체국 은행 등은 반드시 방문하는 코스다. 하고 있는 일들을 살피며 남쪽생활 할 때 문제해결을 위해 찾아가야 할 기관들을 성질별로 안내한다. 그런 다음 백화점 등 시장 둘러보기에 많은 시간을 보낸다.

남북이 자유롭게 왕래하며 살고 싶은 곳에서 살날은 언제일까. 지상천국이라며 쥐어짜는 생활은 언제 해방 될 것인가.

최고 인민회의의장 김영남과 김정은 여동생 김여정도 평창 동계올림픽 때 한국의 번질 한 도로와 자동차 떼 고속전철의 맛을 보지 않았는가. 그들은 꿈속에서 한국의 번영과 자유로움을 떠올리며 실패한 지상낙원을 안타까워 할 성 싶다. 나는 핵무기균형 아래 평화공존과 자유왕래가 지속되면 좋겠다. 이런 생각 종북좌파일까?

2

하늘의 뜻

성찰하지 않는 삶은 의미가 없다.

- 소크라테스

하늘 뜻

오래 전 고흥 문화원에서 원고 청탁을 받았었다. 무엇을 쓸까 하다가 한때 심하게 충돌한 유교와 기독교에 대하여 돌아봤다. 기원전 551년에 출생한 공자는 하늘을 숭상했다. "하늘에 죄를 지으면 빌 곳이 없다" 했고 "하늘의 순리에 따르면 복 받고 역행하면 망한다."고 선언했다. 하늘이 품은 뜻 받아들여 살라는 친절한 말씀이다.

"오른 쪽 뺨을 때리면 왼쪽 뺨도 내밀어라." 인류역사에 절대사랑을 선포하고 장애와 불우한 사람들을 구원하다 십자가에 못 박혀 죽은 예수를 숭앙한다. 먼저 태어나 하늘에 순종할 것을 깨닫게 한 공자도 하늘나라 사람이요 싯다르타도 하늘나라 사람 아닐까.

배우기 좋아하고 수련을 통해 차근차근 사람다움을 지향토록 한 예(법)와 도덕을 중시하고 사랑과 용서를 실천한 공자. 공자 영혼을 절대자인 예수께서 하늘나라에 초대했을까. 공자는 "신에 대하여는 모른다고" 했다.

하늘은 무한대의 우주공간이다. 인류 역사 이래 호기심 많은 사람들과 과학자들의 끊임없는 탐구로 우주의 신비가 조금씩 벗겨지고 있지만 불가사의한 부분이 여전히 많다. 여태껏 인식해온 지구를 중심에 둔 우주. 현대양자물리학 태두 호킹 박사는 이런 우주(태양계)가 더 많이 있다고 주장하며 신을 부정했다.

그럼에도 하나(느)님과 독생자 예수는 지구가 속한 우주 밖 새로운 우주까지 관장 하는 걸까. 별 무리인 은하수는 일천억 개 정도의 별 떼로 이루어지고 그러한 은하수가 일천억 개 정도 있다는 것도 말 그대로 천문학적 숫자다. 사람의 지혜와 능력으로 가늠할 수 없는 일과 한계에 대하여는 동서양 모두 하늘에 기댔다. 하늘의 뜻에 순종할 것을 강조했다.

그런데 하느님을 신앙한 천주교가 조선사회에 전래 되었을 때 큰 진동이 일었다. 교도들은 잡혀 엄히 처벌 되었다. 순교했거나 가혹한 매를 맞고 외진 곳으로 귀양 갔다. 우리들의 큰 스승 과학 실용주의 정약용도 천주교도였다. 그래서 전남 강진에 가서 귀양 형벌로 17년 살며 목민심서 등 500여 권 저서를 남겼다.

조선사회 대대로 조상을 숭앙하는 유교사상과 법도에 흠뻑 젖어 내려온 터에 '조상의 신주'를 없애고 '제사를 폐지한 교리'(천주교는 제사 수용)는 그야말로 경천동지할 일 아니었던가.

유교를 고수하려는 보수적 관점뿐만 아니라 그 당시 보편적인 일반국민정서 측면에서 짚어 봐도 윤리와 사회질서 파괴의 가당찮은 패륜 이었을 성 싶다. 그러나 이백여 년 세월이 흐른 오늘의 우리 사회는 어떤가. 유교 기독교 불교 회교 원불교 등등 종교가 백화점 상품처럼 평화롭게 「문화의 품 속」에서 공존하는 낙원의 땅이 되었다.

어렸을 때 가정과 마을어른들 서당에서배운 유학은 도덕 윤리 예절 등이 담겨 내겐 체화 되었다. 기독교도 절대자 하느(나)님과 예수가르침에 윤리 사랑 베풂 봉사 등으로 경전이 엮어졌다. 마르틴 루터의 종교개혁 유파인 칼빈 등은 절대 청렴의 도덕재무장 운동을 벌였다. 그 유파들이 새 대륙을 찾아가 자유민주주의 미국을 세웠다.

신앙의 궁극적 추구는 사회를 바르게 이끌어 가는 큰 축이다. 공자(중국)와 예수(이스라엘)는 갈등관계가 아닌 똑같이 하늘을 숭상하고 하늘 뜻을 백성에게 전했다. 혼백이 있고 내세가 있다면 공자와 예수는 하늘에서 호형호제하며 다정하게 재내고 있을 성 싶다.

일제강점기를 돌아본다. 1,800년대 말부터 하나님 독생자인 예수를 믿으라는 외국선교사들의 영향으로 국내 목사들과 신자들의 수가 많아졌다. 그러나 천황을 신격화하며 신사참배 권력채찍에 목사들까지 달려갔다. 그런 현상이 인간의 실상이다.

북쪽 주기철 목사 남쪽 손양원 목사 등 다섯 손가락 안에 든 목사만이 "천황은 신이 아니다"며 탄압받고 옥에 갇혔다. 허망한 일인가. 참 신앙은 어렵다. 지금도 허술한 목자와 신도들이 많을 성 싶다. 신앙은 생명과 바꾸기도 하는 존엄 아니던가.

하늘을 놓고 티격대격 할 일이 아니다. 따져 보면 유교와 기독교의 갈등은 하늘에서 만난 성인과 예언자의 공통점을 외면했기 때문에 일어난 아쉬운 재앙이었다. 전통을 존중하면서 새로움을 접목시켜 싱싱한 숲을 이룰 수 있음이 종교임에도 내 유년 시절까지도 유교와 기독교는 극단으로 치달았다.

꼼꼼히 뒤적여 보면 상호존중과 이해의 여지가 유교의 경전과 기독교의 성경에 '사랑과 용서'가 씨앗으로 담겨있다. "부모에 대한 존경 간음에 대한 경계"도 같다. 사람들이 의도적으로 갈라놓았지만 오랜 세월 밀고 당기면서 이제는 아무런 일 없었던 것처럼 기독교(천주교)와 유학도는 이웃하여 걷는 비단길에 들어선 것이다.

딸이 대학 다닐 때 새벽기도에 나가면 심하게 꾸짖곤 했다. 너무 빠져들어 평범한 일상생활을 못할까 걱정 되었다. 정상적인 가정을 꾸민 딸은 아빠의 신앙 가이드로 기뻐하며 팔짱을 끼고 하늘나라 함께 가자며 좋아한다. 웃으며 예수의 품성을 닮고 봉사하는 생활이 중요하다. 교회 안에서만 구원자를 찾고 사회와 이웃 곤경에 대한 도움이 간절함을 외면하는 가짜 기독교인들이 많은 것 같다고 응대한다.

동양에서 제일 먼저 서양문물을 받아들인 일본은 100만 내외 기독교도와 대부분 토속신앙에 바탕 한 불교도인 선진국이다. 옛날엔 중국-한국- 일본으로 문화가 전수 되었다. 과학기술은 일본-한국-중국을 역주행 했음도 음미할 만하다. 일본은 우리에겐 원한이 많지만 국제사회에선 도덕국가로 평가 받는다.

세계 70억 인구 중 신자수가 제일 많은 이슬람교를 비롯하여 종교는 헤아릴 수 없이 많고 서로 존중해야 한다. 어느 종교가 가장 평화지향을 하고 사회의 어려움을 돕고 있을까.

2014년 8월18일 한국방문을 마무리하며 프란체스코 교황이 명동성당에서 연설한 말씀이 이렇다. "우리는 모두 형제이니 서로를 이해하고 평화롭게 지냅시다." 그 복음이 생각나면 살맛나고 가슴이 뛴다.

별들이 소곤대는 양화진
- 외국인 선교사 무덤

우리 삶의 사이사이엔 아쉬움이 끼어 있다. 오래되어 기억의 저편에 잠들어 생각나지 않은 묘지속의 미라가 된 사례는 수 없이 많다. 나름대로 심신을 가다듬어 어떤 일을 수행한 경우도 지나고 보면 미흡하고 모자라 한 숨 나올 때가 있다.

지난겨울 늦게까지 독한 추위를 내 뿜던 날씨도 봄의 힘 붙은 햇살에 밀려 났다. 화사함의 극치인 벚꽃도 속절없이 자취를 감추고 보슬비에 깨어난 연두색 잎들이 흔들흔들 인사 한다. 늘 아껴주는 허남 선배의 안내로 마포구 한강양화진 외국인선교사묘원을 찾았다.

기독교백주년 기념교회 봉사활동 하는 여신도를 따라 묘원의 해설을 들으며 대뜸 아, 부끄럽게 살고 있구나 하는 탄식이 나왔다. 서울에 살면서 가까이 있는 고귀한 성지聖地를 모르고 지냈다. 역사시간에 배운 국가에 기여한 선교사들도 거기서 만날 수 있었다.

묘원은 왜소하고 외면 받고 있다는 느낌이었다. 오늘 우리가 세계 속에 어깨를 겨누며 달리고 있는 데는 여러 가지 긍정적인 요인이 섞여 있다. 그 중에 기억해야할 일 하나는 새벽잠을 깨운 닭 울음인 외국선교사들이다.

'새로운 교육체계와 의료시스템의 씨를 뿌리고 자주의식을 심어주며 환자들을 보듬어 준 외국인 선교사들의 희생적인 활동'이 있다. 지금 우리나라는 교육의 열기로 첨단과학기술이 의료기술과 함께 선진국수준이다.

19세기 후반에서 20세기 전반 빈곤의 나라에 와서 고난을 뚫고 역동적으로 교육과 의료사업에 봉사하고 여기 누워있는 외국인 선교사들, 그 분들은 자기 나라에서 누릴 수 있었을 편한 생활을 버리고 낯선 한국에 찾아와 몸을 던진 현인들이다.

우리들은 그들의 고귀한 희생과 은혜를 외면하고 있지 않은가. 먼 나라로 성지순례를 떠나면서 양화진 나루 민족의 긴 잠을 깨워 준 선교사들을 잊고 지낸 것 아닐까.

〈베델〉은 구한말 민족 지사들을 '매일신보'에 영입하여 일제만행을 고발하고 애국심을 고양하다 37세의 나이로 세상을 떠나 이곳에 누워있다. 〈무어〉는 당시 천민 백정해방운동을 주도하며 복음을 전하다 장티부스에 걸려 46세에 목숨을 거둠. 〈위더슨〉 고 아들을 위해 일생을 헌신한 선교사. 〈레이놀즈〉 한글성경 번역하는 일에 매진, 한 살 되기 전 한국에서 죽은 아들 무덤도 있음. 〈하디〉 의대출신의 선교사로 1903년 원산회개운동의 주역.

〈헐버트〉 한국인보다 한국을 사랑한 외국인 선교사. 고종의 밀사로 일본 침략에 맞서 싸웠음. "웨스터민스터사원 보다 한국에 묻히고 싶다"하여 이곳에 안장. 〈캠벨〉 한국 여성을 위해 복음을 전한 선교사. 배화학당을 열어 한국의 여성을 새롭게 변화 시킨

데 헌신.

〈브로크만〉YMCA를 조직하고 실의에 빠진 한국청년들에게 비전을 제시하며 추켜세움. 이때 학생회 간사이던 이승만과 전국 각지를 돌며 학교에 수많은 와이엠씨에이를 조직하다 과로로 병에 걸려 세상을 떠남.〈스크랜턴〉이화학당을 세워 근대 여성교육의 선구자 역할을 한 선교사. 24년 동안 여성들에게 복음을 전하고 구원의 헌신을 하다 세상을 떠남.

〈아펜젤러〉배재학당 세워 민족 지도자 많이 배출. 1902년 성경번역회의 참석차 목포로 가다 배가 침몰해 순교.〈홀〉의료선교사로 한국에 와 남편과 딸을 잃고 고통 속에 43년 간 살며 시각장애인을 돌보고, 간호사를 양성했으며 결핵퇴치를 위해 크리스마스실을 발행. 3대 6명의 가족이 합장 되어 있음.

〈소다가이치〉이상재선생에게서 감화를 받고 1,000명 이상 고아를 돌본 고아의 아버지.〈헤론〉의료선교사. 제중원 의사로 활동 중 이질에 걸려 작고함. 양화진에 최초로 안장됨.

〈게일〉독립선교사로 한국에 옴. 천로역정을 한글로 번역하였고 천민출신도 장로로 세웠으며 서양의 기독교가 아닌 한국화 된 기독교를 지향. 한국의 고전을 서양에 알리는 한국학의 선구자.〈베어드〉평양의 숭실중학, 숭실대학을 세운 교육선교사. 구약성서의 한글 번역에 힘씀.

〈언더우드〉한국선교의 개척자로 평가됨. 1885년 4월에 한국에 와, 새문안교회, 조선기독교대(연세대 전신)설립, 전국에 걸쳐 그의 선교 흔적이 남아 있음. 성서번역 등 한국교회와 사회에 끼친 영향 지대함. 〈에비슨〉 세브란스병원과 의학교를 설립하여 근대의학발전에 큰 공을 세움. 제중원 책임도 맡았고 제중원 내에도 의학교를 세움, 42년간 한국에서 선교사로 일함.

〈터너〉 성공회 2대주교, 일제에 강제 병합되는 시기에 YMCA회장직을 맡아 이상재 윤치호 등 항일운동을 뒷받침했다.

어떤 선교사는 알아볼 만한 돌비를 세웠지만 대부분 플라스틱에 깨알처럼 작은 글씨의 묘비명 뒤에 '한국을 개화시킨 새벽별들이 소곤대고 있다.'

전주 예수병원에도 선교사들 묘지가 있다 한다. 기전여중을 세운 선교사는 자녀 세 명을 풍토병으로 잃고 의사인 자신도 47세에 병들어 작고했다. 의대를 졸업한 선교사들로 전주예수병원은 광복 후까지 한국 최고병원으로 평가 받았다.

〈서서평〉은 독일계 미국여성으로 31세 처녀로 광주에서 선교활동을 벌였다. 고아들을 돌보고 어려운 시민들을 희생적으로 챙겨 작고 후 처음으로 〈광주시민장〉으로 장례를 치렀다 한다.

그동안 우리들은 열심히 일하고 요원의 불길처럼 공부하며 현대의학과 과학기술향상에 절차탁마하였다. 그래서 부의 살이 붙어 여유로워진 국민. 개신교도 800만, 천주교도 500만, 기독인들과 일반인들도 이스라엘 로마 이집트 터키 그리스 스페인 등으로 성지순례를 떠난다.

〈양화진-절두성지〉도 옷매무새를 다듬고 찾아가야 할 성지다. 낙후한 조선에 와 귀한생명을 희생하며 봉사 한 그 별빛을 쐬며 지금껏 살고 있다. 생각할수록 고맙고 아름다운 성지다. 대중교통으로 접근이 쉬운 곳을 모르는 분들이 많을 것 같다.

은혜를 갚 듯 지금 한국은 미국 다음으로 많은 선교사들이 외국에 파송되어 어려운 나라 곤경한 사람들을 돕고 있다. 지원 받던 나라에서 지원하는 국가는 한국뿐이다. 이들은 대사관과도 긴밀히 연락하며 외교활동에 도움을 주기도 한다.

* 양화진선교사묘역에 관한 내용은 현지답사와 기독교 100주년 기념교회에서 제공한 자료에 터하였음.

사람은 많은데

천년 기독사회를 뒤흔들고 여진이 남아있는 "신은 죽었다"고 선언한 니체. 용암처럼 흘러넘치는 그 용감함과 열정 속에 "사람은 강한 의지와 스스로의 노력에 의하여 자아(초인)를 실현해야 한다."는 채찍이 있다. 니체는 목사의 아들이었다.

이에 대하여 인권 신장과 민주화의 기둥으로 우리 시대의 정신을 한 곳으로 모아 지탱케 한 큰 별 김수환 추기경님께서는 "그렇다. 신은 사람들의 죄를 사하여 주기 위하여 대신 죽었다"고 여유롭게 응수했다. 이어서 "각각의 사람은 무조건적으로 존엄성을 지니고 있으며 신을 닮은 생명체라며 하느님 말씀에 순종하라고" 당부한다.

옛날부터 사람이 사람을 바라본 결과는 여러 가지로 나타난다. 그것은 산을 덮은 나무의 모습이 숲으로서는 하나같지만 나무 하나하나를 뜯어보면 각기 다른 것처럼 사람의 생김새와 마음 씀씀이는 헤아릴 수 없이 다양하기 때문일 것이다.

사람은 근본이 착한데 자라는 과정에서 악하고 나쁜 사람이 되기도 한다는 주장이 있고, 이와는 결이 다르게 근본이 악하기 때문에 교육과 수양을 통해서 좋은 사람으로 성장시켜야 한다는 주장이 있다.

또한 "착한 일을 한 사람에게는 반드시 복을 내리고 악한 자에게는 화를 내린다."는 노자의 강론을 반박이라도 하듯, 임금을 도와 신하로써 최선을 다하고도 궁형(성기를 없앤 형벌)에 처한 사기史記의 저자 사마천은 "사람이 복을 누리거나 화를 당하는 것은 선 또는 악을 행함과 반드시 일치하는 것만은 아니다."라며 울먹였다.

예수는 인류의 모든 죄를 사하고 구원하고자 십자가에 못 박혀 죽음을 택했다.

석가모니는 왕자로 태어나 영화를 누리며 편히 지낼 수 있었지만 스스로 왕실을 뛰쳐나갔다. 고행을 거듭한 끝에 큰 깨달음을 얻어 최악의 환경에서 살아가는 사람들의 어려움까지 꿰뚫어보고 자비를 베풀어 끌어올리려 설산을 헤맸다.

지금도 수렁에 빠진 것처럼 헤어나기 어려워 고난 속을 떠도는 사람들은 많다. 장애가 심한 사람이나 의지할 곳 없는 노인 소년 소녀가장들을 위해 매년 큰돈을 일정한 장소에 놓아두며 이름을 감추고 어려운 분들 돕는데 써달라는 눈물겹도록 아름다운 삶을 펼치는 선한 사람도 많다.

반대편 언덕에는 막가파식으로 귀한 삶을 내던지는 사람이 있다. 생활이 편리해 지고 풍요로운데도 끔찍하리만큼 흉악한 사건들이 줄어들지 않는 것은 왜일까?

종교천국인 나라, 세상의 모든 종파는 다 모여 가히 신앙으로 덮인 듯 웅성거리는 한국 아닌가. 세계화로 다 드러내놓고 사는 나라. '도덕성과 신뢰'는 경쟁력의 지원군인데 낯 뜨거운 일이 왜 그리 많은가. "도덕 재무장운동"을 펼치는 분의 외침이다.

사회란 숲 속에는 좋은 사람 나쁜 사람이 섞여 살기 마련이지만 사람다운 사람, 아름다움을 드러낸 형제들이 늘 그립고 기대되며 사랑스럽다.

철학자 소크라테스가 대낮에 아테네의 거리에서 등불을 들고 두리번거리며 무엇인가 열심히 찾고 있었다. 제자가 "선생님 무엇을 찾고 계십니까. 무엇을 잃어버리셨습니까?"고 묻자 소크라테스는 심각한 표정으로 뜻밖의 대답을 했다.

"사람을 찾고 있다네." "사람이라니요? 이렇게 많은 사람이 지나가는데 누구를 찾으십니까." "그들은 사람이 아니라네." "사람은 많은데 사람다운 사람이 없네." 하며 한숨지었다. 고 한다. 이 솝우화 중 목욕탕 앞 돌부리와 관련된 얘기를 누군가 소환하여 빗대어 쓴 얘기 같기도 하다.

사람은 만물의 으뜸이라지만 어떻게 살아야 하는가.「무엇을 위해 살아야 하는가」하는 점에 대하여 깊이 생각하고 자신을 항상 추스르지 않으면 사람다운 사람 노릇 하기는 어려운 것 같다.

대자연 앞에 인간의 역량은 참으로 작아 보인다. 영원 가운데에 우리들의 생은 극히 짧게 아주 귀하게 머물다 간다. 이 비껴갈 수 없는 엄중함 앞에 친구야 외롭고 어려운 질병만 모여든다.

자신과 약속한 남은 숙제가 몇 남았다. 그 길 위에서 게으름까지 달려든다. 변하지 않는 것이 없어 보인다. 회상도 하고 숙제도 조금씩 하면서 선후배 동료들과 즐기며 바둑도 둔다. 문학 모임은 많이 줄였고 그런저런 직책들도 내놓았다.

소년 때 마을 길 위 많은 가래침을 고무신 신고 비벼 없애던 순수가 나의 아름다움이었다. 돌다리 사이 틈이 벌어져 굵은 돌로 메꿀 때 용강아재가 "무엇을 하느냐" 물음에 "소가 지나다 빠져 다리 부러질까봐 메꿉니다."의 소박함이 살아있는가.

여름 날 일요일 아침 앞산에 오른다. 물소리 매미소리 어우러진 오솔길, 사람을 보면 쏜살처럼 내빼던 청설모가 도망은커녕 앞발을 쳐들고 비비며 인사 한다. 사람이 준 먹이를 반복해 먹더니 이제는 마음을 열고 친해진 것이다.

뛜뛜 짝을 부른 장끼의 목소리가 산울림으로 메아리친 숲길을 걸으며 할 일의 미로를 생각하는 아침이다.

마음은 실존한가

마음의 실체는 있는 것일까. 정신의 근원이 일천억 개의 세포를 가진 뇌라면 마음의 근원은 심장일까. 오랜 동안 인류가 문제 제기 없이 지켜왔고 나도 당연히 인정해온 '마음'에 대하여 궁금증이 생겼다. 스스로 상상력의 남용에 빠져든 것인지 모른다. 20대 초반에는 나를 움직인 것은 '정신인가 마음인가'고 사색에 빠져 헤맨 적이 있었다. 그러나 '마음의 실존'에 대한 의문이 있었던 것은 아니다.

'심신心神'이라한다. 우리들의 영적세계는 마음과 정신 두 엔진이 끌고 있는 걸까. 그런데 정신의 근원인 뇌가 망가지면 생각을 비롯한 영적인 세계는 끝장인 것이 현실 아닌가. 마음의 근원인 그 어떤 엔진이 따로 작동하는 실상은 없어 보인다.

마음의 실존에 대하여 궁금함을 넘어 의아스러움이 생긴 건 완행열차여행 중 심심함을 덜려고 사서 읽던 삼류주간신문에 한 정신과 의사가 쓴 글에 번뜩 집중됐다. "마음이란 실체가 없다. 뇌의 작용에 의한 판단하는 정신만 있을 뿐이다."고 단정한 글을 읽고 곱씹어 보니 옳은 말씀이란 생각이 들었다.

그 글을 읽고 돌아보니 시신경 청각 미각 촉각 후각 등 각기 관련 감각기능을 통해 뇌에 전달되면 뇌가 종합판단하고 분별하여 어떤 결정을 내리는 것은 과학으로 입증된 사실이다. 이를 〈정신〉 이라 한다.

정신도 마음도 사진으로 찍을 수 없는 것은 마찬가지다. 그러나 눈에 보이지 않아도 정신의 실증적인 사례는 많다. 뇌경색이 깊어져 의식을 잃으면 분노와 즐거움 표현이 없다. 마음이란 가공일까. 의문이 깊어지고 갈증이 생긴 것이다.

사전적 의미를 찾아보았다. "마음이란 '의식' '감정' '생각' 따위의 정신적 작용의 총체"다. 정신이 왕이라면 마음은 황제인가.

마음의 실존을 부정한 어느 정신과의사 주장처럼 정신이면 됐지 마음을 분리할 실존적 근원과 내용이 보이지 않는다 말이야. 나는 지금 바보가 되려는 노력을 하고 있을까. 인공지능으로 만든 로봇이 사람대신 역할을 늘려가지만 감성은 없다.

「인공지능의 미래」 저자 카플란은 "인간은 필요 없다"며 인공지능자동차가 사고를 내면 누가처벌 받아야 하는가? 질문을 던진다. 한때 법률가가 되려고 뜻을 세워 헌법과 몇개 법률을 줄줄 외웠다.

나는 법을 숭엄하게 여기고 사랑 했다. 이는 세상살이에 도움이 되었다. 빠져든 우리 형법이나 민법에서 "심신장애"라고 할 때도 마음과 정신이 합쳐진 용어로 마음을 법적으로도 정신 앞자리에 놓고 있다. 인공지능시대가 보편화되면 법령도 많이 다듬어야 하는 것 아닌가.

마음에 대한 어휘는 넘치도록 풍부하다. "마음씨 좋은 사람. 맘

보가 나쁘다. 세상만사 마음먹기 달렸다. 마음이 고와야 예쁘지."
등등. 여기서 또 한 가지 특이사항을 읽을 수 있다. 눈 코 입 귀 정
신 예쁜 얼굴 등을 표현 할 때 「씨」를 붙이지 않는다. 씨를 붙이는
건 마음밖엔 없다. 이름 뒤에 씨를 붙이듯 마음 다음에 '마음씨'라
붙여 쓰기도 한 것은 한 사람을 상징하는 내용이 마음에 함축되
어 있다는 의미일 것이다.

그렇지만 지금까지 밝혀진 과학적 결과를 보면 정신이 주고 마
음이 종속 아닌가. 뇌가 분별력을 잃어도 마음씨는 따로 작동하
는가. 한국 최대재벌 회장이 말도 못한 채 최선의 병실에 누워서
지내다 작고함을 보지 않았는가. 정신보다 위인 마음이 있으면
왜 의사소통이 안 되고 업무지시를 못했을까.

서울 팰레스호텔에서『과학과 생명』이란 주제로 포럼이 있어
달려갔다. 미국 원호병원에서 이십여 년 간 성인병 특수클리닉
의료책임을 맡았던 의사님이 주제 발표를 했다. 생명현상에 대하
여 그림을 곁들여 쉽게 설명했다. "과학자들의 노력으로 생명체
의 신비스러움이 한 꺼풀씩 벗겨지고 있지만 알 수 없는 경지가
여전히 많다"고 했다. 서양 의학뿐만 아니라 한의학 성경 중국 고
전과 불경까지 인용하며 사람의 생명에 대하여 흥미롭게 풀어냈
다.

자료 중에 "마음은 생각이다. 생각은 즉시 뇌파로 표현 된다"고
기술 되었다. 정신과 의사의 "마음은 따로 존재하지 않고 뇌 작용
에 의한 정신만 있을 뿐이다"라는 코페르니쿠스적 주장 중 어느
편이 진리인가.

발표는 이어졌다. 질병과 관련하여 마음, 심장, 뇌, 면역 간의 상관관계를 심도 있게 이야기 했다. 상당 수 질병이 마음으로부터 온다고 설명 했다. 마음을 다스려 편하게 해야 무병장수 한다고 많이 들어온 이야기를 부연했다.

자유토론 시간이다. 참석자 중엔 저명한 원로 과학자들이 많았다. 평소 문학적 상상력은 키워 왔지만 생명공학에 대하여는 기초도 없는 자신을 알고 있다. 신비스런 생명에 대하여 아무것도 모르는 처지다. 머뭇거리다 손을 들었다.

"우문일지 모르지만 마음이 존재 하는 것으로 알고 살아 왔는데, 뇌의 작용에 의한 정신만이 있을 뿐 마음의 실체란 없다. 정신과 의사가 쓴 글을 읽었습니다. 글을 읽은 뒤 생각해 보니 뇌가 망가져 의식을 잃으면 그 뿐 마음이 따로 있어 회복시키는 사례가 없어 보입니다. 아직까지 마음의 근원이 확실치 않은데 선생님은 마음의 실체를 과학적으로 어떻게 설명 하는지"를 물었다.

김○○ 박사는 머뭇거림 없이 답했다. "우리들의 인체에 숨은 비밀을 지금까지 많이 찾아내 암을 극복하는 것도 가능한 부근에 와 있다. 그러나 아직도 벗겨내지 못한 비밀이 많다. '마음이란 뇌파와 심장의 파장'으로 형성 되는 의식, 감정, 판단 등으로 뇌 작용에 의한 정신만 있을 뿐 마음은 없다는 주장에 동의 할 수 없다"고 단호했다.

「뇌 작용에 심장의 작용이 추가」된 것이 마음의 근원이란 설명이다. 그러나 뇌가 망가져 뇌경색이 심해 정신활동이 멎으면 그 뿐, 심장에 의해 사유나 언어활동이 이루어진 현실은 보이지 않는다.

정신 나간 사람에게 심장이 감정과 판단작용을 회복 한다는 사례와 설명이 가능한가. 뇌사. 뇌가 죽었다는 말은 있다. 마음이 죽었다는 의학용어는 심장이 멎었다는 죽음의 최후 확인일 뿐이다. 뇌사 상태에서 심장이 뛰고 있으면 식물인간이라 한다. 〈마음에 대한 사전적 의미의 "의식 생각 따위의 총체"로 정신과 구분 짓기도 과학적으로 어리석은 일 아닐까. 어느 정신과 의사(주간지라 읽고 휴지통에 버려 이름을 기억 못함)처럼 정신만 존재할 뿐이라는 주장 앞에 마음은 위태롭게 보인다.〉

실체가 보이지 않는 "마음은 뇌 즉 정신의 종속 변수로 봐야 한다"는 삼류주간지에서 읽은 정신과 의사 주장을 따른다면 해괴망측인가. 나의 의문제기를 「정신 나간」사람이라 코웃음 칠지 모르겠다. 그러나 「마음 나간」 사람이란 말을 쓰지 않는다.

여러 생각을 뒤적이는데 이미자 장사익의 KBS 창립 기념공연 재방송 열창이 정신을 씻어내 맑게 하는 밤이다.

시련은 훈련

　1994년 여름 결혼 24 년째 되던 해 7월, 낭떠러지에 서는 위기를 만났다. 그해 여름은 기상관측 이래 가장 더운 해였다.(2024년 여름 더위가 기록을 깼다) 서울이 38도C까지 치솟았다. 속까지 타들어 간 혹독한 더위가 아내 병환을 더 깊게 했는지 돌아보면 탄식이 나온다.

　비교적 건강한 체구인 아내가 여름감기에 걸렸다. 동네 내과에 가서 진찰 받고 감기약을 지어 먹곤 했다. 그런데 일주일 이주일 낫지 않고 아픔은 심해지고 몸은 야위어 갔다. 과천서 11년 살다가 이사 온 터라 한국식 생각으론 조바심과 이사와 연관 지어 괴이한 생각이 들기도 한 허깨비로 변했다.

　3주 4주 째 되었을 땐 구토까지 하며 몸을 가누지 못하고 비틀거렸다. 지금은 삼백 미터 쯤에 아시아에서 어깨를 겨눌 만큼 명성 높은 삼0서울병원이 있다. 그때까진 새로 지어 입주한 주거지에 대형병원이 없을 때다.

　다급해졌다. 주경야독으로 대학원에서 함께 공부하던 학우 박*희가 근무하던 여의도 성모병원을 찾아갔다. 박 원우에게 그간의 경과를 얘기하고 먹는 것을 토하니 간 쪽에 이상이 있나 싶으니 병원에서 간 전문 의사를 소개해 달라고 부탁했다.

날자가 빠르게 잡혔다. 앎음이란 순기능을 절실히 느끼며 감사했다. 응급실로 들어감이 옳은 길이었겠지만 아둔한 머리가 돌질 안했는데 오히려 잘 풀렸다. 수서에서 여의도까지 내차로 가는 사이 아내는 시체나 다름없을 정도로 기력이 없다.

아무리 현직에 근무할 때라지만 그런 상황까지 방치한데 대한 부끄러운 생각을 지울 수 없다. 간 전문내과 외래 진료실.

의사 선생님께서 턱을 들어 올려 보고는 "간은 입원을 해서 여러 가지 검사를 받아야 합니다. 그런데 갑상선이 안 좋아 보입니다. 송수화기를 든 의사선생님은 갑상선 전문의에게 환자 한 분이 몸을 잘 가누지 못한데 갑상선에 문제가 있어 보이니 좀 봐 주시라."고 부탁하며 이광우 갑상선 전문의를 소개했다.

종합병원 검사를 받으려면 몇 달씩 기다려야 하는데 소낙비를 맞지 않고 빗속을 걸은 기분이다. 이광우 선생은 "갑상선 항진증이 심하다며 장기치료를 해야 한다"고 했다. 원무과 학우 박*희는 입원실을 챙겨놓고 퇴근 시간이 되어야 병실이 난다며 기다리라 했다.

특혜를 누렸다. 사실 따지고 보면 당연히 응급실로 직행해야 할 환자를 멍청하게 대처한 내 미련퉁이가 전화위복이었다. 2시간을 기다려야 입원 가능 시간이니 축 처진 환자를 차에 태우고 불볕더위에 집으로 갈 수는 없고 근처 호텔로 가려고 작정 했다. 그런데 뜻밖에 귀인을 만났다.

수간호사 분이 아내를 보고 어쩐 일이냐며 깜짝 놀란다. 아파트

같은 동에 사는 분으로 반상회 때면 아내와 만났던 이웃 지인이란다. 수간호사님은 심각한 집 사람을 보고 서둘러 병상을 마련하고 혈액주사를 정성껏 꼽아주고 입원 시간까지 누워있도록 조치해줬다. 이런 경우 "황공무지로소이다 아닌가. 하늘이 무너져도 솟아 날 구멍이 있다"는 말이 번개처럼 스쳤다. 간 전문 의사는 토하지 않을 약과 먹거리를 처방했다. 처음에 우유와 주사로 연명했다.

하루에 두 차례 왕진 올 때 간 전문 내과과장님 뒤에는 위 전문가와 다른 의사들 네 명이 함께 왔다. 약에는 갑상선 항진증 치료약도 포함 되어 있고 몇 가지의 사진들을 찍었다. 3일 째 된 날 왕진 주치 의사님께 병명을 물었다.

"아직 간은 이상이 발견되지 않았고 위암초기 증상으로 보는데 조직을 떼어 검사 중"이라 했다. 암이라는 말에 한 숨을 쉰 나를 향해 "조기 발견되면 수술도 쉽고 그만큼 안전한 거요." 라며 조직 검사 결과는 4일 쯤 더 걸린다 했다. 아내는 임신을 하면 멀쩡했던 사람이 구토를 하고 음식을 못 먹어 살이 빠지고 깡 마른다. 둘만 낳자고 한 정부의 캠페인에 솔선수범은 당연 지사로 그 임신 입 덧 때문에 쫓기다시피 정관수술을 받은 지도 세월이 흐른 뒤다.

그 와중이다. 차관이 찾는다기에 집무실에 들어갔다. 소파에 앉은 뒤 뜬금없는 말씀이 나왔다. "이번에 대덕연구단지 소장으로 가서 고생 좀 해 줘야겠습니다." 깜짝 놀라며 "왜 갑자기 저를 보내시는 겁니까?" "희망하지 않았나요?" "영국에서 돌아온 설과장이 전세 들어 갈 돈이 없어 관사가 있는 곳으로 가려고 예산도 확보하려 노력하고 있다고 들었습니다. 승진을 해서 지방에 간다면 모르지만 아무 잘 못도 없고 가려고 노력하는 동료가 있는데요. 그리고 집에서 아직 병명을 모른 채 심각한 병환으로 성모병원에 입원 중입니다."

"그래요. 희망 한 걸로 알았는데. 그럼 서둘러 장관께 보고 하세요."한다. 장관실에 들어가 상황 설명을 하니 "그래. 그런데 설 과장은 왜 가려 하는가" "3 년간 영국 가 있을 때 가족에 대한 보조가 없어 전세금을 다 쓰고 어려운 형편인데 관사가 있고 외국에서 온 자녀들 학군도 좋다 들었습니다."

"그래 알았네." 나온 길로 차관께 보고하자 "잘 되었다."고 했다. 직속 국장께 경위를 보고 하니 "아주 잘했어 그곳에 집단민원이 발생 되어 있어. 장관은 국가 소유인 복지관 입주상인들을 내보내고 어린이집으로 바꾸려는데 입주상인들이 완강히 반발 하고 있어. 희망하는 과장이 있지만 연구단지 내 연구소장들도 상대해야 하고 민원을 해결하려면 누가 가야 하는지를 장관이 고민하고 있었거든⋯."

"설 과장이 가려고 하는 것을 전혀 모르던데요." "알고도 모른 채 하는 건지 보고가 안 된 건지 알 수 없지".

아내의 고통스런 질병과 싸움이 방패가 되었구나 생각하고 한숨 돌렸다. 퇴근 하려는데 장관 비서관이 "장관님께서 좀 보시자 한다"는 내용의 통화다. 아 상황이 바뀌었구나. 낙심하며 장관실로 갔다. "자네의 가정 사정도 있는데 몇몇 간부와 상의 하니 집단

민원 해결과 연구단지 법인화를 위해 자네가 가야 한다는 의견이네. 고생 좀 하고 마무리하면 바로 본부 발령 내겠네." 돌을 씹은 기분이었다.

아내를 병실에 두고 열 받아 훨훨 타고 있는 집단민원인들이 벼르고 있는 대덕연구단지 소장으로 부임했다. 그곳으로 가기 위해 뛰고 있었던 동료에게 얘기하며 대응책을 세우도록 했어야 했다. 설 과장은 "내가 희망하여 자신을 제치고 자리를 차지 한 것으로 오해했었다"고 한다. 그 친구는 정년까지 못하고 일찍 옷을 벗었다. 행정고시 출신인데 안타까웠다. 훨씬 세월이 흐른 뒤에야 설 과장께 그 때 왜 그런 얘기를 나누지 안했을까. 그는 아무에게도 상황을 설명 받지 못 했던 것 같다.

아내는 조직검사결과 위암이 아닌 것으로 판정 나 한 숨 돌렸다. 20여 일 간 입원 갑상선 치료하고 정상으로 돌아왔다. 그 후 갑상선 항진 증 약을 2년 6개월 복용 했는데 수술하지 않고 일정 기간마다 외래에 다녔다. 명의를 만나 완치 되었으나 워낙 더위를 못 견디고 여름 감기가 걸려 힘들어 하면 재발 한 것인가 걱정 했다.

국립중앙과학관 건설시 여러 업자들에게 시련을 겪은 경험을 살려 5-6개월 만에 민원인들과 큰 부딪힘 없이 가뿐하게 해결했다. 그들은 머리에 붉은 띠를 매고 강하게 나왔었다. 나는 늘 느긋하게 하면서도 답답해하는 민원인들 편에서 생각했다. 회의 때면 시원한 콜라도 한 잔 씩 대접한 정성을 했다. 정부의 지원책은 전무했다. 직원 중에 여성 상인들을 비위 상하지 않게 잘 다루는 유

* 식사무관이 있어 상가현장에 배치하여 아침저녁으로 문안인사만 들이게 하는 사이 상인들과 친해졌다.

몇 개월이 흘렀다. 앞에 나서지 않으며 입주 상인 기둥역할을 하고 있는 층0대 출신 가게 둘 가진 분을 알아 내 연락하여 점심약속을 했다. 오·유 사무관을 대동하고 점심 먹으며 정부 입장을 설명하고 "도와 달라" 부탁했다.

20여일 뒤 전화가 왔다. "자진해서 먼저 이사하겠다."며 뜻밖에 전 직원 40명을 자기 식당에 초대하였다. 저녁과 식사와 술을 대접하여 직원과 상인부녀들과 어울리게 해 분위기를 부드럽게 하고 자신은 옮기겠다고 선언 했다.

그가 남긴 얘기는 "공무원에게 점심 얻어먹기는 처음이다. 상인대표들과 회의 때도 시원한 콜라를 줬다는 등 색다른 공무원이다"고 생각했다. 뜻밖의 풀림에 나는 감사하고 이전한 분들이 서운하지 않게 화분 보내기를 열심히 했다.

일하면서는 종종 불가사의함을 체험한다. 모두들 상당한 혼란을 겪지 않고는 풀 수 없다고 행정의 선배들도 얘기한 일이 풀렸다. 콜라 값과 점심값은 관서당 경비를 사용했다.

인력계획과장때는 베테랑 선배들도 정부협의에 실패한 광주과학기술원법을 해결했다. "독립법인으로 하면 예산이 많이 소요된다."고 경제기획원에서 비토당하고 전임 장관까지 불가함을 확인하고 카이스트 분원으로 설립하기로 결론 났다.

교육자 출신 김시중 장관은 "분원형태로는 고급인재 양성불가론"으로 강하게 나왔다. 책임과장으로선 답답했다. 이때 법인형태와 분원형태의 비용 분석표를 만들었다. 법인형태로 하면 감사실을 둬야 한데 1년에 1억 원 정도 비용이 더 든다. 표를 가지고 기획원 담당 정*방과장을 찾아가서 설명 했다. "그 정도면 법인으로 합시다."

"공무원들이 사업내용 분석은 않고 행정에 정치론리만 가지고 독립법인을 설명 하니 대단한 비용이 들어간다는 인식이 들지요. 송 과장이 내 걱정을 해소 해 줘 고맙소."

어려운 문제 해결해서 인지 기술개발국 주무과장으로 영전 발령했다.

해인사 기행

- 심인心印

　우리는 의지와는 무관하게 세상에 태어난다. 사람만 그런 건 아니다. 저 울창한 숲, 계곡에 흐르는 맑은 물속의 생명체들, 사나운 짐승, 하잘것없다고 치부하는 미물도 그렇다. 태어남도 그렇거니와 사라짐도 바람 한 줄기 스쳐감 아닌가. 사랑하는 사람이 떠남도 무지개 사라지듯 허망의 빛깔을 뿌리며 가지 않은가.

　우리는 자라면서 삶의 질을 높이는 교육을 받는다. 스스로 단련하기도 한다. 목표를 정하고 정진하기도 한다. 「의지」에 의한 삶을 채근하며 수련한다. 그리고 살아가기 위해 일자리를 구하려 도전한다. 교육은 학교나 학원에서만 이루어진 건 아니다. 일터에서도 가정에서도 배우며 익힌다. 봄이면 제비가 날아와 처마 아래 집 짓는 것은 하늘이 내린 성정인가.

　내 삶의 강줄기를 이루며 흐른 기나긴 세월을 공무원, 정부출연 연구기관, 민간 법인체 등에서 46년 일했다. 선택하기도 했고 권한 있는 임명권자가 명령한 일자리에서 정성껏 일하며 정해진 급료를 받았다.

　청소년 시절 '농업노동도우미' 성장하여 '공직' '문학과 봉사' 삼발이로 받치고 있음이 삶의 자화상이다. 좀 더 일할 수 있었으나 후배가 내 하던 일자리에서 좋은 여건으로 일할 수 있는 기반을 만들어 놓고 기쁜 마음으로 물러났다.

공무원 33년 정부출연연구소 2년 기술사법에 근거하여 설립한 기술사회에서 11년. 70세까지 급료 받고 일했으니 일복은 누린 것이라며 물러났다.

직원 7명이던 왜소한 단체를 20명 넘게, 기금 10억 원 정도를 30억 원 가까이 키웠다. 기술사 날을 정해 훈장 포장 대통령 국무총리 장관표창 등 과학기술인의 한 축인 기술자(기술사)들의 사기를 끌어올렸다. 동료 후배 공무원들의 합법적인 도움이 컸다.

그때 회장으로 모셨던 한 중견 기업인은 지금까지 년 두 차례 선물을 보내주신다. 『그리운 별님』 산문집 출판 비 400만 원 정도를 지원해 주셨다. 은퇴를 앞두고 직원들에게 한 권 씩 선물한다고 했다. 국내제약 산업을 일으키고 물질 특허제도를 적정시기까지 미룬데 공이 큰 장관 출신 채 박사님도 격려금을 보내셨다. 2024년은 문학의 기쁨이 넘친 셈이다.

내 또래 남성들은 급료를 받고 일하다 60 전 후 정년이 되면 마음 가누기가 어려울 때다 폭풍처럼 다가선 남편의 정년을 문우 정혜경은 마음을 다독이며 재운 노래가 울려 옮긴다.

고단한 외길 걸어서/ 다다른 벽/ 당신이 쉴 자리를 찾는 동안/ 문득 빈 들판에 홀로 서 있는/ 두루미의 주체 못할 자유를 본다/ 저만치 밀쳐놨던/ 빛바랜 흔들의자/ 전망 좋은 창가에 내어놓고/ 오늘은 조용한 아침/ 나는 두 잔의/ 설록차를 끓인다.

아쉽고 상처입고 노력하고 성취의 기쁨도 누린 일터에서 삶. 무심코 던진 나의 언어로 하여 남의 가슴에 못을 박은 서툰 일도 있었을 것 같아 회개한다.

비워내는 가슴속에도 문학에 대한 의욕이 화로 속의 불씨처럼 남아 있는데. 그 불씨를 살리려는 것이 남은 삶을 지탱하는 지팡이다.

지금 살아가는 기본 틀은 평온이다. 잔잔함이다. 마음이 잔잔하면 삼라만상이 아름답게 찍힌다. '심인心印.' 사색에 의해 깨달음에 이른 부처의 경지. 지난날의 직장 동료들과 어울려 봉사활동, 등산, 사진 촬영, 바둑도 둔다.

그러나 즐겁기만 하던 책 읽기는 예 같지 않다. 지금은 오래 지속 못한다. 목표의 푯대가 부러짐 때문일까. 체력의 한계 때문일까? 문우들과 어울리는 것. 그것은 반갑고 선선하다.

해인사 문학기행은 여류문인 두 명과 함께 동행 한 「흔맥문학회」세 대의 버스에탄 문인들. 글을 통해 만난 반윤희 수필가가 스마트폰 문자로 해인사 문학기행 동참을 권유해 따라왔다. 1박 2일 100 명 가까운 일행은 직지사를 거쳐 해인사와 주변 박물관 등을 돌아봤다.

사명대사(사명당: 유정)

해인사 가는 길에 잠시 김천 직지사에 들렀다. 처음 와본 직지사는 사명대사 영정이 모셔져 있다. 번득 밀양 '땀 흘리는 비'를 찾았던 일이 떠올랐다. 일찍이 조실부모하고 할아버지에게서 유학 공부하다가 13세 때 출가하여 수도했던 절이 직지사다. 출가 5년 만에 승과에 급제했다. 임진왜란 때 서산대사 제자로 승병 총사령을 맡아 평양 전투에서 크게 이겼다.

전쟁 뒤 일본에 특사로 파견되어 일본의 새로운 지도자 도꾸가와 이에야스를 만나 전후 평화를 합의했다. 붙잡혀 간 동포 3천 여 명을 귀환시킨 탁월한 스님이다. 배불숭유 조선조에서 유림들 의견을 따라 정치가 이루어졌다. 유림들의 숲 속에서 스님인 사명대사가 특사로 선발된 것만 봐도 높이 숭앙할 출중한 스승이다.

김영환 장군

해인사 입구에는 공군과 해인사가 합동으로 세운 김영환 공군 준장 추모비가 있다. 현재 유네스코 문화재로 등재된 팔만대장경이 6·25 한국전쟁 때 불타버릴 뻔한 것을 지켜낸 장한 이야기다. 퇴각하는 북한군이 해인사에 집결해 있어 미 공군 지휘부로부터 폭격 명령이 떨어졌다. 전투기 편대장인 김영환은 폭격할 경우 해인사와 팔만대장경이 잿더미가 될 것을 알고 대원들에게 폭탄을 다른 곳에 투하케 하였다.

비문을 빤히 들여다보며 지혜와 국가 보물을 지키기 위한 '배반의 용기'에 감탄했다. 팔만대장경은 그렇게 세계문화유산으로 살아남아 있다. 내 평생 아무리 노력해도 이 한 가지 일과 견줄 수 없다며 주눅 들었지만 기분 좋은 발길을 옮겼다.

여행 중 가장 의미 있는 일은 「해인삼매海印三昧」. 그것은 지금 수련하고 있는 잔잔함의 연장선상에 있다. 깊은 산속 절 이름이

어찌 바다와 연관될까. '해인사海印寺,' 바닷물에 도장을 찍는다? 무슨 깊은 의미가 있을 텐데….

　그 궁금증이 해인사를 둘러보며 풀렸다. 해인사에서 제작한 영상물을 보다가 어느 컷에서 해인사 이름이 석가모니 말씀에서 유래한 것이라고 했다. 석가모니는 설파했다. "바닷물이 잔잔하면 모든 것을 다 받아들여 품는다. 바닷물에 도장이 박힌다."

　밤이면 소곤대며 반짝이는 별을 품는다. 낮에는 바닷새와 둥둥 떠가는 구름 도장이 찍힌다. 사람의 마음도 「잔잔한」 바닷물처럼 비우고 평상심을 유지하면 삼라만상을 사랑으로 품을 수 있다. 그리움으로 벗할 수 있다. 그 깨달음에 이르도록 절차탁마하라. 가슴에 무엇이든 들어와 살도록 너그러움에 취하라. 그런 경지를 심인心印이라 한다. 이번 여행은 마음을 잔잔하게 유지하려는 어려운 훈련에 해인삼매의 석가모니 깨달음이 덧씌워진 격려였다.

소리박물관장

어렸을 때 추운 겨울날이면 무쇠 화로에 불을 담아 방안에 들여 놓았다. 화로 불은 허름한 시골집의 시원찮은 난방을 보충하고 다용도로 활용된다. 밖에서 찬바람 맞으며 연날리기나 자치기 놀이를 하다가 손을 녹이기도 하고, 밤을 구어 먹기도 한 화로는 긴 담뱃대를 물고 담배를 피우시는 아버지에겐 더욱 소중한 필수품이다.

어머니와 누님들이 바느질로 손수 만든 옷이나 예쁜 실로 한 땀 한 땀 꽃수를 놓은 뒤 화로불 속에 인두를 집어넣었다가 적당히 열을 받았을 때 끄집어내어 다리미질 하듯 동전 부위나 우그러진 수를 눌러 문지르면 반듯 해진다. 이처럼 다용도로 사용되던 화롯불도 한나절 지나면 불씨만 남고 거의 사그라진다. 누님은 불씨만 남은 화로를 부엌으로 가져가 살려내 아궁이에 불을 지펴 점심이나 저녁거리를 짓는다.

부모님과 누나 형제들이 간격 없이 지낸 날들이 가까이 다가서며 눈을 크게 뜬다. 이제는 스스로 일을 챙길 때나 만나는 「불씨를 살려라!」는 격문 같은 용어만 남아 향수를 자아낼 뿐 시골에도 무쇠화로가 사라진지 오래다. 불과 반세기 넘는 사이에 우리나라는 세계가 놀랄 만큼 공업이 발전 했다. 변화 내용도 고려와 조선 조를 합한 천년의 변화보다 더 발전했다. 사람을 대체해서 인공 지능시대에 어린 시절을 돌아보면 고고학공부를 하는 기분이다.

강릉경포 겨울바다를 보러갔다가 무쇠화로 속에서 살려낸 불씨를 보았다. 꿈의 불씨를 살려 환하게 밝히며 훨훨 타고 있었다. 손성목 관장님이 세운 『소리박물관』이 꿈의 불씨를 살려낸 무쇠화로였다. 그것은 통쾌함까지 안겨준 따스함이었다. 정부에서 챙겨 할 만한 일을 개인이 끈질기게 살려낸 찬란한 불씨였다. 번쩍거리는 요즘 건물에 비하면 전시관은 초라 하지만 진열된 전시품들은 실로 귀하고 방대하였다.

만나 보지 못했지만 손성목 관장에게 외경심을 가졌다. 30여년에 걸쳐 16개 나라에서 수집한 4천여 점의 악기 중엔 100년 넘은 제품도 많다.

에디슨 발명품이면 지구 어느 곳이든 찾아가 사재를 털어 사들인 물건들의 경이로움은 "세계제일의 자랑거리며, 미국에도 없는 에디슨의 오리지널 발명품"이라는 유치과학자 1호인 조경철 박사의 짧은 추천사 속에 전시품의 내용이 함축되어 있다.

"뜻이 있는 곳에 길이 있다"했던가. 손성목 관장은 함경도 원산에서 태어나 1948년 여섯 살 때 아버지로부터 축음기 한 대를 선물로 받은 것을 계기로 꿈을 갖게 됐다 한다. 6.25 전쟁이 터져 남쪽으로 피란 올 때에 짊어지고 내려 왔다는 일본제 콜롬비아 G241 축음기.

삶과 죽음이 갈리는 전쟁 속에 어른 들이 "무거우니 놓고 오라"

는 것을 고집스럽게 가지고 내려온 초등학교 2학년쯤이었을 손성목 소년. 이제 국민들로부터 사랑 받으며 세계제일의 홀륭한 소리박물관, 에디슨박물관 관장으로 빛을 발산하고 있다.

꿈이란 놀라움을 이루고 기적을 만들어낸다. 소년의 심금을 흔들던 축음기 소리는 손성목 관장의 이동식 전시장까지 만들어 긴 세월 이어지고 있었다.

돈이 되지 않아도 저처럼 귀한 일을 한 사람이 많아졌으면 좋겠다. 요즈음은 양평 여주 등에서 여러 가지 작은 기념관을 만나면 즐겁다. 그런 박물관에 가면 행복하다.

'꿈의 불씨'는 강릉시 송정동을 찾은 길손들 체온을 따스하게 감싸고 우리사회에 밝은 광채를 쏟아내고 있었다. 사람들의 귀감이 되는 꿈의 불씨 살리기 모음현장은 밝고 따뜻하다.

우리 모두 꿈을 갖고 살자는 전시장인 셈이다. 경포바다와 호수의 파돗소리와 화음을 이루는 소리박물관에서 열 살 전후에 세운 끈끈한 꿈을 이룬 빛을 맘껏 쏘이며 가슴에 즐거움을 가득 채웠다.

그대는 어떤 꿈을 꾸었으며 꿈을 이루며 살았는가.

단비회

뜨건 태양열만이 작열하는 기나긴 가뭄, 전답이 갈라지고 가사상태로 시든 식물들에게 목마름을 적셔주는 비, 꼭 필요한 만큼 내리는 비를 〈단비〉라 한다. 문인들은 자신의 마음을 맑게 하여 사회 곳곳에 사랑의 단비를 뿌리려는 일에 열심이다.

국민소득은 천정부지로 솟구쳤지만 사회적으로 어두운 그림자는 아직 많다. 삼십구 년 전 대덕연구단지관리소에 근무한 일이 있다. 일터 40여 명 공무원들이 박봉에서 매월 십시일반 갹출하여 야간고등학교 이학년인 소녀가장을 돕는 갸륵함이 있었다. 초등학교 오학년 때부터 도와왔다고 했다. 운전기사가 라디오에서 흘러나온 소녀의 어려운 이야기를 듣고 집에 찾아갔다. 몸을 잘 못 쓰는 심한 장애 어머니와 살고 있는 어려움을 본 운전기사는 마음이 아파 직장 동료들에게 함께 돕자고 하여 모두 참여하여 아름다움을 연출하고 있었다.

'짧은 삶 속에 훌륭한 일을 한다는 것은 생각과 자세가 중요하다. 직위의 높낮이나 지식의 정도가 문제되지 않는다는 것을 깨우쳐준 한 권의 책과 같았다.' 당연히 나도 동참했다.

단지 내에 소재한 학교 증축문제를 해결해준 일이 있었는데 관계자가 찾아와 금일봉을 내밀었다. 돈을 보면 망설여지는 것이 인지상정이다. 자세를 바로잡고 말했다. "귀 학교에 다니는 여학생을"직원들이 돕고 있는데 졸업반이다. 좋은 직장에 주선해 달라며 돈은 넣으라." 했다. 교무선생님은 중견기업에 추천하여 학생과 직원들 모두 좋아했다.

다음 도울 소년소녀를 찾기 위해 서무과장과 유성구청에 갔다. 구청에서는 어려운 처지에 있는 소년소녀가장과 홀로 사는 고령의 노인 명단을 내 놓았다. 추천 받은 소년가장 집을 방문하니 초등학교 사학년인 소년과 일학년인 누이 그리고 거동이 불편한 고령의 할아버지가 함께 살고 있었다.

아버지가 불의의 교통사고로 하늘나라로 떠난 뒤 어머니는 가계를 감당 못하고 가출해 버린 것이다. '부모님의 사랑을 받고 자랄 나이에 버거운 짐을 지고 사느냐 죽느냐'의 상황 속에서 하루하루를 보내는 꽃송이들에게 위로할 메시지는 생각나지 않았다. '장차 나라의 기둥'이 되라고 추겨 세울 용기도 없이 돕기로 결정했다.

국장에 승진한 뒤 1997년 초 기상청에 부임 했다. 본청에만 이백 명이 넘는 규모가 큰 일터에 부 기관장 격이었다. 대덕연구단지의 착한 일이 생각났다. 하루는 실 국 주무과장들과 차를 나누며 어려운 소년소녀가장 돕기를 제안했다. 신앙심이 깊은 총무과장이 입을 열었다.

"종교단체에서는 각종 구원 활동이 보편화되었는데 공직자들이 이런 활동에 참여한다는 것은 신선하고 기관 이미지도 좋아질 것입니다." 잠시 침묵이 흐른 뒤 통신과장이 받았다. "부담스럽지 않은 금액과 자유 참여를 전제로 추진하면 무리가 없을 것입니다." 과장들은 「일천 원부터 오천 원」을 상한선으로 하고 전 직원에게 취지와 자유 참여를 알리기로 결정하였다.

참여율은 80% 정도 되었다. 매월 월급에서 공제하는 일에 담당 사무관은 어려움을 호소했다. 관악구청 추천을 받아 소년소녀가장 네 명을 고교 졸업까지 지원을 시작했고 숫자를 늘려갔다.

전체 직원이 참여한 것도 아니므로 모임의 이름이 필요하다고 제기되어 공모한 결과 『단비회』라는 이름이 뽑혔다. 갈증을 해소해 준다는 의미를 담은 단비회라는 이름은 기관기능과도 잘 어울린 이름이다.

실무를 맡았던 사무관은 과장을 거쳐 국장에 승진 하여 단비회를 총괄 했다. 그후 국가에서 고등학교까지 학비면제가 시행 되었다. 총괄한 국장은 환경운동 빈민 돕기로 전환하여 전국 기상관서로 확대했다. 김 국장은 은퇴한 단비회 창립 5명을 초대하여 회원 명의의 감사패와 점심접대를 했다. 조*준 청장은 김 국장에게 훈장을 받도록 했다.

그 곳을 떠난 뒤에도 내 통장에선 단비회 회비는 80세까지 자동 이체되었다. 이제 37년 째 되는 해다. 회원들은 십시일반 모은 돈으로 연말이면 산비탈 빈곤층을 찾아 지개로 연탄을 날라 주는 등 신선한 활동을 이어가고 있다. 이런 운동이 공무원뿐만 아니라 노동조합 민간 기업까지 확산 되었으면 싶다.

5월 20일 과우회원 50여 명이 기상청을 방문했을 때 청장이 기상업무 현재와 미래를 소상히 설명해주고 질문도 받았다.

37세를 넘긴 〈기상청 단비회〉가 사회 각 단체로 퍼져나가 푸른 싹을 틔워 온 세상을 너울너울 자라게 하는 촉매구실을 했으면 좋겠다.

3
왕세손 걱정

생활은 여유로워 졌는데 윤리는 거칠어 졌다. 도덕을 일으켜
세워야 한다.

- 조선 왕세손 이석 (전주)

꿈을 이루는 길

이따금 어디론가 훌쩍 떠나고 싶을 때가 있다. 탁 트인 바다가 늘 반겨주곤 했다. 병이라면 방랑병일 것이다. 이번엔 순천에 사는 벗 청하淸霞가 병을 도지게 했다. "선암사에 '만해'선생이 머물며 심신을 단련하던 암자가 있으니 내려와 머물며 시심詩心을 닦으라"고 연락이 왔다.

2009년 마지막 날 오전근무를 마친 대로 순천을 향했다. 한 해를 마감하며 달리는 차 안, 눈 덮인 산야를 바라보는 차창에 여러 생각들이 성애처럼 엉긴다. "가는 년 오는 년 모두 걸음이 빠르다"는 한 문우의 익살도 아른거린다.

순천에서 버스 편으로 청하와 함께 선암사에 도착하니 밤이 깊었다. 고려 창건을 도운 도선과 대각국사 의천의 혼이 떠돌고 있는 태고종총림이다. 884미터 장군봉을 정점으로 아름다운 어깨와 폭넓은 바탕을 이룬 조계산 동편 삼림에 감싸인 천 년 넘은 도량이다.

사십여 동의 본사와 곳곳에 말사를 거느리고 있다. 조정래의 대하소설 「태백산맥」이 잉태된 곳이기도 하다. 깊어가는 밤 떨떠름한 뒤 살짝 단맛이 나는 국내 최고라는 작설차는 명성대로 기억에 남을 맛이다. 차 끓인 스님은 "대각국사가 차나무를 심었다"는 역사성을 보태 설명했다. 차는 적당한 온도 끓이는 정성과 그릇 등이 어우러져야 제 맛이 난다는 다도를 얘기했다.

경담慶潭주지스님의 스스럼없는 대화와 따뜻한 환대로 추위를 뚫고 오느라 얼어붙은 심신이 사르르 녹았다. 청하는 한 때 선암사에서 승려생활 하다가 현재 재가불자이지만 사찰의 여러 일들에 대하여 주지스님을 각별히 돕고 있어 주지스님이 늦게까지 기다려 차 대접을 한 것이다.

2010년 첫 날 새벽달빛에 의지하여 눈 쌓인 산길을 걸었다. 고요가 깊어 적막강산이다. 숲속에서 사랑을 속삭이던 새들은 떠나고 꾀 벗은 잡목들만 밋밋하다. 서럽게 노래하던 풀벌레도 일생을 막음 한 썰렁한 자리, 흰 눈 위에 내려앉은 달빛이 외로움을 왈칵 끌어 올린다. 눈 쌓인 새벽 산길을 걷고 걸었다.

새해 초하루 일출을 본다고 무엇이 크게 달라지겠는가. 하지만 고단한 삶을 살아가는 우리들은 무엇엔가 위로 받고 싶어 한다. 작심삼일로 끝날지라도 희망을 치켜세우고자 한 것은 그 나름의 의미가 있긴 하다. 밤 산길을 잘 못 들어 왔던 길로 되돌기도 했다.

도달한 해발 400 미터쯤. 능선 옆 「비로암자」 앞에 청하의 후배 득명스님이 차가운 달빛을 받으며 기다린다. 스님은 혹한과 겨루며 성불수도 하고 있었다. 촛불에 의존한 희미한 실내. 전날 밤 장작불을 지폈겠지만 차가운 방이다.

많은 서책들은 손때가 묻어 번들거린다. 득명이 책들과 씨름 했을 것을 떠올리니 '직사각형 책들이 전장에 나간 장수의 칼날'처럼 시퍼렇게 다가선다. 득명스님은 무슨 뜻을 품고 홀로 이 고행을 하고 있을까. 추구하는 세상은 어떤 것일까. 고난을 이겨내며 수도하는 것만으로도 인간의 한계에 도전하는 아름다움 아닌가.

얼음을 깨고 쌀을 씻어 밥을 지었을 아침식사로 시장기를 면했다. 쉰 새벽 가파른 조계 산길 사백 미터를 오른 것만으로도 삶에 의미가 있을 것 같은 충만감이다. 해님은 득명이 머문 비로암자 정면 먼 곳에서 떠올랐다. 붉은 얼굴이다가 검은 구름치마로 살포시 속살을 가리다가 다시 둥글게 솟아올랐다. 순간이지만 우리들 삶의 순탄과 고난을 연출한 것으로 느낀 새해 해돋이다.

날이 밝았으므로 팔백 미터 넘은 장군봉을 향해 쉬엄쉬엄 올랐다. "몇 년 만의 추운 겨울"이라 언론의 보도와 달리 산행하기 좋게 포근했다. 등산화도 아닌 운동화에 아이젠도 없이 내려오는 빙판길은 조심해도 미끄러져 엉덩방아를 찧곤 했다.

내려와 사찰 역내를 둘러볼 때 경담 주지스님이 다가와 "꿈을 이루는 길을 걸으면 꿈이 이루어질 거"라며 걷기를 권했다.「꿈을 이루는 길」은 오십 미터 쯤 표지를 해놓은 이벤트성 거리다. 소원성취를 기원하는 종이 등이 주렁주렁 매달려 있어 초파일 무렵을 연상케 한 소박한 길이다. 발걸음 옮길 때면 걷기를 권한 주지스님의 생각을 짚어봤다. 사찰을 찾은 분들께 희망의 불씨를 심어주자는 간절한 발원이었을 거다.

꿈이란 무엇인가? 설계요 희망이요 미래지향의 다짐이요 결연한 의지 아닌가. 내게 꿈이 남았는가? 평생교육의 창시자 존. 듀이는 "사람이 의식이 있는 한 삶의 성장을 멈출 이유가 없다"며 지속적인 학습을 채근했다. 누구든 죽을 때까지 꿈을 지니고 살라는 말과 같다.

꿈을 이루는 길을 걸으며 잠시 의미를 뒤적여 봤다. 몇 가지 일이 뇌리에 뙈리 튼다. 이 길 위에서 희망을 담고 힘을 얻는 분도 있을 성 싶다. 일장춘몽이면 안 된다. 간절해야 하고 강렬한 실천이 뒷받침 되어야 이루어진다.

2박 3일. 만해 한용운 시인이 머물렀다는 건물은 무너지고 없다. 선암사는 생소한 가람이 아니다. 엉뚱하게 큰 뒷간 해우소, 흔하지 않은 무지개다리는 아른아른 박혀 있다. 60여 년 전 남쪽 암자에서 청운의 꿈을 불태우며 겨울 한 철을 보냈다.

수련하던 남암에 가봤다. 함께 공부하던 광주에서 온 불란서어 공부에 매진하던 친구는 어찌되었을까. 늠름히 서서 군락을 이룬 측백나무 외엔 건물에 대한 떠오름이 없어 아쉬웠다. 그때 불태우던 내 꿈은 얼마쯤 이루었는가? 꿈을 새해 화두로 삼으며 부도와 돌비가 늘어선 절 입구에 내려왔다.

청하가 안내한 대로 한 비석 뒷면에 섰다. 근대불교 호남 4대 정통 맥을 이은 고승 금봉錦峯스님을 기린 비다. 손자 십여 명이 새겨 진 가장 윗자리에 「청하석종」 이름이 선명하다. 금봉, 용곡龍谷, 청하로 이어진 법통 때문에 청하가 다시금 입산과 가정 경계에서 번민하는 이유를 알 만 하다.

왕세손 걱정과 선비 혼
- 소쇄瀟灑원, 물염勿染정

시간의 여유로움 속 광주에 사는 덕헌의 손짓으로 마음을 일으켜 바람 따라 떠난 여행 길. 전주 한옥마을에 살고 있는 조선 왕세손 이석은 자택을 찾은 방문객을 스스럼없이 맞이했다. 손을 잡아주고 함께 보듬어 사진 찍고 짧은 연설도 했다.

"비둘기처럼 다정한"으로 국민들의 가슴을 경쾌하게 했던 왕세손 . 그는 국민정신을 맑게 하고 심성을 부드럽게 수련하는 운동가가 된 느낌이었다. "지금 국민들 다수는 자기 이익만 챙기는 우려스러운 수준이다. 야박스럽고 거칠고 위태롭다. 남을 배려하고 너그러운 덕성인「홍익인간」정신은 어디로 갔는가. 생활수준이 올라간 이상으로 다 함께 도덕심을 추슬러야 한다." 청교도들의 강령인 정직과 도덕. 그는「도덕재무장운동」을 벌이고 있다.

일제 강점과 왕조의 붕괴로 겪은 숱한 굴욕과 독재의 강압으로 창덕궁을 떠나 미국을 떠돌던 〈이석 왕세손〉. 그의 도덕에 역점을 둔 연설은 우아함이요 단비처럼 시원했다. 간절하기까지 한 연설을 들은 뒤 문득 함석헌 선생님 생각이 났다.

한때 함 선생님 책이나 글에 끌려 몰두했었다. 함 선생님은 막힌 가슴을 시원시원 뚫어주는 젊은 날 사사師事한 스승이다. 함 선생님 글을 읽고 스스로 돌아보며 삶의 방향을 잡기도 했었다. 오늘날 젊은이들에게 갈 길을 잡아주는 국민스승은 누구일까.

광주로 가 짙푸른 숲이 우거진 오월 하순의 무등산을 돌았다. 자동차 길은 무등 허리를 휘돌고 있었다. 소쇄원을 보고 싶다는 청에 벗 덕헌(재평)은 차를 몰며 무등산 자락에 자리한 명소들을 두루 안내했다. 벗은 마을 저수지에서 첨벙대며 자란 죽마고우다. 교육자로 교장을 역임하고 정년 후 광주에 살며 바르게살기를 실천하고 있다.

'무등無等'은 평등을 의미하는가 생각했는데 '더 이상의 등급이 없다'는 게 사전적 의미다. 최고라는 뜻의 형용사를 o사화 했다. 포장된 찻길은 해발 사백 미터쯤의 원효사元曉寺까지 올라갔고 자락을 한 바퀴 둘렀다. 원효대사는 곳곳에 자취와 설화가 남아있는 스님이다.

서편에서 시작한 길손은 안내한 대로 충장사忠壯祠를 먼저 만났다. 임진왜란 때 김덕령 장군은 오천 명 의병을 일으켜 경상도 고성, 진해 등 왜군 상륙지 곳곳에서 전승을 올렸다. 권율 장군이 이끄는 군대가 전북 이치고개에서 왜 육군을 처음으로 물리친 이치대첩으로 전라순찰사에 올랐다.

김덕령도 전주까지 달려가 왜군을 물리쳤다. 임진왜란 때 전라도와 경상도 서부 지역만 왜군이 점령하지 못한 땅이었다. 이순신과 육해 연합작전을 펴고 곽재우와 힘을 합하기도 했다. 패하기만 한 육군 속에 김덕령 장군은 승승장구했다.

국가에서는 그 공을 평가하여 김덕령을 관군에 편입시켰다. 이몽학이 반란을 일으키자 그 반란을 토벌했다. 그런데 이몽학과 내통했던 충청순찰사 말단 관리가 거꾸로 김덕령이 이몽학과 내통했다는 허위 투서에 따라 28세 때 가혹한 고문으로 옥사하여 불타던 애국 혼과 젊음을 함께 묻었다. 육십여 년 뒤 재조사 결과 억울한 누명이 밝혀져 더 높은 직위에 복직되고 충장공 시호를 받았다. 국가에서 죽이고 나중에 관직을 추서하는 게 무슨 의미냐? 예나 지금이나 억울하고 애석한 죽음 이야기는 안타까움을 가슴에 안긴다.

차창을 열고 5월의 상큼한 바람을 맞으며 무등산 북쪽 자락 담양군 남면 가사 문학로에 이르렀다. 널리 알려진 대로 문학과 조선조 선비의 얼이 숨 쉬고 있는 곳이다.

국문학사의 큰 별 송강 정철의 〈사미인곡·속미인곡〉을 기리는 가사문학관이 있고 까다로운 한자이름 「소쇄원瀟灑園」이 있다. '맑고 깨끗하게 살겠다'는 굳은 의지와 철학이 담긴 이름 소쇄원은 사백오십 여 년 전 양산보 선생이 시작하여 손자까지 삼대에 걸쳐 조성되었다.

양산보는 개혁파 조광조를 모셨으나 역적으로 몰아 사약을 받자 정계를 은퇴하고 자연과 더불어 살기로 했다. 조성된 정원은 한국적 건축물 유산으로 명성이 높다. 길손에게 끌린 건 정원 내 광풍각光風閣에서 교류한 이 지방 출중한 선비들의 담론이 막걸리 잔과 함께 아른거린다.

송순 김윤후 고경명(의병으로 7천여 명 병사를 이끈 금산전투 총지휘관) 정철 등등. 이곳은 조선조 가사문학의 아름다운 꽃을 활짝 피운 곳이다. 글짓기와 노래판에 술과 함께 여성들도 어울린 로망이 있었을 터이지만 유추할 뿐 캐어보진 않았다.

맑고 깨끗하게 살겠다고 다짐한 소쇄원을 떠나 동편 자락 화순군 이서면 창랑리 「물염정勿染亭」과 마주했다. 구례와 풍기군수를 역임한 송정순이 은퇴 후 경치 좋은 곳에 정자를 짓고 지냈다는 물염정. 건물 이름에 속세 먼지에 물들지 않고 살겠다는 굳건한 의지와 혼이 꿈틀거린 조선 선비 정신에 숙연해진다.

건너편 벼랑은 소동파의 적벽부에서 유래된 이름의 적벽. 강을 보듬고 이어진 절벽을 김인후가 붙인 이름이라 전한다. 이 고장 출신 고 이성부 시인이 노래한 적벽의 절경은 삼 킬로미터 아래란다.

'맑고 깨끗하게 살겠다'는 「소쇄」와 '티끌만큼도 저속함에 물들지 않고 살겠다'는 「물염」은 같은 정신의 일란성 쌍둥이다. 돈을 둘러싸고 사악이 퍼져가는 현실 속에 세상에 더 드러내서 병든 사회를 치유할 고귀한 정신유산 아닌가. 조선 선비들의 비수 같은 의지와 담담한 여유가 무등산 자락 담양과 화순에 번득인다.

우리들에게 '비둘기처럼 다정한' 노래를 선사한 왕세손 이석의 걱정 섞인 그러나 흥분하지 않고 차분히 "우리가 반성을 통해 인정이 넘치는 나라, 살고 싶은 나라를 세워가야 한다"는 얘기를 새김질한다.

양산보의 소쇄원과 송정순의 물염정에서 풍기는 탱탱하면서 칼날 같은 정신을 곰곰 생각해본다. 물염 철학에 합창이라도 하듯 전국을 떠돌던 삿갓 시인 난고 김병연이 이곳에 왔다. 이곳 이웃과 어울리고 엎혀살다가 임종했다.

걸식하면서 삼천리 명산대천을 쏘다니던 김삿갓 시인이 이곳을 마지막 안식처로 삼은 밑바닥엔 눈에 보이지 않은 이 지방 후덕한 인심이 숨 쉬고 있다. 굽이쳐 흐르는 강과 어우러진 절벽을 바라보는 물염정 앞에 화순군민들은 일곱 폭 병풍처럼 난고 시비를 세웠다. 삿갓 시인 석상도 세워 기린다. 이는 더 오를 것 없는 화순군 무등 민심의 표출 아닌가.

네 다리 소나무 소반에 한 그릇의 죽/하늘빛 구름 그림자가 함께 배회 하네/그렇다고 주인님 무안해하지 마오./나는 청산이 거꾸로 물에 비치는 것을 사랑합니다.

- 김삿갓 시

고운 님 여의옵고

조선조 스물일곱 왕 519년 중에 세 분의 임금이 쿠데타로 왕위에서 물러났다. 단종, 연산군, 광해군이다. 단종은 노산군으로 격하됐다가 숙종에 의해 복위되었다.

연산과 광해는 흠이 있다. 연산의 아버지인 성종과 어머니 윤비 간에 '칼로 물 베기'인 사랑싸움에 할머니와 주변이 끼어들었다. 트집을 잡고 흔들어 결국 폐비와 함께 사약을 먹고 피를 토하며 죽은 어머니의 비통함. 외할머니를 통해 확인한 어머니가 토한 피 묻은 장삼 옷을 본 연산의 분노는 인간인 아들로서 당연한 것이었을 수 있다.

복수심과 격분으로 가득 찬 가슴. 그러나 임금의 신분으로선 생사여탈권을 쥔 마당에 핵심 인물 몇 명은 제거하고 어느 점에서 자제가 필요하지 않았을까. 절제를 잃은 연산은 가차 없이 궁중에 복수의 피를 뿌렸다. 조선조 최고형벌인 한명회를 부관 참시하는 등 속 시원히 원수는 갚았을지 몰라도 도가 지나치다는 백성들 업어치기에 뒤집혔다.

광해는 임진. 정유왜란 때 목숨을 걸고 아버지 선조 대신 직접 전선을 돌며 독전을 한 애국 세자였다. 그가 적진 속에서도 백성과 함께 하였기에 병사들 사기도 높았을 것이다. 왜와 싸움 최전방에 나가 순신을 껴안고 권율을 품었다. 명·청 교체기에 양쪽을 살피며 북방 외교 정책을 잘한 임금이었다. 나름대로 백성들에게도 착한정치를 펼쳤다. 그러나 이복동생 죽임과 연계되어 폐륜으로 낙인찍혀 뒤엎음 당했다.

재임 중에 어린 아우의 다소 애매한 죽음이 광해가 물러날 정도의 사악이었을까. 당시 권력 장악을 제대로 못한 측면이 있다. 그런데 뒤이어 후금(청나라)에 의해 인조가 겪은 치욕의 삼전도 무릎 꿇음을 생각하면 광해는 퇴출되지 말았어야 할 임금이었다. 역사관적 아쉬움이 있다.

어린 단종은 참으로 억울하지 않은가. 단종의 슬픈 생애 근원은 조실부모가 원인이다. 어머니가 자신을 낳고 사흘 만에 출산 후유증으로 돌아가셨다. 열두 살에 아버지가 돌아가셨으므로 임금의 자리에 올랐으나 왕실에 단종을 충심으로 받쳐 줄 후견 세력이 약했다. 이런 경우 대왕대비가 수렴 청정하기도 하지만 단종의 할머니인 세종 정부인 심 씨는 수양대군 집에 머물고 있었다. 단종은 대궐 내에 세력도 있었으나 수양의 선제공격으로 외로운 신분이었다.

이런 환경 속 야욕에 찬 머리 굴리기 숙부에게 주변 세력이 모여들어 쿠데타를 한 것이다. 그때나 우리 현대사에서나 옳고 그름을 떠나 권력을 좇는 무리들이 있음은 마찬 가지다. 영월 '장릉과 청령포'를 답사하며 중전 정순왕후를 떠올렸다.

신분은 서민으로 격하 되어 동대문 밖으로 쫓겨났다. 허드렛일을 하며 서럽게 연명한 세월을 80 넘게 살았다. 아침마다 낙산에 올라 강원도 쪽을 바라보며 단종을 그리워하고 울면서 가슴 찢어지는 슬픈 세월을 살았다.

돌아가신 뒤에는 전주이씨 종산도 아닌 손위 시누 시댁 정씨선산인 남양주에 외로이 누워 계신 정순왕후 묘 '사능'을 답사했을 때의 애틋했던 감정이 교차한다. 일찍이 돌아가신 단종의 아버지 문종을 떠올리자 비극의 원천이 건강이라는 사실이 새삼스럽다.

단종의 장인은 전북 임실출신 송현수다. 그는 수양과 함께 공부한 상류층으로 수양의 절친한 친구였다. 동창의 연으로 송현수 딸을 조카며느리인 정순왕후로 간택한 것도 수양이다. 그러나 수양이 쿠데타를 일으키면서 송현수는 처단 대상 앞자리에 오를 수밖에 없는 운명이었다. 적의 주변 정리라는 운명적인 사건은 동서 역사에 흔하다.

"역사를 망각하면 사악이 반복 된다"고 한다. 우리는 역사에서 무엇을 배우는가? 잠시 광복 후 수많은 굴곡진 역사를 돌아본다. 열심이었고 처절했다. 첨단기술개발로 국부를 많이 키웠다. 한편으론 수많은 백성들 희생으로 자유민주주의를 쟁취하여 세계사에 신생국 150 여 국가 중 표본이 될 만큼 우뚝 세워 자랑스럽다

성공한 세조보다 패배하고 죽임당한 단종을 그리워했던 백성들. 그 정서는 지금까지 이어져 오대산 등산 때 어느 계곡을 지나다 단종을 모시는 허름한 사당이 있음을 보았다. 단종은 영월 인근 오대산의 신이 되었다. 백성들 가슴에 억울하게 시해 된 애통한 임금이다. 세조의 업적이 크다고 하나 사육신 등 능지처참의

잔인성에 묻혀 뵈지 않는다.

　문화재청에서 조선 왕릉을 유네스코 세계문화유산에 올리기를 추진했다. 한 기도 없어지지 않고 관리되는 조선왕릉. 유네스코 답사팀이 왕릉 모두를 확인하고(한 분의 능은 북한에 있어 유네스코 팀이 북한 현장도 답사함) 등재 여부를 놓고 답사 조사단 팀원들이 논의했다. 영월 장릉 해설사 말에 의하면 "유네스코조사단은 죽어서도 왕비와 함께하지 못하고 있는 유일한 임금 단종의 묘 장릉과 정순왕후에 얽힌 사연을 듣고 주저하지 않고 등재보고서 작성 결심"을 했다고 한다. 사실이면 자리를 빼앗은 강한 세조보다 쫓겨나 처절하게 죽임당한 연약한 단종이 우리 문화유산을 세계에 빛나게 한 공이 큰 것 아닌가.

　단종을 영월까지 호송하고 울며 돌아온 금부도사 왕방연. 알려지면 망나니 칼을 비낄 수 없는 위험천만한 슬픈 노래 한 수를 불러 후진들에게 늘 푸른 정신을 전한다. 시조에는 당시 백성들의 마음이 담겨 있다. 세조정부 현직고급관리면서 단종을 애도한 노래는 지금 봐도 애절하다. 거기에 천륜이 있기 때문일 게다. 이방원 하여가에 대꾸한 서릿발같이 불가를 노래한 "이 몸이 죽고 죽어 백골이 진토 되어…" 죽음이 보이는 정몽주의 충혼 배인 시조 한 수. 거기 버금가는 왕방연의 노래도 장엄 그것이다. 직무상 외진 곳으로 호송했지만 위험을 뛰어넘은 단종을 그린 그의 시 한 편은 후대 시인의 눈에 시詩란 어떻게 써야 하는지를 생각게 하고 왕방연이 거룩하게 보인다.

천만리 머나 먼 길에/ 고운님 여의업고/내 마음 둘 데 없어 냇가
에 앉았으니/저 물도 내 안 같아서/ 울어 밤길 예 놋다.

- 왕방연 시

"사건이 태양에 쪼이면 역사가 되고 달빛에 그을리면 전설이
된다,"는 소설가 이병주 선생 말이 생각난다. 이 짧은 시 한 편은
비록 공직을 수행하는 왕방연이지만 생육신에 버금가는 단종의
죽음에 대한 슬픔과 결이 있다, 이 시를 세조가 알았으면 왕방연
운명은 어찌 되었을까. 이 노래는 물 아래 섞여 흐르다가 세월이
웬만큼 쌓였을 때 수면으로 올라 왔을 것이다.

영월 하늘에 떠도는 이 한 수의 노래를 음미하며 단종이 부활
하듯 청령포 바위마다 푸른 이끼가 파릇파릇하다. '정의正義'란
사건 당시평가와 후세들의 평가가 다른 엄정함을 새기며 돌아왔
다.

숲 속 동네 자랑

숲 속 동네 강남구 일원본동. 산과 낮은 언덕으로 둘러싸인 산골을 개발한 산소 내뿜는 살기 좋은 숲속 아파트단지다. 높지도 않고 절경은 아니지만 부드럽고 통통한 산은 날마다 눈웃음 지으며 가슴 펴 껴안는 임 대모산.

나는 그를 사랑하고 그는 나에게 마음뿐 아니라 몸까지 내민다. 푸른 치마나 빨간 저고리를 입을 땐 다소곳한 고전미가 흐른다. 갑자기 눈부시게 하얀 원피스를 입고 서면 패션계를 주름 잡던 고 앙드레 김을 연상케 하는 멋쟁이다. 도시에서 아름답고 정갈한 임과 다투지 않고 오순도순 정을 나누며 사는 복이 어디 흔한 일인가.

서울 시립공원인 대모산大姆山 품에 안긴 일원본동. 인구 일천만 서울에서 산소공장인 녹색 숲으로 둘러싼 산동네는 축복받은 곳이다. 산동네지만 공부 잘한 자녀를 둔 사람이면 방방곡곡의 부모들이 선망하는 학군에 속한다. 실제 손꼽히는 대학에 다수 들어가는 명문고도 능선과 아파트 사이에 있다.

이백구십삼 미터의 키 대모산은 아랫도리에 기화요초가 많아 어린이들 생태 학습장이다. 새로 꾸며 논 바람정원 계절정원 …

야생화원엔 여러 꽃들이 다투지 않고 환하게 웃으며 늙어가는 나의 삶을 가르치는 스승이다.

자락을 둘러 깔아놓은 판자 길 2키로 미터는 야호! 아침에서 밤까지(조명시설) 산책 나온 분들이 물 흐르듯 흐른다. 굽이쳐 흐르는 강물처럼 요리저리 숲 아래로 연결 된판자길. 쉼터 의자 앞 대모문학회원들의 시 한줄 읽으며 고라니가 뛰고 장끼가 불러대는 사랑노래도 가슴에 파고드는 사색과 몸 다지기 길이다.

계절 따라 오가는 철새들이 청량한 음색을 뽑아대는 노래방 속에 음치인 나도 콧노래가 나온다. 곳곳에 넉넉한 약수를 흘려줘 숲속 서울 둘레길 걷는 이들의 마른 목을 축이게도 한다.

몇 곳의 삼림욕장을 가 봤지만 품고 사는 내 임과 도토리 키 재기더라. 나는 거의 매일 이 자락 길을 도는 것으로 건강다지기를 한다. 밤길 걷기는 더 환상적이다. 십 미터 쯤 간격으로 아래만 비추는 조명 시설은 반딧불 같다. 매미들이 노래하다 떠난 자리엔 이름 모를 벌레들 노래가 처량하게 들린다.

이 길은 동네 분들의 건강다지기와 정서를 다듬는 길이다. 곳곳 쉼터 의자 앞엔 대모문학 회원들 시 15편이 걸려 있어 산책 나온 분들의 서정을 흔들어 깨운다. 길지 않은 회원들 시는 자락길에 오는 분들의 가슴에 담아 갈만한 운문이다.

늙어 가는 내 몸은 이 길을 산책하며 호흡기를 강화하고 퇴화하는 다리근육을 최대한 붙잡는다. 지하철역이 삼십 미터 이내인 가람아파트. 집에서 삼백 미터 쯤 걸으면 삼*서울병원이 건강을 챙겨주는 복을 보탠다. 손가락 꼽히는 우수병원으로 7분 간격 수서 SRT 고속열차 역을 선회한 버스에는 영호남에서 올라온 환자들의 색깔 다른 사투리가 정겹게 어우러진다.

  46년 간 월급 받으며 일해 온 긴 세월의 일터를 뒤로 한지도 15년이 되었다. 이제는 이웃들과 어울리자고 아파트관리사무소 동사무소 위원회도 6년 간 참여하여 동네 일도 함께 챙겨 했다. 도서관 부지로 지정해 놓고 10년 이상 방치한 것을 주민자치위원회 동료들과 함께 챙겨 설계를 마치고 2025년 착공예정이다.

  가람아파트 재건축 추진위원회에 참여하여 갈등의 소지를 완화하는 자세로 협조 한다. 위원장과 임원 위원들이 훌륭하여 주변 4개단지 중제일 앞서 추진되고 있다. 뜻한 대로 이웃이나 일원 본동 주민들과 소통하며 거리에서 만나면 반갑게 인사한다.

  아카시아와 밤꽃 필 때면 집에까지 솔솔 날아온 향기 내뿜는 대모산. 맘에 든 임과 깊어진 사랑의 통정은 회춘이요 늦바람의 즐거움이다. 내가 시간을 재고 서두르며 동구 밖으로 나가느라 소란스러울 때, 임은 시간에 무심하며 흉을 보는지도 모른다.

  은퇴 후 동네병원을 가나 바둑 두는 경로당에서도 나이가 많은 편이다. 질병의 공격이 늘어가는 요즈음 한가롭게 소일하는 나를 고요 속으로 끄집어 편안케 해 주는 아늑한 숲속 동네가 자랑스럽다.

요즈음 일상

한가함을 즐기고 사는데 입춘 추위가 매섭다. 추위보다 끈질긴 코로나 전염병은 더 가혹하게 가둔다. 청양고추처럼 매운 날씨와 외부활동을 막는 코로나의 두꺼운 장막을 재치고 물 한 모금 먹으러 까불까불 날아드는 찌르레기 부부와 어울린다.

밖에 내놓은 물을 마시러 온 찌르레기는 소박하면서 다정하게 사는 부부 같다. 강남시니어프라자에서 만난 서울대 은퇴 조류학 교수가 한 말이다. "새는 물론 식물까지도 사람이 사랑을 베푸는지 미워하는지 인지한다."고. 남향받이 베란다엔 겨우내 붉은 빛 하얀색 제라늄 꽃이 웃고 있다. 아내가 정성들여 가꾼 몇 가지 화초와 교목도 푸르게 살고 있다. 아내는 베란다의 작은 정원사다. 식물들을 주어다 잘 기른다.

산 아래로 이사와 삼십년 넘게 사는 집은 5층 아파트 꼭대기다. 남향집이라 겨울이면 햇살이 거실까지 걸어와 놀아준다. 가린 장애물이 없어 자연과 소통하는 시야가 넓다. 밤이면 드물게 뜨는 별에게도 물어 보기도 한다.

전망 좋은 꼭대기 집은 태어난 후 가장 오래 살고 있다. 지금 이사한다해도 이만큼 오래 살 수 없는 나이다. 아들 딸 교육하여 결혼 후 출가한 집이니 복 받은 곳이다. 그런데 여름엔 복사열로 다른 집보다 더 덥고 겨울엔 더 춥다.

하루는 " 계단 오르내리기가 힘들지 않아. 승강기 아파트로 옮길까." 물음에 "괜찮아요. 무릎 병이 없는 것은 계단 오르내리는 운동 덕으로 생각되거든요."

49세에 이사 와서 30년 넘게 살아 오르기 힘든 나이라 찜찜했는데 청춘은 아니지만 가슴에 시원한 바람 한줄기 스치는 복음이다. 세월이 더 가면 불가피하게 옮겨야 할지 이곳에서 하늘나라로 갈지 알 수 없다.

오늘은 운동하고 돌아오니 손녀가 대학입시에 합격했다는 소식이다. 며느리가 얼마나 고심했었는지 시어머니께 소식을 전하는 통화 중 울컥울컥 울어 함께 울었다고 한다. 세계에서 교육열이 가장 높은 나라 여성들 단면이다.

고난의 험산준령을 넘은 기쁨이 극대화 했나보다. 울음은 슬퍼도 나오고 기쁠 때도 나오는 감정의 꼭지 점에서 이루어지는 코스모스다. 기쁨 화냄 슬픔 즐거움 모든 감정이 뇌에 전달 된 '의식'에서 흘러나온 것 아닌가.

세계 4대 성인에 들지 못했지만 노자를 읽다보니 살아온 날들이 삼삼하다. 공자 석가 예수소크라테스의 말씀 인용은 더러 해 왔다. 성인들은 하늘의 뜻을 받아 땅 위에 뿌리신 분들이다. 4대 성인은 아니지만 노자 또한 성인이다. 도덕경을 읽으면 초월의 자리요 자연합일이 군더더기 없이 뚜렷하다.

노자의 자연주의는 '태어남 자체가 곧 자연의 예속'이다. 우리

자신은 하늘과 땅의 기운을 받은 존재요 바로 우주자연과 합일이다. 그래서 이름 모른 들꽃 한 송이 풀 한 포기도 나와 일체란 생각이다.

노자는 도서관 사서직 관리였음 외에 가족사항 죽음 등이 베일에 가려진 신비로운 인물이다. 말씀은 친근하고 매우 부드럽다. 도덕경을 배우며 느낀 것은 '81편 자체가 모두 시詩다'는 생각이다. 한 권의 운문집이다.

「진리는 황홀하다」 편에서는 "큰 덕을 가진 사람의 모습은 오직 도만을 따르니 도의 실상은 황홀하기 그지없다. 황홀하지만 그 가운데 형상이 있고 황홀 속에 실체가 있다." 도덕 재무장이라도 하듯 앞으로 더 가까이 다가서려 한다. 물의 유연성과 강함에 대하여도 웅변한다.

낮은 곳으로 흐르는 〈겸손〉 막히면 돌아가는 〈지혜〉 구정물까지 받아들여 융합하는 〈포용력〉 어떤 그릇에도 담기는 〈융통성〉 바위도 뚫는 〈인내와 끈기〉 장엄한 폭포로 투신하는 〈용기〉 유유히 흘러 바다를 이루는 〈대의大義〉.

또한 분 서양의 자연주의자 루소를 돌라본다. 사회계약론에서 "왕일지라도 민간의 권리를 제한하려면 계약"에 의해서만 가능하다고 주창하여 오늘날 자유민주주의 등걸로 남았다.

외부로만 나돌며 살아 아파트 이웃들을 잘 모른다. 도회생활의 단점이다. 이를 해소 해야겠다는 생각이 들었다. 이를 좀 완화시켜 이웃들과 인사는 하고 지내야겠다는 생각으로 몇 가지 참여하여 성과가 있어 흐뭇하다.

내 살아서 재건축으로 새로 진 아파트에 들어오긴 쉽지 않을 것 같지만 위원들과 협력하며 마음 속 박수를 치고 있다. 15층 정도를 예상 했는데 정부의 규제 완화로 25층까지 올릴 수 있단다. 속물근성은 내게도 있다.

뜻 한 대로 아파트 이웃을 많이 사귀어 넓히고 있는데 산 아래 25층 재건축 소식은 기쁘고 고맙지만 살아서 입주 할지는 알 수 없는 연륜이다.

아버지와 바둑

　1905년생인 아버지는 일제 강점기를 모두 사신 4대 독자였다. 할머니는 당대에 아주 드문 한글 문장가로 마을 여성들을 깨우친 한글 스승이었다. 사서삼경에 능통하고 주역을 익혀 풍수지리학에도 조예가 깊었던 아버지는 고조부모 중조부모 조부모 묘를 명당 찾아 옮기셨다.

　국사에 대하여도 지식이 높아 특히 일제 강점기를 일기체 식으로 쓴 '매천야록野錄'에 대하여는 내가 모르는 얘기를 해 주시곤 했다.

　포목을 사들여 중국으로 팔러가다 서울역에서 일본순사에게 붙잡혀 물건은 뺏기고 6개월 간 감옥에 갇혔다. 남쪽 끝 고흥시골에서 1943년 30대 후반 선비가 중국포목상에 나선 것은 당시로선 상식을 깨는 진취였다. 그런데 〈총독부의 물자반출 금지〉 위반이라는 올가미에 걸려 큰 손실을 입고 가족이 긴 시간 고생을 해야 했다. 그러나 어머님 중심으로 우리가족은 잘 헤쳐 냈다.

　익산으로 이사 후에는 형님이 무거운 짐을 짊어지고 고개를 넘었다.

　내겐 여섯 살 아래 아우가 있다. 어머니는 연자방아 장독대에 정화수 떠놓고 새벽별을 등에 업고 날마다 기도하시더니 44세에 잘 생긴 아우가 태어 난 것이다. 아우는 어렸을 떼 이웃집 아줌마와 아저씨들로부터 사랑을 받고 자랐다.

다섯 살이 채 안 되었을 때 어머니가 삼십 리 밖 벌교시장엘 가면 울며불며 꼭 따라가곤 했다. 그 성격은 자라서 뜻을 관철하려는 굳은 의지로 이어졌고 인간관계가 원만하여 크게 성공했다. 우리는 공직생활하면서 부모님 용돈과 형님 아들 두 명 손자 한 명의 교육비를 도우며 부모님 기대에 어긋나지 않게 살았다.

아우는 중학생 나는 고등학생인 겨울에 아버지는 바둑판을 내오셨다. 그리고 둘이 두게 하며 바둑을 가르쳤다. "장차 사회생활 할 때 유익하게 활용할 수 있을지 모른다." 고 말씀 하시며 바둑의 필요성 얘기를 하셨다.

아우와 나는 한 때 흥미를 가지고 틈틈이 바둑을 두었는데 두 집을 짓지 못하면 죽는 정도는 익히고 멈췄다. 먼 뒷날 직장 선후배 사이에 틈틈이 바둑을 즐겼는데 실력향상은 별로였다.

고등학교 동창 중에도 맞수가 있어 은퇴 후 토요일 오후나 일요일을 택해 월 두 번 정도 만나서 수담을 즐기고 소주 한잔 씩 나눈 뒤 헤어지곤 했다. 요즈음엔 건강이 안좋아 만나지 못한다.

직장 선 후배 중에 고수들도 있어 접바둑을 많이 두었다. "바둑책을 보라는" 권고를 받기도 했다. 나는 "바둑까지 책을 보며 공부 하냐."며 그냥 스쳤다. 그런데 책을 보라는 얘기가 옳았다. 아무리 두어도 하수 딱지를 떼지 못하고 있다.

나를 아껴 준 선배 한분도 바둑을 좋아했는데 은퇴 후 일주일에 한 번 이상 자주 만났다. 함께 점심 먹고 수담(바둑)을 시작하면 여러 번 반복한 사이 정이 쌓였다. 세 점을 붙이고 두면 승률이 비슷했는데 삼년 전 작고하여 서글프고 허전하다.

코로나가 심할 때 작고하여 친하게 지내던 분들도 문상이 별로 없었다. 나를 각별히 아껴주던 선배에게 송별사를 써서 영전에 올렸다. 이튿날 아침 장의차가 떠날 때도 일찍 병원 장례식장에 나가 가족을 실은 장례차를 아픈 맘으로 바라보았다.

직장동료였던 분의 주선으로 지난해부터 서초 한 경로당 바둑 모임에 나가서 소일하는데 안성맞춤이다. 회원이 20명 넘는다. 일 년에 상반기 하반기 나누어 리그전을 펼쳐 열기가 뜨겁다. 바둑열기로 경로당 분위기도 구청 경로당 중 일등에 속한단다.

그런데 내 실력은 최하위 그룹에 속한다. 아 바둑책을 보며 공부를 했어야 했나. 5전 3승제라 최소 3판은 두어야 하니까 어울리기는 하는데 승률이 좋지 않아 동호인들께 미안하다.

요즈음 오전은 대모산자락길을 돌고 수서 헬스장에서 어정거리다 오후면 자주 나가 수담으로 시간 보낸 날이 많다. 2025년 상반기에는 좀 나아져야겠다는 다짐을 하지만 나이가 많아 얼마나 버티다 퇴출 될지 알 수 없다.

아버지가 처음 지도 할 때 몇 급 정도 수준까지는 실력을 쌓아야 한다는 귀띔도 해 주셨으면 좀 더 유념했지 않았을까. 책장위에 놓인 부모님 영정을 바라본다. 그러나 "말을 강가까지 이끈 것만으로 감사하다. 물을 얼마큼 마시느냐는 말의 몫이라 하지 않았는가." 영정을 바라보며 속절없는 푸념은 어리석음이다.

영어공부를 바둑 두기처럼 즐겼으면 훨씬 화려한 직장생활을 했을 것임은 분명하다. 그렇다면 노후의 즐거움인 바둑 두기는? 한 판의 바둑은 인생의 파노라마 같다. 예술 한마당처럼 늘 즐겁고 행복하여 저문 삶에 노을빛 활력을 일으키는 도우미다.

경로당엔 "누우면 죽고 걸으면 산다." 는 말이 있는데 나는 열심히 걷는다.

바둑 두기 남녀문우들과 어울리며 글쓰기 과우회 모임은 해 저문 나이에 삼락三樂이다. 그것이 비록 지혜롭게 사는 길이 아닐지 몰라도 나이에 맞는 익숙한 길이다.

깊은 정 반석 위/선線이 만나는 활기 넘친 교차로에/친구는 가만 가만 다가선다

/흰 말 앗으려는 내 꿈 부수려/ 상대의 헤아리는 수셈은/ 전자공학도의 메가디렘

설계보다 정교하다/정신 모아 전열 다듬으면/ 채찍 휘둘러 머리 돌리다가

/어느새 다가서며 옥죄어 든다/ 마음 모아 영역 넓히려는/거친 바람 일으키는

/인생의 푸른 벌판 전장엔/고개 떨군 널브러진 포로들/넓은 땅 여유로운 친구와

/시간 여 나눈 수담을 멈추며/잔잔한 웃음으로 마무리한다.

- 자작 시 '바둑'

허술한 문학 운 좋은 시인

2012년『제 78차 국제PEN대회』가 이길원 국내 PEN 이사장 주관으로 경주에서 5박 6일 간 열렸다. 노벨문학상 수상자 2명과 대문호 이어령이 기조 강연한 이 대회는 내가 참가한 문학행사로는 가장 성대하고 감회가 깊었다.

동시통역으로 진행된 대회에서 프랑스 노벨문학상 수상자 르클레지오는"문학은 생물학적 삶보다 오래 지속하는 것을 창조 한다"고 속삭이듯 말했다. 가슴이 찡하고 울리며 긴 여운으로 남았다.

나이지리아 출신 월레 소잉카 노벨문학상 수상자와 이어령 교수도 기조강연을 했다. 소잉카는 "어렸을 때 본 만화경이 경이로 웠고 상상력을 높여 작가가 됐다"고 술회했다. 이어령 교수의 멈출 줄 모르는 창의적인 언어구사와 해박한 지식의 토로는 한국의 자랑이다. 그러나 말년에 가슴열고 대화할 친구가 없어 불행 이라했다.

존 롤스톤 소울 국제PEN 회장은 현재 146 회원국 중 일부 회원들은 고초를 겪으며 "표현의 자유 수호자"로 활동한다고 격려다.

월남(탈북) 시인 도명학은 "비판 시詩 한 편 때문에 북한에서 겪은 감옥살이 고초와 북한문학의 선전도구화"를 증언한다. 재일 동포 작가 유미리는 여성으로 "일본 우파의 거센 협박 속에 일제 강점기의 잔학상"을 꼬집는 험한 가시밭을 헤쳐 가는 처절한 얘기가 꼿꼿하고 처연하다.

경주에서 돌아오는 열차 안에서 문학입문과 그간을 돌아봤다. 중견시인이었던 박항식 교감선생님(교수)을 떠올린다. "경복궁 백일장에서 '소월' '지용'과 세 명이 최종심사에 오른 시인(1959년 박항식 저 박유문 서문)눈에 내 글이 띠었다. 선생님이 두 차례 불러 운문(파리의 기도)의 독창성과 산문(온길 갈 길)의 선선함을 칭찬 격려하며 문학을 권고 하셨다. 고 2학년 때〈우리 반〉3학년 때〈시간〉은 반장이 권유하여 썼는데 그림 잘 그린 학우가 시에 어울린 화폭을 담았다. 벽에 걸린 시를 보고 세계사 선생님이 "시가 좋다"고 했다.

문단에 행정공무원 출신은 쌀밥에 뉘다. 그런데 첫사랑마냥 시가 달라붙었다. 일터에서 분주한 과학기술정책 수립과 지원 업무는 문학의 숨소리도 낼 분위기가 아니었다. 문학은 천명이었을까. 일찍 자고 일찍 일어나는 체질이라 새벽이면 서정주 김남석 등 시 작법 책을 읽으며 천착 했다. 김소월 신석정 등 시집과 이광수 '무정' 심훈의 '상록수' 윌리암 세익스피어 전집 등을 읽고 유달영 함석헌 등의 산문집을 읽었다. 타고올 『기탄자리』를 반복 해 읽었는데 "님은 나로 하여금 영원을 누리게 하였으니 이는 님의 기쁨이옵니다."가 가슴에 담겼다. 타고올은 한국을 "마음속 조국"이라며 명시〈동방의 등불〉을 남겨 일본 강점의 어둠 속을 비추며 지성인들을 격려했다.

1970년대 말 전세 집주인이 미국 이민 간다며 「세계문학 전집」 30여 권을 주었다. 이는 내 문학에 귀한 식량이었다. 단테의 '신곡' 까뮤의 "시지프스 신화"에 감명 받았다. 시인 중 일본에 저항한 육사와 만해의 시를 사랑하고 존경한다. 이상화의 "빼앗긴 들에도 봄은 오는가" 도 좋았다.

석사학위 받은 후에 국립방송통신대학에서 고전문학과 문학비평 등 국내외 문학 25권을 읽으며 뿌리도 더듬었고 문학사학위도 받았다.

공직에서 시에 대한 꿈은 본원적 번민이요 혹이었다. 고질병처럼 달라붙은 시 짓기는 신문사 신춘문예에 몇 년 간 낙방한 패배자다. 시 쓰기는 '일상에서 오염된 심신을 걸러내는 정수기요 스트레스 해소 청정제'의 긍정적인 측면도 있었다.

1998년 1월 〈월간 문학공간〉으로 등단하여 지각 생으로 울타리 안에 들어갔다. 수상자로 이정님 정혜경 두 여류시인을 만나 시집을 받았는데 서정 시인으로 탁월했다. 첫 시집 〈봄 오는 소리〉는 최광호 주간 권유로 냈는데 신춘문예 낙방작품 모음집이다.

최 주간에게 떠밀리다시피 하여 한국공간시인협회 회장과 작가회회장도 맡아 4년간 봉사했다. 이때부터 문단 명사들과 교류가 시작 되었다. 문학기행 중 경주 한 호텔에서 황금찬 선생 문학특강을 했는데 얘기 중 장충열 시인에게 유치환 시 『행복』을 낭송해보라 했다.

장 시인은 낭랑한 목소리로 긴 시를 낭송했는데 나는 대단히 감동했다. 이후 장 시인을 기술사회 행사에 여러 번 초청 했다. 과학기술부 요청에 의해 과천과학관청사 강당에서 장관주최 정부 출연기관 근무자 300여명의 박사들을 격려하는 송년모임이 있었다. 행사 중 장 시인이 시 두 편을 낭송했다. 한 편은 내가 쓴 〈대덕 연구단지〉 과학자 예찬 시였다. 낭랑한 시 낭송으로 과학자들의 뜨거운 박수갈채를 받았다.

장시인은 본인을 한국낭송문예협회고문에 위촉 했다. 회원들을 위해 원자력발전소 4개단지를 무료 관람케 주선했다. 문우들에게 원자력을 이해시키고 즐겁게 했다.

문학 동아리가 많다. 매월 한편의 자작시를 낭독한 후 술잔을 곁들인 동아리에서 덕담과 문예지에서 날아온 원고 청탁은 시와 수필쓰기의 단련에 도움이었다. 〈광화문사랑방 시 모임: 김건일〉. 대전 · 충청 〈금강마을 시인 모임:나태주(명사가 됨)〉 〈강남 시 문학회: 문효치(국제PEN 한국문협 이사장 유일함)〉〈서울 시단: 성기조〉〈불교문학회: 정정순〉〈좋은문학: 김순복〉이 떠오른다.

4월 초 공주국립박물관에서 밤 시낭송 모임 때 전기불빛에 빙글빙글 벚꽃이 내려 꽃비 속 낭송회는 환상적이었다. 필자 시에 김춘원님이 곡을 붙인 〈그리운 사람아〉를 피아노 반주에 맞춰 합창할 때 아내도 함께한 황홀한 밤 추억을 잊을 수 없다.

> 호젓한 산길 넘을 때/휘어지는 억새꽃 좋아한 그대/지금은 들꽃 만 서 있을/ 그 산길 그리워/
> 뽀얀 얼굴 붉어지는/내 마음 훔치다 들킨 그대/ 잊었는가 싶

으면/어디론가 돌아와 애석愛惜 되살린/

그리움 빗금만 꽃비처럼 예쁘네

- 자작시 그리운 사람아 전문

2009년 문화관광부 조선일보 공동주최 "책 함께 읽기" 시인으로 선정되어 선릉역 부근 카페에서 문광부에서 지원한 성우 등이 내 시 13편을 낭송한 11월의 밤도 내겐 기쁜 추억이다.

국토일보(김광년국장)와 건강보험신문(김진호회장)에 350여 회 시 연재는 시를 심화시키는 훈련이었다. (〈시가 있는 풍경〉으로 출간) 작품집은 시 9권 산문 7권 동인 사화집은 30권 넘고 지금도 해마다 다섯 권 정도에 참여한다. 문학단체에서 수상도 다수 했다.

보령은 시비의 고장이다. 내 시비는 2기, 보령시 화계공원에는 김소월 박두진 등 저명시인시비와 함께 서 있는 〈인생〉. 이환범 기술사회장이 지원했다. 인생은 지하철 역 4곳에 5년간 게시 되었다. 〈조국의 미래 넓혀 날아라〉는 우주센터에서 세웠다.

중앙문단 직책은 과분했다. 한국문인협회 이사(4년) 원주 박경리문학관 뜰 즉흥시 백일장에서 우수상을 받았다. 국제PEN 한국본부 이사(12년) 감사(4년) 외에 중앙대문학회 이사 등 여러 단체에서 맡은 명예직책들이 다수 있다. 문단활동은 80 넘어 까지 마음을 편하게 하고 윤택케 한다.

경주와 광주 서울에서 개최 한 3박 4일 〈한글작가대회〉는 10회 모두 참가 했다. 김경식 사무총장이 창안하여 시행 된 한글작가 대회는 특허까지 내고 문화관광부지원을 받는다. 국내문학의 석학들과 동포 작가를 포함한 2-3백 명, 외국인 현지주민 등 2-3천 명이 참가하고 국내 모든 문학단체들을 아우른 PEN 주관 문학 모임이다. 2023년 제9회 광주대회에는 2024년 노벨문학상 수상 〈한강〉작가도 특강을 했다.

그간 발행한 '시와 산문집' 내 글이 게재된 문예지 300여 권은 2022년 향우 송성모 전 교장 도움으로 모교 대서초등학교에 기증하여 도서실 서가에 관리되고 있다.

많은 문학선배들의 사랑이 배어있고 남녀동인들과 행복한 어울림 속에 인생을 다듬으며 살아온 문학 활동은 대가들의 아낌을 받았다.

"한 권의 책이 한 사람의 인생을 바꾸기도 한다"는 금언은 최근 교회에서 성경공부를 하다 번쩍 눈에 들어 온 말이다.

내 문학은 '허술'하나 문학평론가 세분으로부터 "과학시인"이란 평가를 받은 건 기분 좋은 영예다. 한국문인협회 문효치 이사장은 과학기술시가 섞인 시집 〈아랑, 그 의연한 혼령〉에 "제8회한국문학백년상"을 덧 씌워 현조, 고조, 할머니, 아버지 혈통이 스민 『운 좋은 시인』으로 행복하다.

교류할 때 유념한 것은 공자와 에머슨이 말한 "어떤 사람에게든 배울 점이 있다"는 것을 새김질하며 살고 있다. 벗들과 예의를 중시하며 듣는 낭송이 좋다.

과학기술부·과우회

　살아온 과정의 칸막이를 열다보면 〈행운〉의 빛이 반짝거림
이 종종 있었다. 공무원시험 합격 뒤 과학기술처 선택과 이어진
끈인 〈과우회〉 모임에 참여도 하늘이 내린 행운 중 하나다. 과
학기술처는 1967년4월21일 발족한 미래지향의 부서다.(본인은
70.6.1발령) 과학기술 황무지와 진배없는 국가를 과학을 일으켜
새로운 나라를 건설하려는 박정희 대통령의 열정으로 발족하고
김대중 대통령이 부로 승격고 이명박 대통령이 해체 시켰다.
　과학기술부에 바쁘게 근무하는 선후배들은 국가 미래설계사들
이었다. 선배들이 모나지 않고 따뜻한 가슴으로 후배들을 품어준
일터였다. 오로지 과학기술을 위해 밭 갈고 씨 뿌리며 물과 거름
을 주는 순수한 일꾼들이었다. 그 일은 조국번영을 일으킨 역군
들이었다. 한 명도 불명예퇴진이 없는 청정 일터였다.
　"자연과 씨름하는 과학의 승리에 모든 것을 건다. 기술이 사
회라는 정글에 길을 낼 것이다." 근무하면서 프랜시스 베이컨
(1561-1626:영국) 말씀을 좋아했다. 아버지 덕에 외교관 훈련과
꿈을 키우며 자라다가 17세 때 갑자기 아버지의 죽음으로 상속재
산도 없이 곤경의 낭떠러지로 떨어졌다.

"이끌어 줄 사람이 없으면 절벽이라도 스스로 기어올라야 한다."고 강인한 의지를 보여주기도 했다. 그는 철학자가 된 뒤 과학과 기술에 관심을 가지고 영국 산업혁명을 불러 온 나팔수였다.

일을 하면서 내국인에게서도 탁월을 발견했다.

"자네는 일신의 영달을 위한 박사보다 최강국 미국을 알아오게. 미국의 과학기술교육 과학기술 연구체계. 국가와 기업이 과학기술 발전에 어떤 역할을 하는지 등을 배워와 조국의 밀알이 되게. 노벨과학상보다 과학기술이 '부국강병'에 최선임을 국민들이 깨닫게 해야 되네."

이승만대통령 장학생으로 뽑혀 미국 유학생으로 떠나는 정근모를 따로 불러 김법린 초대 원자력원장은 소곤거렸다. 김법린은 일제와 싸운 독립운동가로 문교부장관 동국대총장을 역임한 분으로 나라 발전에 과학기술의 역동성을 일으키려는 선각자다.

정근모는 전국 초등학교 일제고사에서 1등을 했다. 경기중 경기고를 수석합격 하고 고등학교 1학년 때 대입검정고시에 수석합격 후 서울대물리학과와 행정대학원을 졸업한 천재였다. 수석수석이 이름 뒤에 늘 붙었다.

그는 미국미시간 주립대학에서 23세 최연소 물리학 박사를 획득했다. 매사츄세스공과대학(MIT)핵공학연구교수 뉴욕공과대학 전기 물리학과 부교수 등을 역임하면서 하바드대학「과학기술정책학과」를 수료하였다. 김법린의 주문대로 미국 과학 기술력의 근원과 개발도상국 과학기술개발 과제를 탐구했다.

"어떻게 해야 개발도상국 인재들이 조국에 남는가"에 대한 하버드대학원 수료 논문을 1969년 정부에 보냈다. 박정희 대통령은 김기형 장관에게 그를 부르도록 했다. 대통령 주재 경제동향보고회에서 20대 후반의 젊은 과학자가 과학기술 특수 대학 설립을 설명 했다. 600만 불 차관을 주선하는 등 카이스트 설립에 횃불이 된 것이다.

카이스트에 합격하면 학비면제 병역면제 숙식제공 취업알선 등 파격적인 특혜를 법규에 반영하여 젊은 과학자들의 해외유출을 막는 댐을 쌓았고 삼십 대 초반에 카이스트 초대 부원장이 되었다. 일제가 태평양전쟁 와중에도 과학자는 징집하지 않았다.

대통령 주재 회의에 참석한 5.16주체세력 홍종철 문교부장관은 "그 예산을 국립대학에 골고루 배정해야 한다."며 격렬하게 반대했다. 그 당시 교육계의 분위기를 대변한 발언이었다.

대통령은 교수출신 남덕우 재무장관에게 의견을 물었다. "문교부장관 말씀이 맞습니다. 그렇지만 개발도상국을 벗어나려면 보고내용과 같은 특수학교설립도 필요해 보입니다." "바로 그거야 우리는 무언가 달라야 한다고." 박대통령 말은 결론이었고 학교 소속도 문교부 아닌 과학기술처가 맡도록 했다.

정근모 천재(박사)는 과학기술처 장관을 두 번 역임 했다. 평소 강조한 것은 "과학기술 그랜드 플랜이요 그의 제안은 벤처기업 육성 전화기국산화 원자력 발전 국산화"등 다양했다, 그것은 시대를 한참 앞서가는 미래지향부처의 새벽닭 울음소리였다.

당대의 최고 영재와 이에 버금가는 훌륭한 선후배들과 함께 근무한 것은 존·두이의 이른 바 "일하면서 배우고 배우면서 성장"

하는 일터로 큰 위안이었다. 삶을 즐겁게 엮인 심부름 하는데 즐거웠고 그것이 행복이었다는 생각이다.

이 과정에서 터득한 과학관련 소재를 시로 써서 발표했는데 시집을 평가한 평론가들은 시인으로서 특이한 영역 개척이라고 평가 해 줬다. 문학 속에 과학기술 찬양자로 각인 된 것이다.

과학기술자들이 일으킨 기술력은 경제를 일으켰고 경제적 여유 속에 문화가 솟아오르고 있다. "산업혁명 후 과학기술의 힘은 곧 국력이다."는 세계사가 잘 알려주고 있지 않은가. 선후배 동료들이 그 일을 끈질기게 추구하며 과학기술자들을 높이 추켜세웠다. 이공계대학교수 연구원들은 "교육부에 가면 과장 만나기도 힘 드는데 과학기술부는 장관부터 실무자까지 자유롭게 대화하니 속 시원하다"고 했다.

과학기술부근무 후에는 퇴직자 모임인 「과우회」에 지속적으로 참여해 오고 있다. 박승덕 회장은 〈과학기술 특강만 듣던 단순친목 모임에서 사회봉사활동 단체〉로 변혁 시켰다. 과우회원들은 서울 경기 대전 등지 초 중 고에 특강 강사로 초대 되어 두 시간씩 강의를 했다. 문명을 이룬 과학기술 원리, 생물 관리와 전기발생 원리 원자력 등 호감을 갖고 후대들이 더 열심히 하도록 동료들과 함께했다.

교장출신 최락준 회원은 말했다."교육시작부터 학생들을 완전히 품지 못하면 그 시간 교육은 망친다." 최교장 말씀은 옳았다. 첨부터 학습에 집중시키는데 실패하면 그 시간 교육은 망친다.

궁리 끝에 나는 강의에 앞서 질문을 던져 집중케 하는 방법을 택했다. "여러분 사우디가 부자인 이유는 무엇입니까" "석유가 많이 나오기 때문이죠." "정답입니다. 그러면 우리나라는 세계빈곤국가에서 솟아올라 변영한 것을 아는 학생은?…" 여러 학교 학생 중 정답은 잘 모른 체 어리둥절 한다.

나는 우리나라 발전과정을 짧게 이야기 하며 "과학기술을 일으켰기 때문입니다. 과학기술은 석유처럼 땅에서 캐내는 것이 아니고 여러분의 머릿속 창의적인 노력에서 기술로 태어나 세계시장에 파는 상품을 만듭니다."

질문에 긍정적인 답을 말하거나 수업 태도가 좋은 학생을 담임 선생님이 뽑아 학생 3명 정도에게 '자작시집'을 시상하면 환호성이 터졌다. 싸인을 요청하는 학생들도 있었다. 그것은 즐거움이었다. 경기도 산간벽지도 찾아가는 고통도 따랐다.

장애인 일터에 가면 볼펜 조립, 기성제품 마무리손질하기 등을 하는데 장애우 중에는 서울역에서 청량리에 이르는 버스정류장을 줄줄 외우는 청소년도 있었다. 발달 장애인들과 일하다 보면 안타까움을 늘 느끼게 했다. 과학관 해설단도 운영한다.

과우회의 백미는 보통 30명 내외 선 후배들이 교외에 모여 어울림이다. 등산 사진 찍기 골프 박물관 등 문화탐방 바둑 두기 등에 선후배들이 스스럼없이 어울린다.

야외행사 후 점심 먹으며 막걸리 잔을 돌려가며 "캬앗! 캬앗!" 소리는 행복증진 곡이다. 저명인사 초청 〈과학사랑 포럼〉과 〈원자력포럼〉은 희미해진 정신영역을 새롭게 세척해 준다.

각종 모임마다 회장과 총무가 봉사하고 있다. 내게도 한모임의

회장을 맡아 봉사하라는 권고를 극구 사양한 죄송스러움이 있다. 이슬람순례자들처럼 하얗게 서서 손 흔드는 곳. 아주 좋아하는 하늘공원 탐방에도 참가할 수 없는 오락가락한 건강 상태가 오늘의 실상이다. 이제 모임에 빠진 날이 점차 많아진다.

  80세 넘어 별 할 일도 없는 문학단체 임원직도 임기가 끝나는 대로 내려놓고 있다. 이제 우리들은 숭앙하는 성인들도 죽음은 받아들였던 슬픈 순례의 길을 가고 있다. 이 길 위에 어울림은 외로움을 덜어주며 가슴을 정제케 한다.

4

연못가 맴돈 벗들

나는 많은 것을 이루었으나
술잔 나누며 얘기할 벗이 없으니 불행하다.

– 이어령

수분리에 떨어지는 빛방울

머리를 깎아버렸다. 까까머리를 보고 아내는 "절로 가야지 잘 못 찾아온 거 아니요. 그게 뭐에요." 웃음 섞인 핀잔이다. 며칠 뒤 광주에 살고 계신 형님(고인이 됨)께 새해 인사전화를 했는데 형 님 말씀이 "머리가 왜 그래." 하하 핫핫 웃으신다. 아내는 남편이 나이가 드니까 엉뚱하게 급변 했나 걱정 끝에 형수를 통해 깎아 버린 머리를 형님께 고변한 것이다. "허허 영상통화도 아닌데 형 님 눈은 천리안입니다."

평소 좀 길었다 싶으면 이발소에서 조금씩 자르며 60년 쯤 그 렇게 살아왔다. 그런데 코로나가 세상을 곤혹으로 몰아넣을 때 스님처럼 머리를 깎아버리고 탈출하고 싶었다. 무언가 새로워져 야겠다는 결기가 조금은 있었다.

그런데 아내의 걱정 섞인 반발이 만만치 않다. 새삼 거울 앞에 서서 비친 모습을 봤다. 본시 두상이 작은 터라 더 볼품이 없다. 이 작은 머리로 생각하고 가야할 길을 챙기며 헤쳐 온 일들이 주 마등처럼 흐른다.

주름져가는 얼굴, 그러나 평온을 지키며 못생김을 조금이나마 가려주던 머리카락 옷을 홀랑 벗어 버렸으니 아내의 항의와 핀잔이 매우 타당하지 싶다. 이발사 아저씨도 "스포츠 형 머리 정도로 하시죠. 완전 밀어버리면 후회하실 거"라고 삭발을 만류 한 말도 떠오른다.

세계적 대 재앙인 코로나19 대책으로 5인 이상 만나지 못하게 한 일월이 쌓이며 해가 바뀌었다. 내 나이에 순정을 털어놓으며 만날 여성이야 있겠는가. 옛 동료 셋이서 반복해 온 장애인 시설의 일손 돕기 즐거움을 빼앗겼다. 간간이 초 중 고 학교 부름 받아 토해내는 '기술 강국' 강론도 멈췄다.

남녀 어우러진 문인들 모임도 깨져버리고 여러 문학모임 톡 방엔 쏟아내는 흙탕물로 채워져 소화불량증세다. 자신의 창작이 아니라 남의 작품 퍼다 올린 동영상이나 명구들도 쓰레기로 변해 역겨움이다. 나가기를 눌러버려도 계속 밀고 들어온다. 기계는 염치도 체면도 없다.

이따금 백성들이나 어느 집단이 뜻을 관철하려는 수단으로 삭발하거나 단식을 하며 결연함을 보인다. 거꾸로 삭발에 대한 반대투쟁도 역사의 한 페이지를 썼다. 조선조 말 '단발령'이 내리자 "내 목을 자르더라도 머리는 못 깎겠다."고 선비들은 저항했다. 내 삭발은 그런 웅대한 저항심이나 숭고한 뜻도 없다. 집에만 머물게 가두는 상황에서 이럴 바엔 외출하고픈 마음까지 문질러 버리자는 감염질병에 대한 반발심과 부아가 부풀어 일으킨 부질없음이 반란의 계기다.

아내 비꼼대로 깊은 산 속 사찰로 들어가 암자에서 조용히 머물며 흐트러진 삶을 추스를까 하는 생각도 들었다. 입산의 망상

굴리기가 이어진 날 아침 앞산을 바라보니 함박눈이 내렸다. 바람도 불지 않아 나무가지마다 앉아 있는 하얀 눈의 정경이 아름답다. 하얀 눈을 멍하니 바라보는데 잠든 추억 한 가닥이 말간 눈물을 머금고 스멀스멀 다가선다.

1960년대에 무진장 끝자락에서 공무원을 시작했다. 군청이 있는 장수와 사이는 육십 리가 넘는다. 그 산중에 눈이 무릎까지 찰만큼 내렸다. 제설차도 없는 때라 버스는 2-3일씩 결행하는 〈꿈 같은 눈의 나라〉가 펼쳐졌다.

그런데 군청에서 급히 처리할 일로 "서류를 챙겨 들어오라"는 전화를 오후 늦은 시간에 받았다. 길은 나섰지만 해지기 전에 도착할 수 없어 순박한 교동 이장 댁에서 하룻밤 기대는 송 삿갓이 되었다. 나그네를 대하는 이장 댁 아줌마가 따뜻하고 정성이 지극했는데 한 줄의 시도 남기지 못한 아쉬움이 있다.

이튿날 아침을 먹고 일어서는데 서徐 이장은 어렵게 말을 꺼내며 부탁한다. "전화국에 다니는 처제와 동행 좀 해 달라"는 것 아닌가. 역시 찻길이 막혀 숫처녀 홀로 출근길 나서기가 걱정이던 참에 내가 봄소식을 물고 날아든 제비인 셈이다. 날개만 치면 그만인 제비야 무슨 어려움이 있겠는가.

"네. 걱정 마십시오. 함께 잘 가겠습니다." 길을 나선 이십대의 가슴 팽팽한 두 남녀가 발목 빠지는 눈길 걷기는 신선과 선녀仙女의 놀이마당이었다. 마을 골목길을 벗어나 신작로에 들어섰다. 하늘에는 새들도 날지 않고 높이 솟은 산으로 둘러쳐진 분지에 짐승 소리도 없다. 고요만 가득한 눈의 나라에 나이 비슷한 오양과

나 둘 만이 더딘 걸음을 걸었다.

그야말로 에덴동산이다. "오 선생님은 언제부터 이 산중 고을에서 아주 귀한 직장에 나가시나요." "선생님 호칭은 걸맞지 않네요. 오양으로 부르세요. 1년 조금 지났습니다." 눈 위 걷는 뽀드득거리는 소리보다 부드러운 좀 떨리는 응답이다.

차도 못 다니는 눈길 위에 임무수행 성실한 공무원 아니면 누가 추위를 털며 나서겠는가. 은빛 세계에 두 개의 점인 오양과 나. 둘만이 깊은 발자국을 남기며 느리게 걷고 또 걸었다.

가로수 가지에 앉은 눈이 이따금 미세한 바람에 흩날릴 뿐 산하는 숨소리도 없는 적막이다. 오양의 마음은 어쩐지 몰라도 내 가슴은 순결을 떠올리며 평상심을 가늠하느라 애썼다. 햇살이 다가와 행복한 두 길동무 어깨를 다독여도 눈에서 올라온 아랫도리 냉기는 차가웠다.

빨리 걸을 수도 없어 시간 걸림도 행복의 연장이다. 간간이 무릎 이상으로 쌓인 눈길에 빠지면 끄집어 준 내 팔의 힘을 빌어야 오양은 발을 빼고 걸을 수 있었다.

걷기의 반절 쯤 되는 「수분리水分里」에 이르렀다. 휴게실도 없었던 고개. 그 고개는 빗방울이 떨어져 동쪽으로 구르면 섬진강으로 흘러 남해로 간다. 서쪽으로 구르면 금강을 이루어 서해로 가는 빗물의 갈림 마을이라서 수분리다.

신앙인들이 일컫는 영靈의 세계처럼 헤어졌다가 빗방울들은 바다에서 다시 만나 오대양을 이룬다. 수분리는 장수읍내와 번암을 나누는 백두대간에 자리한 경계이기도 하다. 남해와 서해로 갈라지는 빗방울 그 고개.

우리도 살다 보면 여러 갈레의 갈림길에 선다. 가는 길이 빗방울처럼 반드시 운명적이지는 않다. 하늘이 사람에겐 「생각」하는 은혜를 베풀었다. 한 사람의 여러 갈림길에서 생각에 기대어 판단과 선택의 반복된 누적이 곧 삶이요 한 생애다.

목적지 장수읍내에 이르렀다. 이제 갈 곳이 달라 헤어져야 할 시간의 지점이다. 회자정리는 아쉬움이 있다. 수분리 빗물이 섬진·금강으로 갈라졌다가 망망대해에서 만나 듯 우정을 지닌 사람은 죽은 뒤 '영'이라도 만날 수 있는 것일까.

오양은 우체국으로 나는 군청으로. "오양 힘들었지요. 쉬어 갈 곳도 없는 눈의 나라에서 이제 수분리 빗방울처럼 헤어져야겠네요." 손을 내밀자 잡으며 "오늘 걷는 길만은 하나였어요." 쌓인 눈에서 빠져 나오게 끌어 준 순수를 오양은 웃음 머금은 고운 말로 응대했다.

매 열두 대와 주홍 글씨

매촌은/ 두루 생각게 하거나/ 영혼을 밝히며/ 지혜 키우는 채
찍이었으므로/가슴가운데 뜨겁게 살아계신다.

- 자작 시 매촌 훈장님 일부

1948년 여섯 살이던 가을 어머니가 만든 핫바지 입고 서당에
다녔다. 글 배우기 첫걸음이었다. 그것은 새로운 항해이므로 까마
득한 옛날 서당생활은 아련한 추억이다. 같은 방에서 배운 서당
동창 중엔 스무 살 부근 어른도 있었다.

그해 11월엔 살벌한 여순사건이 터졌다. 여수주둔 남로당 중사
급 군인들이 일으킨 반란으로 시작되었다. "제주 4.3사태를 진압
하라"는 명령을 거부하고 장교들을 죽이고 짧은 시간에 전남 동
남부일대 파출소를 점령한 사건이다. 그들은 공무원과 기독교 가
족을 인민재판에 회부하여 총살했다.

순천에서 공부하던 손양원 목사(여수) 두 아들이 같은 학우에
게 끌려 나가 광장에서 총살당한 것이 알기 쉬운 사례다. 정부에
서는 계엄령을 선포하고 순천에 계엄사령부가 설치 됐다.

이번엔 계엄군이 남로당을 색출하여 처단하는 과정에 양민까

지 학살하였다. 살육은 난장판이었다. 우리 마을에서 9명의 청년
이 살해되어 청상과부들은 일생을 자녀 한 명씩 키우며 고난과
한 많은 평생을 살았다.

　하루는 허술한 서당 흙벽을 뚫고 실탄이 방바닥으로 또르르 굴
렀다. 놀란 훈장님과 생도들을 향해 탄환은 호소 한 듯 했다. "훈
장님 저는 좌익도 우익도 아닙니다. 살해하라는 명령을 받고 날
아가다 이탈했습니다. 바른 길이 무엇인가요?" 그날 마을 앞 야
산에서 다른 마을 청년들을 트럭에 싣고 와 집단 살해한 사실이
알려졌다. 그 싸움은 아직도 남북이 겨루며 첨단무기를 갖춘 극
한대치로 이어지고 있다.

　어머니는 만 17세인 형님을 보호하기 위해 9월에 태어난 아우
금줄을 다시 걸었다. 좌. 우 간 출입을 삼가 달라는 보호 줄이었
다. 머리에 간간이 물을 발라 갓 태어난 것처럼 위장했다.

　한글에 앞서 배운 한문공부는 「사자소학四子小學」이다. 하루에
열여섯 자 씩 배워 익히고 해질 무렵 스승 앞에 무릎 꿇고 외운
뒤 돌아오곤 했다. "아버님 날 낳으시고(父生我身) 어머님 날 기르
시니(母鞠我身) 이 두 분 아니면 이 몸이 살았을까"로 시작한다.

　허리를 굽혔다 폈다하며 소리 내어 글 읽어 외우기는 돌아보면
낭만이었다. 15-20여 명이 한 방에서 서로 다른 책의 글을 배워
뜻을 익히고 반복해 소리 내어 외우기였다. 요란스러움에도 학습
이 이루어졌으니 기이다.

　하루는 동갑나기와 어울려 놀기에 빠져 열여섯 자를 다 외우는
데 실패했다. 대 뿌리 매를 든 매촌 훈장님은 "바지 올리고 뒤로

돌아서라"명했다. 때리고 또 때리고… 너무 아파 "왜 이리 많이 때리시냐."며 울었다. 훈장님은 엄중한 음성으로 "이류 십이 열두 대가 맞지 않느냐며" 마저 때리셨다.

초등학교 2학년 때 구구단을 외우면서 한 글자 틀린데 매 두 대씩 그 날 여섯 자 틀렸음을 알았다. 훈장님 돌아가신 먼 훗날에야 그 매는 의도된 '사랑의 매'였음을 깨달았고 깊이 감사하며 살아왔다. 그 때 종아리에 붉은 멍은 뇌와 가슴에 경각의 등걸로 남아 고비마다 나를 흔들어 일으켜 세웠다.

성장 후 매촌 훈장님이 한문 내 이름 〈녹봉俸 솟귀현鉉〉을 지으셨음도 알았다. 제자를 배려 한 훈장님을 그리움으로 추모한다.

뜻을 세워 공부할 때 느슨해지거나 일터에서 어려운 벽에 부딪히면 매촌 훈장님이 때린 '열 두 대의 매'를 떠올리곤 했다. 그리고 스스로 채찍하며 챙겨 나아갔다. 훈장님 매 열두 대는 성실을 세우는 〈좌표〉가 되었고 느슨해진 삶을 추스르는 〈보약〉이었다. 하얀 구름 떠가는 푸른 하늘 쳐다보면 굽은 허리 평화로운 얼굴 훈장님이 고마움으로 비치곤 한다. 매 열 두 대에 도덕과 윤리를 세우며 살아온 것이다.

"내 자식만은" 하고 다짐하는 우리 엄마들의 교육열풍은 세계 우뚝한 첨단과학기술국가로 진입하는데 멍석을 깔았다. 하루가 다르게 출현하는 현대 첨단제품들은 우리과학기술자들의 창의적인 탐구와 손놀림에서 창출 된다. 이공계 〈두뇌자원〉으로 경제적 〈자연자원〉의 절대 빈곤을 대체하며 세계가 깜짝 놀란 선진국 대열로 솟구쳤다. 어렸을 때 시래기죽도 먹었던 극빈의 낙후와 오늘의 번영은 전혀 다른 세상이다.

일찍 공무원이 되었다. 뒤늦은 대학원은 근무 시간이 끝나면 주 3일씩 과천에서 남태령 넘어 흑석동으로 차를 몰았다.

〈과학기술 정책〉을 전공했다. 석사논문 「과학기술인재양성에 관한연구」를 쓰면서 '초등교육성적을 바탕으로 우수한 인재만 대학까지 진학케 하고 대부분 직업교육을 실시하는 독일 대만 등 복수형교육체계'를 천착했다.

논문은 국가 마지막 5개년계획인 「제 7차 경제사회 발전계획 인력정책 부문」계획(1991-1996) 정부 측 간사를 맡았던 일과 연계 되었다. 정부측위원장(박홍일 인력계획관) 외 관계부처 과장급 등 8명 민간 위원장(김중수 국립경제교육연구 소장) 외 교수 등 11개 관련기관 박사 등19명으로 구성했다.

고급 과학기술인력과 기능인력 양성 현황을 관련기관에 의뢰하여 모아 정리 한 자료를 토대로 앞으로 비전을 담아 간사인 필자가 설명하고 위원회에서 몇 차례 심사했다. 자료에는 교육부 카이스트 상공부 노동부에서 양성하는 과학자 기술자 기능인력과 앞으로 질 좋은 과학기술인력 육성방안이다.

127쪽의 계획을 기한 내에 완성했다. 회의는 주로 김중수박사(후일 OECD대사)가 주재 했다. 마지막 최종안을 의결한 후 김중수 위원장은 "5개년 계획 때마다 인력부문도 논의 되었는데 도중하차 했다. 이번에 완성한데 대하여 정부 측 위원장과 간사 노고에 감사한다."는 고마움을 표했다. 위원장의 예찬에 어깨가 들썩했다.

계획을 세우며 모은 다양한 과학기술인력양성 통계는 나만이

지닐 수 있는 귀한자료였다. 그 내용을 논문에 담고 국내외 석학들의 과학기술시대에 다양한 과학자와 기술 인력이 중요함을 강조한 내용도 축약해 서술했다.

논문 심사 때 세 분의 교수 앞에서 발표했고 문답 후 논문은 통과되었다. 그런데 대학원장을 역임한 한영환 교수가 3일 쯤 지나 따로 불렀다. 소파에 마주 앉아 한 원장님은 첫 장부터 끝장까지 〈주홍색 글씨〉로 고친 필자의 논문초본을 펴 보였다. 속으로 한 학기 장학금까지 받았는데 '논문통과가 뒤집히나' 전율의 땀이 났다. 이어서 교수님은 나지막하게 말했다.

"졸업 때마다 논문다운 논문이 별로 없네. 송 과장 논문이 독창성과 발전지향성이 있는 제안이라 생각 되어 집에 가서 다 읽었네. 과학기술사회 지향을 강조한 내용은 고친 게 없고 인용문 띄어쓰기 맞춤법 등을 고쳤네. 국립중앙도서관 국회도서관 등 20여 군데 보내는데 책을 검색할 분들을 고려했네. 수정 본으로 인쇄하게." "네 감사합니다."

한 원장님이 주홍글씨로 수정한 논문은 내 책꽂이 잘 보인 곳에 꽂아두고 시나 산문 쓸 때 늘 퇴고推敲의 교본으로 삼고 있다.

"매 열 두 대와 주홍 글씨." 강함과 부드러움이 받아들이기에 따라 모두 사랑 아닌가. 그 깊은 은혜는 부모님과 하늘땅처럼 내 삶에 아름답게 채색 되었다.

복선형 기술교육체계는 후일 이*호 교육부차관(장관 2회)이 전국 지역에 맞는 60여개 특성화 고교를 세워 조기 기술인재 양성에 성공하고 있다.

달에 새긴 사연들

2024년 10얼 17일 강남구 일원본동 광평대군 숭모재 회의실에서 대모문학 회지 발간문제 등을 논의하고 나오자 오후 7시가 넘었다. 음력 9월 보름달이 숲을 헤집고 둥글게 떠올랐다. 모두들 탄성을 내며 핸드폰 셔터를 눌러댔다. 달은 어린 날 꿈나라로 끄집는다.

현제명선생의 「반달」은 구슬픈 곡이다. 내가 태어나 시골집기둥에 기대어 배운 노래 중 이 노래가 몇 번째일까. 광복 후 많은 국민들이 이 노래로 감미로움에 젖고 나름대로 꿈을 키웠으리라. 현제명선생은 자기 재산을 팔아 피아노를 사고 바이올린도 사서 서울대 음대를 창설하다시피 했다한다.

그런데 음대학장으로 재직 시 4.19 혁명이 일어나 독제에 협력했다며 학생들로부터 물러나라는 외침을 듣고는 충격으로 졸도하여 끝내 세상을 하직했다. 장례식이 거행되는데 여성 제자 한 분이 하얀 옷을 입고 관에 손을 짚은 채 "낮에 나온 반달은 하얀 반달은…"하고 울먹이며 느릿하게 노래를 부르자 장례식에 참석한 삼백 여명 문상객 모두가 함께 울었다고 한다.

우리에게 낮달에 대한 애절한 노래가 있지만 달은 밤과 어우러져야 더욱 또렷하게 자신을 드러낸다. 달은 고독과 구슬픈 마음 가운데로 스며들거나 낭만을 품고 다가선다. "이화에 월백하고 은한이 삼경인데/ 일지춘심을 자규가 알랴마는/ 다정도 병인 양하여 잠 못 이뤄 하노라." 휴대전화는커녕 집전화도 우편도 없는 때에 임을 그리는 마음이 달빛내린 배꽃에 이슬처럼 맺혔다.

어렸을 적 시골에서 밝은 달밤 놀이들은 지금 보고 있는 연속극처럼 재밌고 상상력을 키웠다. 둥근달을 바라보며 시집 간 누님을 떠올리고 독백을 했다.

누군가 보고프거나 심신이 괴로울 때도 으레 달을 쳐다보며 흥얼흥얼 속삭이곤 했다. 이러한 정경을 들어 문호 이어령 선생은 "티브이가 출현하기 전에는 달이 티브이 역할을 했다"고 주장했다.

「달밤」과 연상되는 추억을 더듬는다. 전깃불도 들어오지 않은 시절 음력 칠월 백중에 마을 동무들과 읍내 씨름판까지 삼십 리 길을 걸어갔다. 씨름 한바탕씩 하고 마을 어른 한 분 따라 새벽녘에 졸랑졸랑 돌아올 때 우리들의 우정은 아른아른 계수나무에 깊이 새겨졌다.

음력 유월 유두날 밀가루 빻글어 용신제 지낸다고 4키로 미터쯤 떨어진 대강마을로 어머니는 머리에 이고 나는 등에 밀을 지고 갔다. 너무 밀린 사람이 많아 마륜 마을로 갔다. 그곳에서 얼마간 차례를 기다리는데 기계가 고장이 났다. 다시 개명마을로 갔다. 자정 넘어 밀가루를 짊어지고 달빛에 기대어 산재를 넘었다. 집에 도착하니 가족들이 걱정하며 기다리고 있었다. 용신제 지내는 시간도 지나버렸다. 그 짓누르고 무거움이 삶의 여정에 눈을 깜박거리곤 한다.

시집 간 둘째누님이 어린 딸 하나 낳고 서른 살 전에 요절한 기별을 봄날 오후에 받았다. 어머님과 함께 오십 리나 되는 험한 산과 보성강을 건너 달빛에 의지해 걸어 갈 때 모자 가슴에 응어리진 슬픔을 퍼내는 듯 떼울음을 울던 무논개구리들. 그날 밤 자정 훨씬 지나 잠든 누님영전에 이르러 내 생에 가장 많이 울었다. 나를 사랑했던 누님의 죽음 앞에 참을 수 없는 눈물이 장대비처럼 쏟아졌다. 교교히 비치는 둥근 달빛이 슬픔을 부추겼는지 모른다. 그 후 둥그런 달을 보면 외롭게 떠난 누님으로부터 받은 칭찬과 사랑의 정이 알알이 튕겨져 나와 처연하다.

희미해진 추억 중에 반짝이는 윤슬처럼 다가서는 '월보'에 대한 추억도 있다. 산등어리가 드러난 휘영청 밝은 달밤, 장수에서 「월보」행사에 따라 나섰다. 쓰르라미가 농사꾼들의 고달픔을 대변하듯 쓰르락쓰르락 구슬프게 울음의 늪을 이루었다.

월보 간다기에 달밤에 산보나 하고 막걸리잔 기울이는 장면을 떠올렸다. "달밤에 어디 상큼한 곳이라도 있나요?" 물음에 선배는 "호랭이 물어가네. 이 사람아 봇물 터 내리러 가는 거야" 뜻밖에도 월보는 공권력 행사였다. 농경사회에서 물은 벼농사에 절대적이기에 "아전인수"란 말까지 생겨났다.

가뭄에도 해발 천 미터 넘는 장안산 아래 골짜기를 타고 맑은 물이 졸졸 흐른다. 농부들은 도랑에 작은 보를 막아 논에 물을 댄다. 자갈과 모래가 섞인 토질이라 보 밑에도 또 흐르는 물이 있어 층층이 보막이를 한다. 모내기가 늦어지고 있을 때, 모내기가 끝난 위쪽의 논으로 들어가는 물길을 일시 차단한다.

보를 차례로 터서 제법 많이 흐르는 물을 아래쪽 모내기를 못한 논에 차례로 들어가게 했다. 아래쪽의 논에 모내기를 지원하는 행사였던 것이다. 월보月步가 아닌 월보越洑였다. 보를 잘랐다고 항의하는 농부는 없었으니 달밤에 치른 월보 행사도 그 지방 공무원들이 밤에 행하는 관행으로 기분 좋은 추억이다.

반듯한 포장도로로 바뀐 뒤 인근에 갈 일이 있어 부러 월보 하던 고을에 가 보았더니 저수지를 막아 가뭄 걱정은 해소 되었었다. 함께 다닌 자갈길 출장길에 모락모락 김이 피어오른 두부안주에 막걸리로 점심을 때우며 흥건하게 육두문자를 쏟아낸 안 선배의 얼굴과 객지생활을 함께하며 어울려 다녔던 젊은 동료들 얼굴이 떠올라 홀로 웃었다.

도시사회로 탈바꿈한 삶터에서 달밤은 이제 시의 소재나 소설의 글감에서도 찾기 어려워졌다. 달을 쳐다보고 하는 독백은 사라지고 카카오 톡으로 연락하고 인터넷으로 채팅한다. 점멸하는 전깃불 속에 농촌이나 어촌이 가물가물 잊혀 진다.

이제는 달에 인공위성이 내려앉으며 신비스러움이 사라지고 있다. 달에서 그리움이 떠나고 은은한 빛을 잃어버리고 있다. 도회 하늘에 뜬 달은 낭만이나 사랑스러운 얼굴이 아니다. 거리와 빌딩에서 쏟아내는 불빛에 현기증을 일으키며 독거노인처럼 소외된 얼굴이다.

그런데…, 등 굽은 할미산 위에 걸친 초승달의 가냘픈 허리가 문득 옛 추억이 새겨진 사연들을 끄집어 여행케 한다.

인연의 음미吟味

나는 인연의 근원을 알지 못한다. 거슬러 오르면 인연은 태고까지 가지 않겠는가. 태어남은 뵈지 않은 인연들이 실타래처럼 엉켜 있을 것이다. 우리가 살아가면서 겪는 우연과 필연을 구분해왔지만 양자물리학자 스티븐 호킹 박사는 "설계자 없는 위대한설계"라며 우주에서 '우연'과 '필연'은 일어날 수 있는 일이 일어난 동격으로 본다. 인연은 웃음을 주고 눈물을 뿌리게도 한다. 모든 사람들은 즐겁고 행복하길 원한다. 건강하고 성공을 바랜다. 평화롭길 원한다.

그러나 그 반대되는 삶이 다가서기도 한다. 뜬금없는 화를 당하거나 생각지 못한 행운을 잡기도 한다. 사람과 사람, 혹은 자연과 어우러져 살면서 복을 만나기도 화를 당하기도 한다. 만나는사람마다 상생의 복이었으면 좋겠다. 건강을 늘 예찬하는데 나이들면서 질병의 공격이 많아진다.

나는 인연의 오묘함에 고개를 끄떡끄떡한 사례가 많아졌다. 내가 존재하기까지는 의지와는 상관없이 태어나게 된 실마리를 오백여년 전 수양의 쿠데타로 거슬러 올라 인연의 깊이를 음미해본다. 오백년은 우주탄생으로부터 생물과 사람이 세상에 나타나기로 헤아리면 짧은 시간이다.

조선조 초 단종의 비 정순왕후는 여산 송 씨로 16대 위 고모할머니 벌이다. 정승부인 숙모를 둔 정순왕후. 수양대군은 서당친구 송현수 딸이 이슬 머금은 모란처럼 예쁘고 덕성이 두터워 왕실 여인들과 합의하여 조카며느리인 단종 비로 간택 했다. 이것은 왕실의 일상 적인 관행으로 그 자체는 경사였다. 그 일상적인 일이 오늘날 '내가 실존하게 된 계기가 되었다' 하면 희화쯤으로 치부할 수 있다. 그러나 그 뒤 사건들로 이어짐을 짚어보면 확실한 연원으로 자리 한다.

야심이 독버섯처럼 자란 수양은 쿠데타를 일으켜 어린 왕 단종을 왕좌에서 끌어내려 '노산군'으로 격하하여 영월 청령포로 유폐시키고, 왕후를 평민으로 퇴출하여 동대문 밖으로 추방했다. 세조가 자리를 잡아가면서 조카 단종을 죽여 영월 동강에 내동댕이쳤다. 참으로 버르장머리 없는 삼촌이었다.

정순왕후는 신혼의 감미로움에 젖을 겨를도 없이 통분과 원한을 삭여야 했다. 아침마다 동숭동 낙산에 올라 동쪽을 바라보며 애간장 녹는 슬픈 울음을 터뜨리며 한 많은 팔십 평생을 마쳤다.

불의의 쿠데타에 저항하다 성삼문 등 사육신은 사지가 찢기는 죽음으로 절의를 지켜 우리민족이 의를 살리는 정신사에 시퍼런 주춧돌이 되었다. 매월당 등 생육신을 비롯한 그 시대 지성들 다수도 세상을 등지고 불의에 맞섰다. 〈의를 지향한 불꽃같은 정신은 일제강점기엔 목숨 건 '3.1운동과 독립투쟁'으로, 광복 후엔 민주화〉를 성공시킨 줄기로 맥이 이어졌다.

세조는 친구인 단종의 장인 송현수와 김종서 등을 먼저 죽이고 넷째 동생 금성대군을 단종 복위운동 죄목으로 죽였다. 몽유도원도에 붓글씨를 남긴 안평대군도 트집을 잡아 강화로 귀양 보낸 뒤 죽였다. 권력욕에 사로잡히면 친구도 죽이고 혈육까지 죽이는 제 정신 아닌 폐륜의 무서움이 종종 역사의 창에 뜬다.

충강공 송간宋侃은 십육 대 위 할아버지이며 단종 비의 오라버니 벌이다. 그런 연고로 지명수배 되어 남쪽 끝 고흥으로 은거했다. 차관급 벼슬인 도진무사로 단종의 명을 받아 삼남 일대의 민정시찰 중에 있었다. 단종의 처가 주변은 숙청대상 이었다. 붙잡히면 무고하게 죽임 당했을 것이다. 그래서 고흥 동강 마륜 서재골에 은거 하였다. 숨어 살면서 천리 밖 영월에 달려가 단종을 알현하고 공무수행결과를 복명한 충실한 고위직관료였다.

단종 장례 후 계룡산에 나아가 매월당 김시습과 단종시체를 수습하여 장릉을 쓴 영월호장 엄흥도 등과 시국을 걱정한 우국지사들 일곱 명이 동학사내 한 건물에 영정으로 모셔 진 인물 중 한명이다. 김시습은 사육신 시체를 수습하여 노량진 언덕에 모신 뒤 호남지방을 떠돌다 경상도에 머물며 최초 한문소설 금오신화를 쓴 탁월한 분이다. 송간은 단종이 죽임 당한 뒤에는 영월호장인 충의공 엄흥도가 시체를 수습하여 치른 장례에 삼족이 멸할 위험을 무릅쓰고 동참하여 신하의 예를 다했다.

앞서 복명 시에도 영월호장 엄흥도가 고변하지 않은데 대하여 후예들은 오백년이 넘도록 고마워한다. 엄흥도는 중앙 쿠데타정부의 살벌한 눈을 피해가며 단종을 애틋하게 모셨다. 송간이 공무수행결과를 보고하겠다고 천리 길을 갔을 때 마음이 통했기에 복명을 허용했을 것이다.

숙종은 의를 일으켜 세우고 화합의 정치를 지향하려 했던 것일까? 세조가 격하시킨 노산군을 단종으로 복위 시키고 정순왕후 호칭도 되살렸지만 조선 임금 27명 중 유일하게 묘가 영월과 남양주로 떨어져 있다.

세조에게 붙잡혔으면 처형 되었을 '엄흥도'에겐 충의공, 십육 대 위 할아버지 '간'에겐 충강공 시호를 추서 했다. 수양의 쿠데타에 대한 역사적 재평가가 이백 여년 뒤에 이루어 진 것이다. '정의'란 이슬처럼 사라지다가도 또다시 내려와 삼라만상을 적신다.

돌아보면 충강공 할아버지는 수양의 쿠데타를 증오 했을 것 아닌가. 원망하면서 울분과 좌절, 통분으로 살았을 것이다. 그러나 수양의 쿠데타가 내 실존의 연원임을 깨닫게 된 나로선 역사상 악연이 태어남의 은혜로 역전한 것 아닌가. 알 수 없는 게 인연이요 삶이다.

수양의 쿠데타가 아니었으면 충강공은 고흥에 오지 않고 한양에서 지냈을 것은 뻔하다. 충강공 아들 5형제는 아버지 소재를 수소문 끝에 10년 만에야 찾아내 아버지와 합류했다. 이 사건을 음미해 본다. 수양의 쿠데타가 없었다면 오백오십 여년 대代를 이어온 수만 명의 고흥 여산송씨와 나의 태어남도 없었을 것이다. 인연의 오묘함을 새삼 생각게 한다. 오백여년 동안 여러 연원들이 만나고 얼켜 내가 태어나기까지의 인연들은 헤아릴 길 없다.

'인연이란 원망을 은혜로움으로 바꾸고 은혜가 원망으로 전변하는 알 수 없는 초월의 자리다.' 누구든 슈퍼컴퓨터로도 분석할 수 없는 인연의 끈으로 직조되어 태어나서 사회공동체를 이루고 있는 것이다.

얽히고설킨 인연은 불가사의한 깊이와 폭과 두께인 것이다. 지금까지 살아온 과정만 해도 그렇다. 대부분 느끼지 못했고 생각도 나지 않은 인연의 씨알들이 원인과 결과로 돌무더기처럼 쌓여 삶의 기둥을 세워 간다는 생각이 든다.

어울려 지내는 동행자들과 좋은 인연의 꽃씨를 뿌리며 살아야 한다는 염원을 한다. 한 번 주어진 귀하디귀한 일생의 인연 앞에 기도하듯 마음을 정제한다. 인연이 설혹 악연일지라도 '참음과 용서'로 좋은 인연으로 바꿈이 가능할 수 있을 것도 같다.

인연은 전생에서 시작하여 내세에까지 이어지는지 모른다. 지구별이란 자연 속에 사람과 사람들이 어울려 산다. 아름답고 청아한 인연만으로 너그럽고 즐겁고 다정한 일상이면 좋겠다.

해님은/맑은 물 어루만저 구름 자아올리고/흰 구름/실바람 등에 업혀 흔들며 간다/해 물 바람 어울린 자리/우리들 만남 아름다워라/무지개빛깔 은혜로운 인연/어디서 떠나와 얼마큼 함께 갈까

— 자작시 〈인연〉 전문.

설날

　손주는 물론 아들조차 전혀 알 수 없는 화석처럼 된 어릴 적 농촌에서 맞은 설날 풍경. 지금과 전혀 다른 그때 그 시절 농촌에서 자란 나의 생각과 행동은 격에 맞았고 즐거웠다.

　꽁꽁 얼고 매섭게 추운 날 내복도 없이 어머니가 솜을 넣어 만든 새 무명옷만 입은 채 덜덜 떨면서도 설날은 즐거웠다. 설날은 어린 가슴에 감격으로 채워졌고 들뜬 마음으로 맞이했다. 섣달 들어서면 새벽잠 깨어 이불 속에서 설날까지 며칠 남았나? 손꼽으며 헤아린 것은 희망의 날을 기다림이었다. 그것은 가슴에 꿈을 키우는 설렘의 씨앗으로 자랐다.

　설의 시속時俗에 젖어 자란 정서는 긍정적이고 낙천적인 성격을 키우는 영양소였다. 설날 아침 떡국으로 나이를 보탰고 옆으로 늘어서서 절하며 차례 지내기, 가랑이 터진 옷 입고 절하면 뒤쪽에 나온 두 쪽 방울을 보고 깔깔거리던 누님들의 웃음소리가 귓전에 윙윙거린다.

　소년이 되어선 부모님께 세배를 마친 뒤 이웃집 쇠재金城할머니 집을 시작으로 마을 어른을 찾아 세배 길에 나섰다. 기만아재 따라 여러 집을 돌면 동무들과 청. 장년 어른 숫자가 늘어나 그룹을 이루게 된다.

화산할아버지 댁에 이르면 으레 세배 뒤 구두시험을 치렀다. 두 해쯤 같은 문제 질문에 50점 밖에 못 받은 것으로 기억난다. "네 이름의 한자가 무슨 자인고." 「녹봉(俸) 숫귀현(鉉)입니다」. "뜻은 무엇이냐" 「…」. "쯧쯧, 개 글만 배우지 말고 참 글을 배워야 한다."

나는 훨씬 뒷날에야 한문이름이 지닌 뜻을 안 것이다. 그때의 곤혹스러웠던 일, 왜 할아버지는 같이 간 기만아재에겐 묻지 않고 내게만 질문하셨는지 서운했다.

세월이 흘러 지금 돌아보면 질문을 던져 스스로 깨우치게 하는 훌륭한 교육의 한 토막 이었다. 건장한 풍채와 수북하게 늘어뜨린 수염, 긴 담뱃대에서 피어오른 연기는 이젠 그리움이다.

세배는 오전에 마치고 오후에는 어른들을 따라 성묫길에 오른다. 흰 두루마기를 입고 갓을 쓴 어른들이 앞선 느릿한 걸음걸이로 걷는 뒤를 조잘대며 걸어간다. 낮은 산의 허리를 따라 이어지는 오솔길을 걷다보면 힘찬 산줄기가 좌청룡 우백호를 이룬 사이터, 아늑한 곳에 푸른 바다를 향한 둥그런 묘. 그것은 우리들의 성지聖地인 셈이다. 선비들은 걸음에도 격이 있었다. 천천히 걸어가는 '성지순례' 길에 조상들의 행적을 듣는 것은 어린 마음에 자긍심을 심은 한 줄기 정신적 뿌리가 되었다.

그런데 학교에선 설날은 없애야할 날로 썰렁했다. 서양 바람을 끌어다 전통을 허물어버리려는 위정자들에겐 〈전통이 발전을 막는 장애〉로 인식되었다. 설 차례茶禮를 중단하라고 몰아치는 위엄은 태풍 「사라호」처럼 거칠었다. "양력 1월1일을 설"로 대체하라는 득달이었다.

추상같은 정부의 지침에 따라 선생님들은 해설을 곁들여 학생들 새가슴을 압박했다. 그러나 학교에서 돌아오면 집집마다 끄떡도 않고 정부에 대한 비판소리만 높았다. "설 쇠는 것이야 조상 대대로 물려온 일인디 해방된 터에 일본 놈 설을 왜 쇠라는 거여"하며 볼멘소리로 되받았다.

그때 설날은 선생님과 부모 사이, 나라와 가정의 불일치로 어린 학생들은 갈등을 겪어야 했다. 그러나 푸른 하늘에 띄워 올리는 연날리기와 보름날 쥐불놀이, 농악 울리며 당산제 지내는 축제는 규제되지 않아 설날 추억 쌓기에 맥은 이어졌다.

뒷날 공무원이 되었을 때 설날은 출근 특별 점검 일로 이어졌다. 모서리와 모서리가 부딪치면 두루뭉수리가 된다. 「자기 나라 전통 민속을 깨버리는 문명된 나라가 공산국가 말고 있었는가?」

1980년 대 후반에 노태우대통령의 설날복원으로 설을 둘러싼 정책과 백성간의 헛된 갈등은 사라졌다. 설날은 사일간의 공휴일까지 정해져 신정 하루 휴무에 비하면 격상된 명절로 설과 신정은 형 아우처럼 일터가 모두 쉬는 날이다.

'설의 폐지정책은 동서양 간의 격렬한 문화 충돌'이기도 하다. 설의 부활은 일제 강점기부터 약 칠십여 년에 걸쳐 우리전통과 서양문명화의 충돌이었다. 송구영신에 즈음하여 돌아보는 설날의 죽임과 부활은 한 때 망령처럼 번지던 「옛것은 모두 구식」이란 이름을 씌워 폐기의 대상으로 여겼었던 오류였다.

이웃 중국은 공산국가를 세우며 문화와 전통을 파괴하고 지주

등 수 천만 명을 반동으로 처단했다한다. 시장경제로 바꾼 지금은 '춘절'이라며 열흘 이상 휴무다. 설의 갈등에서 "설"을 부활한 터에 〈구정〉이라고 부르는 분들이 수상? 하다. 우리가 사랑하는 〈설〉이 부활했는데 애써 구정이라 하는가. 버릴 것과 보존해야 할 유산을 신중히 분별해야 한다.

민심을 떠난 국정운영, 사리에 어긋난 개혁은 갈등만 일으킨다. 정책의 시행착오는 모두에게 피해가 돌아가고 결국 소멸하고 만다는 것도 깨우치게 한다. "백성은 바다요 권력은 물 위에 뜬 배다. 바다의 물결이 거칠면 배가 뒤집히기도 한다."는 중국 순자의 말처럼 백성 뜻에 반한 공권력은 실패했다.

우리는 북한 좌파정부보다 훨씬 뛰어난 나라로 국제적 평가를 받고 있지 않은가. 남은 과제는 〈핵의 균형〉을 이루는데 뜻을 모아 실현하면 모두 오케이다.

나이 들어 도시에서 보내는 설날은 어렸을 때 즐거움은 간 꿈이었고 밋밋하다. 올해는 뜬금없는 계엄정국이 소용돌이쳐 국무총리가 대통령직을 대행하는 시국 속에 차갑고 더 허전한 바람이 가슴을 파고든다.

골프 그 우아함

송시인.

"푸른 하늘 아래 초록빛 잔디. 하얀 공 날아가는 아름다움을 바라보는 것 자체가 한 편의 시야. 골프 운동은 힘들지 않은 즐거움이니 골프를 배우라"고. 동행해온 일터의 선후배들에게 많은 권고를 받아왔다.

이 시대에 골프를 하지 않은 자체가 따뜻한 사교의 기회를 놓치고 있다는 생각이 가끔 들었다. 1994년 8월부터 약 1년간 근무했던 대덕연구단지관리 소장은 정부출연연구소 전체에 도움이 되는 일을 하도록 한 기관이다. 복지시설인 수영장, 골프장 등도 관리한 자리다. 건강에 두려움이 없다면 골프를 배울 수 있는 기회는 충분했다.

연구단지 골프장은 외국 생활에서 보편적으로 즐기던 연구원과 가족들에게 저렴한 가격으로 체력단련 지원 차원에서 마련했다. 하지만 장소와 시간이 여유로워 대전 시민들도 다수 이용했다. 연구단지 골프장이 있는 곳은 우리나라 〈최초 골프여왕 박세리〉를 길러낸 대전광역시 유성구다.

그 시기엔 골프장이 별로 없었고 상류층들이 즐기던 운동이었다. 휴일에는 운동예약 청탁성 전화도 많이 받았다. 동 튼 시간부터 밤까지 연습장과 골프장은 활기찬 삶의 모습으로 만원이었다. "송 소장 쓸 만한 골프채 줄 테니 함께 운동하자고." 고맙게 권하는 선배 기관장도 있었다.

답답하고 꽉 막힌 사람이라고 재껴버릴 만한 일상 아닌가. 골프가 상류층 운동 아닌 보편화 된지도 오래 되었다. 상류층 운동이라고 기피한 건 절대 아니다. 물려받은 유전자에 문제가 있다.

허리 병으로 드러누운 아버지를 종종 보았다. 형님도 허리 병을 앓았다. 시집가기 전 누님은 어린 내게 종종 허리 위에 올라가 밟아 달라며 엎어져 눕곤 했다. 나쁜 유전자는 자녀들에게도 증상이 나타나는 가족 내력 고질병이다.

삼십대 후반 허리 병으로 오랜 기간 고생했다. 경쟁하는 서기관 승진 심사에서까지 건강문제가 제기되었다는 얘기에 충격을 받았다. 과천청사에 근무할 때 승강기 안내원들까지 허리 굽은 내 모습을 안타까운 눈으로 바라보며 인사했다. 차관을 역임한 한 선배는 완치 후 삼십년 넘은 때도 "허리 괜찮은지"를 물을 정도로 지인들에게 허리 병이 새겨져 있었다.

돌아보면 병이 악화 된 데는 스스로 관리하는 차원의 문제도 컸다. 점 일천 원짜리 고스톱 화투놀이가 성행했다. 그 놀이 늪에 퐁당 빠져 밤새우기 일쑤였다. 허리 병을 가속시키는 그 놀이에 왜 자제력을 잃었을까. 걷다 앉았다하며 출근을 이어갔다.

일자리는 매우 바쁘고 중책인 실 주무사무관 자리였다. 일하다가 힘들면 도서실가서 적당히 쉬고 어설픈 운동요법을 시도하기도 했다. 고스톱 좀 삼갔어야지. 사무관 동기생들 중에 서기관 승진은 꼴찌였다. 그것도 수술 후 건강이 회복 된 뒤다. 지긋지긋함을 남긴 허리 병 경력자다.

한 때 허리가 아프면 내게 자문하는 벗도 있었다. 병원에 입원하여 1개월 간 물리치료를 받았지만 효과가 없었다. 1980년대 초 당시엔 수술요법에 대하여 "하반신 마비를 일으킬 수 있다"는 매우 절망적인 이야기가 수술을 망설이게 했다. 집에서 침대에 누워 추를 매달아 당기는 병원에서 사용한 치료를 지속 했다. 잠만 잘 못 잤지 효과가 없었다.

그러나 질병은 역기능만 있는 건 아니다. 깊은 서글픔과 회한은 전반적인 내 삶을 돌아보며 반성케 하는 약도 되었다. 명운을 건? 수술결심을 굳혔다. 다시 서울성모병원에 입원했다. 의료기술에 따르기로 굳혔다.

허리수술 명의로 알려진 신경외과 과장 송진원의 집도로 다행스럽게도 수술 후 완치 되었다.(*성모병원은 명의가 은퇴 후 이름을 딴 '상'을 제정하여 시행한다함.) 병명은 「추 간판 탈출 증」. 의사 선생님은 "일상생활에 아무 지장이 없을 것이다. 등뼈 다섯 개 중 수술한 부위는 괜찮지만 다른 부위에서 똑같은 병이 발생할 수 있으니 주의하라" 했다. 선생님은 자신도 수술을 받았음을 보여주며 수술 후 관리를 당부했다.

골프는 허리힘을 많이 쓰는 운동 아닌가. 정부출연기관 상임감사 때 후배 중엔 "골프는 허리 근육 강화운동이라며 감사님 배우시죠." 순수친절을 드러낸 후배도 있었다. 하지만 "한 번 실수는 병가지상사"란 말처럼 같은 내용의 거듭된 잘못은 실수로 인정받지 못하고 응징대상이라는 뉘앙스로 동양병법에 전해진 경고 아닌가. 6개월 여 허리 병으로 고생하는 동안 뒷바라지 한 아내는 또 얼마나 힘들었을 것인가.

유성에는 대덕연구단지관리소 말고도 국립중앙과학관 원자력안전기술원 등 3개 기관에서 7년 정도 근무했다.

골프는 현대생활에서 윤활유 역할을 하는 〈우아하고 멋스런 운동〉이다. 그린 위 하늘로 포물선을 그리며 아스라이 날아가는 정경을 티브이에서 보면 경탄할 만큼 아름답다. 운동은 심신을 단련한다. 그 좋은 운동을…. 이제 해외로 골프운동을 떠나느라 부산스럽다. 스스로 시대 낙오 생이라며 접을 수밖에.

일터에서 동행했던 선후배들로부터 골프권유가 많았으나 스스로 사교의 장 밖으로 물러나 재껴진 사람이다. 하기야 세상에 하고 싶은 일을 다 할 순 없지만 골프는 우아한 운동으로 바라보며 부러움을 숨기고 사는 짝사랑으로 끝날 수밖에 없다.

환상의 길

가을은 곧잘 사색의 심연으로 빠져들게 한다. 감성이 날을 세워 잊혔던 사람 잊혔던 일들을 끄집어온다. 회상은 즐겁게도 아쉽게도 한다. 이제 미래에 대한 꿈은 연약 지반처럼 잘 주저앉곤 한다.

인천 앞바다에 떠 있는 무의도 나지막한 산엔 「환상의 길」이 있다. 친한 벗이나 사랑하는 연인이면 함께 걸어보라. 환상의 길은 이승에 실존하지 않은 극락이나 천당 같은 것, 그런 것을 느끼게 하는 의미로 지은 이름일 거다.

호용곡산 꼭대기에서 섬 서북쪽을 따라 작달막한 나무들이 이룬 숲길이다. '숲' '하늘' '바다'가 적절하게 펼쳐졌다 접혔다 한다. 십일월의 소슬바람이 설렘의 불살을 당긴다. 언뜻언뜻 옛 일들이며 주변 사람들이 스친다.

성현, 선망할 만큼 총명했던 친구는 왜 젊은 나이에 홀쩍 떠났는가. 친구는 내게 말하지 않았어도 나는 친구에게서 노력의 열매를 보며 배웠다. 착하고 슬기로운 친구. 선선한 바람이 머리칼을 흔들어 그리운 벗의 영이 찾아온 듯 환각에 빠지게 한다. 선한 사람이 일찍 죽거나 고통스럽게 사는 상황을 보면 구제의 신은 무엇하고 있는 것일까 회의 한다.

내겐 어릴 적 시골생활에서 체험한 농촌의 정서가 녹아 있다. 달콤하고 아름다운 추억이나 혹은 고통을 견뎌낸 과정을 사랑하며 가끔 글로 쓰고 있다. 여유로운 전원생활이 아닌 당시엔 가난과 농업노동의 시린 아픔을 참으며 치열하게 살아온 날들이었다. 고통스런 삶은 괴로웠지만 보람으로 다가서기도 한다.

고향 마을은 저수지 둑 너머로 바다가 보인다. 거기 평화롭게 떠도는 하얀 돛배들이 한가로이 고기잡이 한 원시적 경관이 고스란히 담겨 있다.

음력 시월 온동 마을 뒷산에서 시제를 모시던 중 비행기 소리가 나니 모두들 하늘을 쳐다봤다. 제사가 끝나고 꾸러미를 만들 때 유촌 할아버지께 질문했다. "할아버지, 쇳덩어리가 날아다니는 비행기가 기이하기는 하지만 제사를 모시다 바라보는 건 정성스럽지 못함 아닙니까?" "그렇다. 돌아가신 조상은 이 몸의 전신으로 조상의 제사에 대한 마음은 행실이 기반이어야 하는데 형식으로 변한 때문이다. 하지만 참여하는 것은 불참한 사람보다는 낫단다." 초등학교 2학년 쯤 어린 때의 일이 새삼 떠오르며 환상의 오솔길 발걸음을 느리게 한다.

19명의 일터동료들 행렬에서 쳐져 그리움과 외로움의 바다에 빠진다. 당돌함까지 깃든 그 순수한 물음의 혼은 내게 지금도 숨 쉬고 있는가. 살아오면서 정직한 채 착한 채하며 남을 속이거나 주변 사람 가슴에 못 박은 언행을 하지 않았는가.

시제 중에 비행기 바라 보 듯 순수는 오염되고 변질과 반전을 거듭하며 정성은 형식으로 전도 되고 정론이라며 꿰맞추기를 부끄럼 없이 한 일도 있었을 성 싶다. 내가 의식하지 못한 채 한 언행일지라도 상대방을 아프게 했다면 그것은 죄 지은 것이다. 모른 새 지은 죄까지 털어내려면 어떻게 살아야 할까.

모퉁이를 돌아 백사장 가까운 산행 끝점 부근에서 뜬금없이 「운조루」 생각이 났다. 지리산 부근을 여행하다 구례군 토지면에서 만났던 운조루. 구름 속에 새처럼 숨어 사는 집이란 운치 있는 택호다.

그 집 대문밖에 세 가마쯤 쌀을 담을 수 있는 나무뒤주가 있었다. 굶주린 주민들이 쌀을 퍼 가면 또 채워두곤 했다고 전해진다. 뒤주엔 누구든 뚜껑을 열 수 있다는 '타인능해他人能解'라는 네 글자가 쓰여 있었다. 나눔과 베풂의 본보기 아닌가. 낙안 현감을 지낸 류이주 씨가 지어 이백 년 넘게 지탱한 운조루. 이름에 멋과 낭만이 깃든 고택은 이 시대 화두인 나눔의 교육장인 셈이다.

산길을 걸으며 오늘처럼 지난 일들을 많이 회상한 것은 드문 일이다. 가을 자연에 어우러져 걸러 낸 말간 가슴이 과거를 소환한 '환상의 길.' 한국기술사회 회원들과 탈 없이 마무리한 즐거운 산길 끝자락에 인기드라마 "천국의 계단" 세트장이 잘 가라 손 흔드는 환상의 길 연인과 함께 걸어보세요.

부네와 만남

2021년 가을 세 번째로 이황과 유성룡 선생 고택을 찾았다. 전 인류를 공격하는 전염병 코로나19의 대응책으로 '거리두기' '모임금지' 등 유리안치 귀양살이에 버금가는 '집콕'이라는 신조어가 생겨났다.

가을이 저물어 가는 10월 하순, 코로나 터널 2년이 지나면서 PEN한국본부에서 두 번 예방접종한 문인간부들만으로 안동 나들이에 올랐다. 오랜만에 반갑게 손잡아 흔들기요 가슴에 즐거움 가득한 여행이었다.

5천년 역사에 찬란한 옷을 입히며 선진국을 추월하기도 하는 『우리 장한 기술』의 위상'을 담은 버스는 날씬하고 편안하다. 포장된 도로와 터널을 축지법 쓰 듯 달리는 경쾌한 버스.

봇짐이나 지게를 지고 넘은 낭만 질펀하던 고갯길을 떠올리면 가물가물 아쉬운 생각도 든다. 그런데 알록달록 아름다운 단풍은 평화로움을 품고 옛날의 그리움과 현대의 쾌적함을 아우른다.

안동에 가면 늘 가슴에 품는 '사람다움'을 퇴계의 높은 도학과 서애의 '애국충정'을 만나 수련한다. 낙동강 댐 상류의 도산서원에서 퇴계선생 도학의 유훈을 새기고 물길이 마을을 휘돌아 둘러싼 하회마을 서애 징비록 앞에 숙연해 진다. 암 치료 때 방사선을 쬐듯 퇴계와 서애의 반짝이는 빛을 받고나면 세속에서 묻은 때가 조금은 씻긴 듯하다. 부용 대에 올라 하회마을을 바라보며 사람다운 여러 가지를 새김질한다.

안동시청에는 고려 말 공민왕의 친필「안동부安東府」현판이 있다. 그 때나 지금이나 분쟁은 있기 마련이고 부글부글 끓어오른 백성들 돌보기와 안보에 대한 대비는 통치자에겐 숙명이다.

홍건적에 쫓겨 수도 개성을 버리고 공민왕은 불길을 피해 몽골 출신 왕비 노국공주와 신하 등 28명 초라한 행차로 이 먼 곳까지 쫓겨 와 피신했다. 안동은 신라가 쇠잔해지고 후백제와 고려가 충돌할 때 고려 편에 섰던 '고창'이란 고장이다. 공민왕이 안동에 이르자 백성들은 내를 건널 때 밟고 가라며 물 위에 줄지어 엎드렸다는 설이 전할 정도로 정중하게 맞았다 한다.

여행 중 만난 '부네실' '부네식당'은 내겐 생소했다. 어원을 물었다. '부네'는 하회별신굿 다섯째 마당에 등장하는 예쁜 과부란다.

지체를 뽐내는 양반과 학식을 과시 한 선비가 다투어 의뭉스레 흑심을 품고 침을 흘렸다. 부네는 아랫도리를 꼬는 유혹의 자태를 보이다가 손가락을 턱에 대고 기다란 실눈으로 웃음을 살짝 보내며 머리를 천천히 옆으로 돌려 양반과 선비 애를 태우고 조롱하며 자리를 뜬다는 것.

안동은 유엔에서 공인한 품격 높은 문화유산과 도와 충효가 유유자적 숨 쉬는 참하고 멋진 고장이다. 한국을 방문한 영국 엘리자베스 여왕이 김대중 대통령 권유로 1박2일 안동 여행을 했다.

하회 탈춤과 가장 오래 된 목조건물 영주 무량수전을 뒤덮은 「봉정사 극락전」 등을 둘러본 뒤 뽀얗고 도톰한 평화로운 얼굴에 흡족한 미소를 짓고 돌아갔다. 귀국 후 아들에게 안동 여행을 권고하여 여왕 아들도 하룻밤 묵고 간 그윽한 고장이다. 이처럼 안동은 옛 정감이 넘쳐 여행하고픈 은유의 땅이다.

한국PEN 일행은 우리글 유산을 챙기는 안동소재 '한국국학원'에서 초청한 이틀 동안 따뜻한 햇살과 맑은 바람을 만나 미세먼지 낀 영혼의 창을 닦았다. 코로나 19 덕도 보았다. 문학기행 중 처음으로 잠자리가 독방이어서 최고였다. 2인용 침대 하나 1인용 침대에 티브이 있는 방에 홀로 잤으니 그야말로 전무한 호강을 누린 것이다.

안타까운 것은 10월 21일 오후 〈누리2호〉가 완전한 성공을 거두지 못했다는 소식이었다. 3단 로켓까지 순조로웠다는 소식에 7년 간 땅속에서 기다린 매미가 태어나 짱짱하게 부른 노래처럼 속으로 좋아했었다. 대기권만 벗어나면 성공인줄 알았던 무지가 우주에서 마지막 제집(목표 궤도)찾기 숨바꼭질이 남은 걸 모르고 여러 톡 방에 축하 글을 올린 것이 민망하다.

대통령 말씀처럼 "대단한 성과"인지 모르겠지만 아쉬움으로 뒤척이다 수면유도제 도움을 받아야했다. 미세 오차도 용납되지 않은 신의 경지에 가까운 과학기술과 우주의 정체를 겸허히 돌아보게 한다.(그 다음 번 인공위성은 궤도진입에 성공하여 지구를 선회하고 있다.)

안동을 떠나면서 "자신을 속이지 말라(毋自欺)"는 퇴계 말씀 복

사본을 받았다. 글씨 여백에 부네의 실눈 웃음 풍자가 여행자에게 다시 찾아오라 눈웃음 여운을 남긴다.

개똥철학 패

상산.

우리에게 다가서고 있는 알 수없는 나라가 아슴푸레 짐작되지만 그곳을 향해 떠날 시간은 모른 채 살고 있는 나이가 되었네. 주변의 지인들이 다수 저승으로 가지 않았는가. 그 틀 속에 아직은 건강한 몸으로 달포쯤 만나 수담 몇 수 나누고 소주 한 병 마시며 환담하는 시간은 참으로 다행스러운 일이었지 싶네.

한의사 김용옥의 '똥' 철학생각이 비시시 웃게 하네. B.G.K.S 네 명. 점심 먹은 뒤면 운동장 한쪽 모퉁이 실버들 늘어진 연못가에 모여 앉아 토론하던 종교, 철학, 문학, 봉사 이야기. 영어나 수학 성적은 처진 편이면서 세종, 링컨, 니체, 볼테르, 싯다르타, 샤르트르, 톨스토이, 헤밍웨이, 슈바이처, 예수, 일원상—圓相…. 영성을 좇으며 삶 그 자체에 심각했던 우리.

열정과 적극성이 가장 높던 막내 G가 먼저 이승을 떠난 지 벌써 몇 해 되었네. 그는 가장 실천적인 친구로 '군에 책보내기 운동' '군부대내에 원불교포교자두기 이룸' 등으로 평가 받았지. 그때 상산이 좀 도왔지 않았나 싶네. 그래서 일반 신도와 구분한 〈공훈묘지〉에 누워 있지. 공훈묘역엔 최대 재벌 외할머니 묘지가 있더군. 저승세계에도 등급이 있을까.

K는 동양철학 박사와 교수 대학학장 자리에 오른 뒤 은퇴했지. 남과 북이 화해분위기였을 때 도쿄 남북인문학학술 세미나에서 만난 북쪽 한 사회학자에게 "원불교에 대한 설명과 경전을 전했더니 한국고유 정신에 바탕 했다며 매우 관심을 가져 북한 학자에게 포교 한 셈"이라 힘주어 말한 방송대담 프로를 보며 대견하다 싶었어. 북한에 원불교를 처음전한 친구였어. 익산에 살면서 진리를 캐는 일에 아직 열기가 뜨겁더군.

지금 벚꽃 화사한 서울 양재천 둑길을 걸으며 문득 연못가 정경이 떠올랐어. 틈만 나면 물가에 둘러앉아 나누었던 주제들과 추억이 떠오른 건 잠자던 우정의 신이 흔들어 깨운 것이겠지. 〈어떤 삶이 훌륭 하느냐에 대한 논의가 영어, 수학 성적에 매달림보다 앞자리에 둔 건 대학 진학을 목표로 이루어지는 고등학교 교육과정측면에서 보면 엉뚱하고 또한 엇나감 아니었나.〉 다른 친구들은 우리를 "개똥철학 패"라고 구슬렸지만 싫지 않았어.

상산은 일찍 육군 장교로 입대하여 공산군과 맞대응하며 정교한 수 싸움의 지장智將으로 빛났지 않았나. 베트남전장에서 비 오듯 퍼붓는 기습총탄 속에서도 죽음을 비껴 가끔 마주하는 상산 박영기. 부사단장을 끝으로 빛나는 무공훈장을 안고 부부 함께 국립묘지 안장이 확정된 친구를 자랑스럽게 얘기하곤 하지. 80 가까운 때도 국가부름 받아 전국을 돌며 안보 교육을 하는 것은 선택된 몇 안 되는 영예 아닌가. 자네의 지혜로움과 덕망 천부적 웅변술이 팔십 나이에도 강단에 서게 하지 싶네.

그 화술은 화를 부르기도 했지. 고등학교 수학여행 소감 발표 때 흥미를 유발하여 학우들이 열광했었지. 그런데 여행지에서 처신을 문제 삼은 인솔교사 회초리 매에 G가 덤벼들었고 "무기정학 처분까지" 내렸지. 수업이 끝난 뒤 반장 이근희가 앞장서고 내가 쓴 건의문을 가지고 K 등 다섯 명이 교감 선생님 댁으로 찾아가 복교 탄원을 했지. 담임 선생님도 다른 반 선생 훈장님이 주도하여 질책을 넘어 매를 때린 점에 대하여 속상해 했었어.

2개월 만에 복학되었지만 화禍의 근원이기도 한 정감 넘치는 언변. 그 언변으로 청와대 비서실 직원까지 경청케 한 안보전도사. 전국을 누비는 강론은 일생을 국가안전보장을 걸머지고 살아온 바탕 위 토해내는 사자후라 생각하네. 그것이 곧 상산 삶의 표상이기도 하고.

몇 년 전부터 내 꿈속에 함께 일했던 아껴주던 저승 선배들이 가끔 나타나곤 해. 꿈에서 깨어나면 내 이승 삶이 얼마 안 남았음을 선배들이 알려 주며 품은 뜻에 정려하라는 채찍이구나 싶어. 그래서 삶을 엄정하게 추스르기도 하고 수련의 출발점으로 삼지.

존·듀이가 창안한 평생교육 꽃이 한국에서 활짝 피고 있지 않은가. 시니어 교육관에서 서양사 논어 주역 대학 서양미술사 가곡 등으로 재밌게 채우고 있네. 관상학도 맛봤지. 관상학 강의 중 가슴에 남은 것 하나는 "관상觀相보다 심상心相이 더 중요하다"는 강론이었어. 간간이 되씹으며 수련의 끈으로 삼는데 잔잔한 마음으로 평상심이 되길 간구하네.

이따금 수도권 학교에 나아가 초·중·고 학생들과 과학기술 애기 나누는 일은 즐거움이지. 세계 일등 첨단기술들! 첨단기술은 우리를 저 빈곤의 심연에서 일약 선진국대열까지 올려 놓고 있지 않은가. 나는 운 좋게 과학기술 황무지를 갈아엎을 때부터 오늘의 번영을 끌어올리기까지 과학기술계에서 심부름 하면서 느낀 자부심과 자랑거리가 많지.

청소년 학생들에게 "우리나라가 무엇으로 번영하고 있다고 생각하는가." 질문에 학생들은 궁리를 하고 손들어 답하지. 처음엔 대부분 오답이야. 그런데 강의를 듣고 난 뒤엔 "과학" 또는 "기술"이라며 정답이 나오면 달려가 껴안아 주고 싶도록 사랑스럽네. 정답 학생에게 자작 시집 한 권씩을 상으로 주지. 함께 사진 촬영 때 학생들 싸인 요청은 행복한 시간이지.

"사우디처럼 석유도 나지 않은 나라가 빈곤을 털어내고 세계가 경탄하는 번영한 나라로 올라선 과정은 이승만-박정희- 전두환…역대 대통령들이 '기술 선진화'를 밀어붙였고 지금은 민간기업이 세계와 경쟁하며 기술을 활발하게 이끌고 있다"고 하면 학생들은 눈빛이 반짝거려. 정부는 목마른 말(기업)을 강물까지 안내했고 지금은 국제사회에서 우리기업이 부당한 처분을 받지 않도록 울타리역할이 중요한 때지 싶네.

굶주림의 〈보릿고개〉이야기는 청소년들에겐 신화인 셈 이지. 한 때 세계시장의 70%를 점유한 반도체 첨단제품 말고도 세계 최고층을 지은 건축과 기둥 없는 먼 교량 등 토목공사. 원자력발전을 미국 프랑스 일본과 경쟁하여 이기고 아랍에미리트에 수출한 점. 선박엔진 고속철도 국산화(세계4번째) 등 일등을 이야기

하며 달러를 벌어들이고 그 돈은 여러분 부모들의 주머니도 불룩하게 채운다하면 귀를 쫑긋 세우지. 전두환 대통령이 반 강압적으로 첨단기술연구를 독려 했고 "울며 겨자 먹기"로 끌려간 대기업들이 황금열매를 세계시장에 팔아 30여년 만에 선진국칭호를 받고 있는 것은 과학기술자 근로자 기업들이 일궈 낸 업적으로 우리역사의 르네상스라 보네.

함께 일했던 직장 동료들과 장애인 일터 일손 돕기를 격주로 하는 것도 즐거움이고. 매주 월요일이면 옛 일터 선후배들 삼십여 명이 산과 호수 문화유산을 돌아보며 걷거나 어울려 사는 건 화랑은 아니지만 또한 즐거움이네.

실버들 늘어진 연못가에서 사상을 논하고 문학을 평하던 풋풋한 고교시절이 실제 삶 속에 이어져 허망은 아니었다 싶어. 〈개똥철학은 정리되지 않은 꿈 조각〉들이었어. 우리가 어디에 서 있건 어떤 일을 하든 궁극적인 삶의 의미인 〈나쁜 짓 않고 베푸는 착한 삶〉에 이르려는 끊임없는 행보는 행복인 거야.

절대적 사랑과 공손하며 자비롭게 살아가려는 노력은 멈추지 않은 강물처럼 흐르고 흘러 바다에서 만나 다시 하늘로 승화하는 여정이라 생각하네.

5

두고 온 고향 고흥

고향은 엄마 품 속이다.

– 저자 글 중에서

보금자리

포근한 느낌을 안겨주는 보금자리는 짝짓기한 날짐승이 알 낳고 새끼를 품어 기른 둥지를 일컫는다. 평소 아버지는 '터'를 중시하는 말씀을 종종 하셨다. 집터, 못자리 …. 필자가 태어난 곳은 어느 농촌이나 비슷한 남쪽 끝 고흥 반도농촌이다. 한 집에서 현조할아버지부터 둘째 조카가 태어날 때 까지 200년 이상 살았다.

초등학교 입학 전까지 아빠 엄마 세 누님 형님 아우 8명이 한 울타리 안에서 자연과 더불어 살았다. 겨울 새벽이면 가족과 함께 삶은 고구마를 먹으며 목화다래 속의 하얀 송이를 뽑아내기도 했다. 도란도란 어머니가 끌어간 이야기들 속에 조상의 얼이 살아나고 정이 자라 깊게 뿌리내린 아버지까지 4대독자 집안이다.

청소년 시절 급하게 변하는 동서양의 가족제도에 대한 토론을 한 일이 있다. 주택을 중심으로 삶의 행태에 대한 토론이었다. 삼대는 보통이고 사대까지 한 집에 사는 우리와 핵가족으로 살아가는 서양가족과 어느 쪽이 우월하냐는 뭐 그런 속살 파고들기였다. 선배의 지명으로 나는 우리나라 가족제도를 옹호하는 역할을 받았다. 상대는 여성으로 서양제도로 변해야 한다는 주장을 펴도록 했다.

"낳아 기르느라 등뼈가 휘고 늙어 일도 못하는 부모를 모시지 않고 젊은이들이 저네만 따로 사는 것은 사람의 도리가 아니라"는 요지를 중심으로 대가족제도의 장점을 부연했다. 자녀들 정서에도 좋다고 덧붙였다.

상대방은 "가장 고통이 많은 며느리의 입장을 생각해 보면 노예나 다를 바 없는 희생인 것이다. 행복은커녕 지옥 같은 하루하루를 산다. 오죽하면 "고초당초 맵다한들 시집살이만 하겠느냐"는 탄식이 회자되는가. 그것은 사실 아니냐고 정곡을 찌르고 나왔다. 주제를 정한 선배는 미래사회를 짚은 것이다.

나는 그 때나 지금이나 동서양 문화에 대한 종합적인 식견을 가지고 장·단점을 논의할 만큼 깊지 못하다. 어쨌든 오늘의 결과는 삶의 양상을 뒤집은 혁명으로 내가 완패한 셈이다. 산업사회가 되면서 젊은이들은 도시로 떠나고 늙은 부모들만 농촌에 남아 처연하더니 자녀 따라 도회로 나온 어른들도 핵가족제도가 자리 잡아 외로움을 씹으며 살고 있다.

흐르는 세월은 도시로 나온 젊은이들도 늙게 했다. 요즘 도시에선 어쩌다 결혼한 젊은 자녀가 함께 살자 해도 부모가 오히려 손사래 치는 상황이다. 나뉘고 갈라져서 노소 가림 없이 둘도 아닌 홀로 사는 세대가 늘어난다. 우리 집도 머잖아 홀로 남을 것이다.

시멘트벽에 둘러싸여 의도적으로 인사하지 않으면 이웃 간에도 모른 채 지내는 아파트의 삭막함이다. 이제는 결혼도 않고 아이 낳기도 꺼려 지구상에서 출생률이 꼴찌로 떨어져 민족 소멸론까지 퍼져 대통령이 나서 출산장려책을 이야기 한다.

사회 변화에 따라 생각도 많이 바뀐다. 고요한 산골 정적을 깨며 들리는 맑은 워낭소리처럼 가슴 흔드는 경구가 인터넷으로 전해진다. "친구여! 나이든 친구여. 설치지 말고 미운소리, 우는소리, 헐뜯는 소리, 그리고 군소리 불평일랑 하지를 마소. 알고도 모르는 척 모르면서도 적당히 아는 척 어수룩하소. 그렇게 사는 것이 평안 하오." 이는 시집온 새댁의 계율이었던 "벙어리 삼 년, 귀머거리 삼년, 장님 삼년"이 뒤바뀐 시대의 변주곡이다.

부부만 남아 아파트에 살아온 세월이 꽤 쌓였다. 새끼들이 자라 떠난 새 둥지처럼 자녀가 떠난 휑한 집은 보금자리란 말이 걸맞지 않다. 삶의 행태도 달라진다. 너일 내일 따지면 피곤하다. 운동하는 기분으로 청소도 한다. 상황에 따라 요리도 해야 멋쟁이에 낀다.

기러기 아빠도 늘어난다. 한 세미나에서 여류 시인은 "남편이 집에서 소변 볼 때 선 자세여서 오줌이 튕겨난 냄새로 청소할 때부아가 난다"고 불평했다. 부부싸움 원인이 되기도 한다고 했다. 남성이 여성의 출산고통의 깊이를 모르 듯 남성에게만 존재하는 질병인 전립선 비대증을 모르는 여성의 오해인 듯하다. 서서도 잘 안 나와 애를 먹는 분이 많은데 앉아서 쉬하면 시원스럽지 못하다. 다만 남성도 화장실 청소를 함께해야 함을 알리는 경고음으로 들렸다.

세상사 참 모르겠다. 농촌에서 그 힘든 생활을 하던 며느리들도 훨씬 편리한 도회에서 우울증에 걸렸다거나 자살한 얘기가 왜 그리 많은가. 핵가족에 경제적 여유를 누리고 사는 지금 남녀노소

불문하고 우울증 호소가 보편화 되었다. 성폭행과 묻지 마 잔학 범죄가 늘어난다.

외국인이 본 우리나라는 선망의 대상인 놀라운 나라다. 과학자들이 일으킨 첨단기술혁명으로 소득수준이 선진국문턱에 이르고 젊은이들이 피 흘리며 끈질기게 투쟁하여 획득한 자유와 민주주의는 평화롭다. 세계여행을 떠나고 돌아오는 여객들로 서비스가 세계 일등인 넓은 인천국제공항은 바글거린다.

행복이 치솟을 것 같은데 세계적 행복지수는 곤두박질하여 50위권 박스란 평가다. 건강해 보이지만 병이 깊을 대로 깊은 나라다. 허름할 지라도 온기 있었던 보금자리가 살맛이 더 깊었고 행복했다.

지금 나는 평상심으로 현실 그대로를 사랑하며 산다. 앞산의 숲처럼 푸르게 어울려 산다. 한 때 정부주도로 곳곳에 '보금자리 아파트'를 많이 지었다. 그런데 일반 아파트와 다름 아닌 주거 형태다. 이젠 늙은 새만 사는 허허로운 둥지에서 대가족이 함께 살던 날의 오붓한 정감, 약동과 발랄함은 실루엣만 남았다.

사람냄새 나던 유익한 공간을 돌아본다. 이웃과 함께 음식을 나눠먹던 정겨운 마을. 산야와 골목길에 찍힌 발자국들이 그립다. 아 그랬었지. 해질 무렵 아래 채 지붕에 하얀 박꽃이 웃고 있었지. 여름 동틀 무렵이면 보리를 찧는 도구 방아소리가 가득히 마을을 채우고, 누님이 부지깽이로 불을 뒤척이며 저녁밥을 짓던 연기가 피어올라 이웃집 연기와 다정히 손잡고 마을 하늘을 맴돌다 떠나갔었지.

바뀐 도시 아파트에서 아들 딸 낳아 결혼시켜 분가해 잘 살고
있다. 애들은 결혼하여 아이를 둘 씩 낳아 교육 중이다. 우리는 본
전 한 가정이라며 웃는다. 이따금씩 찾아온 손주들을 보면 따뜻
한 보금자리에서 키우지 못한 아쉬움이 있다.

어머니 은행나무

일제 강점기인 1942년에 고흥 시골에서 태어났다. 두 살 때 쯤 어머니가 "왜 놈들에게 뺏긴다"고 '놋그릇'을 모시 밭 깊숙이 감춘 것을 기억한다. 어머니는 농한기 행상으로 앞서 아버지가 중국으로 포목을 팔러가다 서울역에서 일본 순사에 붙잡혀 물품을 뺏겨 기울어진 어려운 형편을 극복해 나갔다.

불볕더위 속 밭에서 김매고 돌아와 등 멱 할 때 땀 떼기로 벌겋게 덮인 등에 찬물을 부으며 손으로 밀어줬던 정경이 눈물겹도록 서럽고 아프다.

돌아가신 어머니를 생각하면 죄스러움이 앞선다. 아버지에 대한 생각도 다를 바 없다. 내게 부모님은 숭앙의 대상 일 번이며 영원한 그리움이다. 공무원 박봉에 아우와 용돈을 조금씩 드리긴 했지만 살아계실 때 반듯한 옷 한 벌 못해드린 후회 막급한 못난이다.

96세까지 천수를 누리신 어머니. 아우는 대전에 근무할 때 여름 어머님을 찾아뵈었는데 선풍기도 없는 방에 누워 "배고프다" 호소한 때를 회상하며 가슴 아파한다. 형님이 모실 땐데 어떤 사유인지 이혼한 형수와 살고 있었던 것 같다. 아우가 대전 청사에 근무할 때 나도 대전에서 근무 할 때다. 경노시설이 전혀 없을 때 어머님 말년이 슬프도록 어려우신 상황이었다.

전농동에 살 때 길가 모서리에 조그만 가게를 챙겨드렸는데 아버지와 두 분이 3년 정도 살며 "가장 마음 편했다" 회고 하셨다. 임종은 형님 집에서 돌아가셨는데 역시 대전 근무 때라 임종을 못한 불효였다.

70억 인류사회엔 여러 종교들이 있고 무수한 신앙인이 있다. 나도 개신교회에 나가 조금씩 수련하지만 아직은 어느 종교도 부모님 이상의 자리에 올리지 못한다.

1994년 봄 이사 온 강남구 일원본동 아파트 입주를 축하하며 "복 받아라." 90세 어머니는 작은 분에 심은 은행나무 한 그루를 들고 오셨다. 화초 기르기를 좋아 한 아내는 베란다에 놓고 정성 껏 물을 주며 돌봤다.

그런데 3년쯤 지났을 때 잎에 곰팡이가 생겼다. 아내가 정성스레 닦아주고 씻어내도 병은 낫질 않았다. 은행잎은 본시 벌레도 범접 못하고 고고 청초한 품위를 지닌 깔끔한 신사인데 웬일일까. 정성이 담긴 선물을 소홀히 한 듯 가슴 한편이 찜찔했다.

화원에 가서 상의하니 바람과 햇빛 부족 때문일 거라고 했다. 고민하다가 바라다 보이는 아파트 귀퉁이 조경 지역에 옮겨 심었다. 곰팡이 병은 깔끔히 나았다. 그런데 큰 나무들 틈새에 끼어 호리한 몸매로 자란 은행나무는 '왕 할머니'로 불리던 어머니 모습과 달라 안타까웠다.

십 수 년을 오가며 은행나무를 보는데 큰 나무 아래서 정상적으로 자랄 수 없을 듯싶었다. 이는 어머니 마음에 담긴 정성에 빛나감 아닌가. 뿐만 아니라 언젠가 아파트 재건축이 추진될 것이다. 그러면 정원은 까부셔질 것이고 은행나무도 파서 버려질 것이 분명하다.

은행나무를 실존하는 어머니 헌신으로 계속 바라보고 싶다. 그래서 자리를 잘 잡아 옮겨야겠다는 그림을 그렸다. '양평 용문산 입구 마의태자 은행나무처럼 오래 오래 사람들에게 아름다운 가을 단풍으로 사랑받는 나무가 되어야 한다.

생각 끝에 대모산 불국사 가는 길옆 산 끝자락에 심기로 했다.' 장차 노란 단풍을 즐길 수 있는 위치를 첫째 조건으로 삼아 구청에서 세운 파라솔과 의자가 있는 건너편. 길에서 10여 미터 가까운 공간을 택했다. 분에서 옮겨 심은 지 십오 년쯤 지나 뿌리가 굵어 삽으로만 작업하는데 애를 먹었다. 잘려 상처 난 뿌리를 안타까워하며 최대한 본래 흙으로 감쌌다.

살리기 위해 가느다란 나무 윗부분도 싹둑 잘라내는 아픔이 있었다. 거름도 사고 물도 흥건히 주어 햇빛이 잘 드는 공간을 잡아 심었다. 옮겨 심은 뒤 연이어 봄 가뭄이 심했다.

봄 가뭄은 어머니를 기리는 나를 시험에 들게 했다. 〈나무를 죽이면 안 된다.〉 일주일에 2~3번은 물을 담아다 넉넉히 부어 주었다. 3년째 봄까지 가뭄이 심해 잎이 말려들어 위기를 맞기도 했다.

어머니는 말씀하셨다. "네가 태어나던 해는 가뭄이 들어 어려움이 많았다. 젖도 부족해서 쌀을 갈아 죽을 써 먹이기도 했는데 형제들 중에 네가 가장 왜소하다. 거기다 잦은 질병으로 늘 걱정 이었다."

칠 월 십사 일(음력 6.2) 삼복더위에 나를 세상 밖으로 내보낸 출산의 고통은 마음속으로 삭이신 채 안타깝고 아쉬움만 전하신 어머니. 그 사랑의 깊이를 알 수 없다. 병원, 보건소도 없는 곳에서 자랐다. 네 살쯤이었지 싶다. 학질이 걸려 열이 나고 음식을 잘 못 먹다보니 쇠약해졌다.

여름 마루 모기장 안에서 자는데 '쌀독 사이에서 사람이 나와 내 목을 졸랐다.' 엉엉 울자 어머니가 놀라 깨어 호롱불을 켰다. 목 조르던 사람은 쌀독 사이로 유유히 사라졌다. 얘기를 듣고 어머니는 "네가 못 먹어 기운이 쇠약해 헛것이 보였나보다. 나으려고 그런 것이다"며 다독였다. 자라서 돌아보니 곡두 환영幻影이었다.

'저승사자가 데리러 왔다가 유보하여 지금껏 살고 있는 걸까.' 자라면서 흔히 걸리는 감기 말고도 무릎관절, 편두통, 늑막염 등 별별 병치레를 했으나 병원의 도움은 받지 못한 시골 환경이었다. 살아남은 것은 부모님 정성과 천운이다.

나는 마을 극빈 가정에 수양아들로 입양한 일이 있다. 마을에 온 점치는 아줌마가 어머니께 "아들 수명이 짧아 보이니 빈곤한 다른 성씨 집의 수양아들로 연을 맺으라."며 권했다.

두 살 윗 형과 세 살 아래 아우가 감기 후 열병으로 죽었다. 4대 독자 아내인 어머니 심정이 어땠을까. 지푸라기라도 잡고 싶은 애타는 마음으로 속도를 내어 극빈 신 씨 댁 수양아들이 되게 했다.

세 살 때부턴가 3년 간 버선 가래 떡 등 선물 든 둘째누님 따라
가 섣달그믐과 대보름 전 날이면 수양 댁에서 가족 9명이 하룻밤
씩 잤다. 필자의 세대가 살아온 시간은 연거푸 큰 사건들이 일어
났다. 광복 남북 분단 여순사건 6.25 4.19 10.26 5.18 6.27 민주화.

1950년에는 전쟁이 터졌다. 3년 여 전쟁은 다국적 유엔군 참전
과 중공군까지 합세하여 자유진영과 공산진영 간 치열한 국제전
쟁 양상으로 번졌다. 전쟁 중에 수양 집 큰 형님이 전사했다는 통
보를 들었다. 슬퍼서 홀로 울었다. 삼년 간 정이 쌓였던 것이다.
성장한 뒤 '짧은 내 수명을 막음 질 한 죽음' 이었을까 하는 자책
감이 들어 서울 현충원을 찾아가 행적을 수소문했으나 주소지와
이름만으로는 헛수고였다.

1999년 8월 10일 어머니가 96세의 천수를 누리시고 돌아가셨
다. 파란만장 세월을 살다 떠나신 것이다, 형님 아우 큰 조카 나와
관련 된 문상객 1,300여명이 어머니 명복을 빌었다. 아홉 분의 할
아버지, 할머니 제삿날이면 목욕재계하고 꼬박꼬박 제사상 차리
신 어머니. 공맹과 주자의 도를 철저히 지켜 조상을 흐뭇하게 한
손부요 며느리였다.

어떤 드라마보다도 감동으로 살다 가신 어머니는 생각만 해도
늘 따뜻한 품속으로 들어간 느낌이다. 어린 시절 새벽잠 깨어 이
불 속에서 젖꼭지를 만지작거리면 "에이 귀찮다 이 녀석아." 팬히
이불아래 품속에서 밀려나는 손해를 보곤 했지만 어린 날 행위는
반복 되었다. 하늘나라나 극락에 계실 어머니를 만나는 심정으로
은행나무를 바라보며 오간다.

주변에 서 있는 나무와 풀들은 봄부터 가을까지 아름다운 꽃을 피워대니 왕 할머니로 호칭되던 어머니 기분이 좋을 테고 나도 흐뭇하다. 벚꽃, 산山복숭아꽃, 조팝꽃, 붉은 철쭉, 제비꽃, 나리꽃, 싸리꽃, 노란 원추리, 망초… 어서 더 자라 우리나라 최고층 롯데타워를 바라보며 반짝거리는 현란한 빛을 즐기길 기원한다.

애기를 들은 이영일 농학박사가 비료를 가져와 드문드문 구멍을 뚫어 화학비료를 넣고 "가뭄으로 죽을 만큼의 위험성은 지났다."고 했다. 서른 살이 넘은 은행나무. 본시부터 알맞은 장소에서 자랐으면 큰 나무가 되었을 나이다.

그러나 당초 화분에 심어졌고 그간의 험난한 경로를 겪었다. 밑동은 제법 통통한데 높이는 아직 만족스럽지 못하다. 기구하다시피 한 은행나무를 바라보면 어머니의 삶과 내가 살아오는 과정에 겪었던 여러 어려움의 궤적이 연상된다.

큰 조카가 은행나무를 보러 왔다. "내 떠나면 조카가 돌봐야 한다." 아들과 손주에게도 한 말이다. 큰조카는 두 번 거름을 주고 애지중지한다. 가족 카카오 톡 방에도 사진을 올렸다. 이제 '할머니은행나무'로 불러야겠다고 했다. 조카가 거름 준 뒤 더 통통해졌다.

숲에 가려 햇빛을 듬뿍 받지 못하는 은행나무는 조카의 주변정비로 안타까움과 애절함을 지우고 사랑 덩어리 할머니로 서 있다. 올해는 얼마 큼 자랄 것인가….

지금 25층으로 재건축 추진중이다. 산아래 꿈의 집에서 살게 될지는 알 수 없다.

외갓집

고향이야기는 그리움이 켜켜이 쌓인 소곤거림이다. 소곤거림 속에는 생명의 싹이 돋는다. 외할머니는 작은 키, 하얀 머리를 항상 곱게 빗어 단아한 자태를 지니고 계셨다. 얼굴은 타원형에 주름졌지만 자애로움이 흘렀다. 초등학교 다닐 때 외갓집에 가면 외할머니는 손수 만든 엿이나 곶감을 꺼내다 외손자 손에 쥐어 주곤 했다.

내가 사는 마을은 외갓집과 7 키로 미터쯤 떨어진 마을이다. 걸어서만 다니던 어린 시절의 거리론 먼 길이었다. 초등학교 입학 전 외갓집을 몇 번 간 기억은 외할아버지 제삿날인 동짓달 스무날이다. 그날은 정겨운 이모님도 만나고 외사촌 형, 이종형 사랑 쏟아 준 외삼촌들도 만난다.

외갓집에서 건너다보이는 수림산에는 백로들이 하얀 날개를 펄럭이며 저녁놀을 등에 이고 둥지로 모여들었다. 날개를 접고 나뭇가지에 앉아 있는 백로들은 폭신폭신한 목화송이처럼 보이는 아름다움이었다. 왼 종일 어디선가 먹이를 구해 먹고 잠자리를 찾아든 것이다. 나무에 걸터앉아 떨어지지 않고 어떻게 잠들까. 볼 때마다 궁금했다.

큰 외삼촌은 슬하에 자녀가 없었다. 그 책임을 외숙모 탓으로 몰아 구박하곤 했다. 맘씨 고운 외숙모는 무 대응 이었다. 외삼촌은 마음에 격랑이 일만큼 수모가 질퍽한 거친 언어를 토설하곤 했다. 외숙모의 무 대응은 가련해지고 동정을 일으키는 전환점이 되었다.

어머니는 남동생을 향해 "삼신 할매가 점주해야지 사람 맘대로 되는 일이던가. 너무 몰아세우지 말소" 조용조용 말했다. 큰누나인 어머니 말씀에 외삼촌은 멈췄다.

지금 생각해 보면 정자나 난자에 대하여 정밀 검사도 받지 못한 시절이다. 외숙모에게 장애가 있었는지 외삼촌 거시기에 문제가 있었는지 알 수 없는 일이다. 외삼촌 턱수염이 별로 없었던 것을 생각하면 의문이 더 깊다. 참을성 있는 외숙모는 대를 이을 수 없는 서럽고 외로운 하늘의 형벌을 고스란히 뒤집어쓰고 일생을 살았다. 저 먼 시간 너머 모질고 아픈 세월을 살다 간 외숙모가 처연하고 안쓰럽다.

네 살 때쯤 외갓집을 찾아 가다가 실종될 번했다. 이웃집 기만 아재와 외갓집을 간 것이다. 초등학교 1학년인 기만 아재 외갓집은 고개 하나 더 넘는 마을이다. 아재는 어느 날 오후 외갓집에 심부름 갈 일이 있었는데 심심 하니까 나를 홀려 데리고 떠난 것이다.

우리 집엔 얘기 하지도 않은 채였다. 네 살 때이니 요즘 도회에선 돌보미의 도움을 받을 나이 아닌가.

뉘엿거리며 해질 무렵 파출소 앞을 지날 때 정장한 순사가 어디 가냐고 묻는 순간 나는 떨렸다. 아재가 뭐라 대답 했는지 가라고 했다. 어릴 때 울면 "순사가 잡아간다."며 얼림 받은 터라 호랑이보다 순사가 무서운 것으로 알고 자랐다. 일제 순사들에 휘둘림 당한 뒤 생겨난 말로 혹독함의 상징 언어지 싶다.

아재는 내 외갓집을 모르므로 마을 앞 우물가에 데려다 주고 달려 가버렸다. 나는 외할아버지 제삿날 왔었던 길을 더듬어 찾아 간다고 갔는데 외갓집 이웃 사립문 밖에서 머뭇거렸다. 어둠이 깔렸다. 나를 발견한 외가 이웃집 아줌마는 낮 설은 아이를 향해 "네가 누구냐"고 물으며 방으로 데려갔다. "배고프지 않느냐며 떡을 먹으라" 했다. "엄니가 시제 떡을 먹지 말라" 했다며 먹지 않았다. 시제를 지내는 음력 시월이었던 가보다. 엄마는 점보기를 좋아 했는데 점괘에 음식조심 괘가 나왔는지 당부하신 말씀을 유념하고 있었다.

이미 어두운 밤이 되었다. 얼떨떨했다. 아줌마는 반짝 어떤 생각에 이른 모양이었다. 울타리 너머 외숙모를 불렀다. "마륜 형님. 모른 아이가 문 앞에 있어 들여 놓았는데 혹여 조카인가 와보라"고 했다. 다가온 외숙모가 나를 보자 "웬일이냐"며 껴안았다. 외숙모에 안긴 나는 엉엉 울었다. 떡을 먹지 않던 얘기도 외숙모께 전하며 웃던 포근한 정을 심어준 아줌마.

아장걸음 지나 폴짝폴짝 뛰고 노는 손주를 바라보며 그 때를 떠올린다. 종종 어린이 유괴가 발생하는 살벌한 세태와도 연계해 본다. 동네유치원도 대려다 주고 데려온다. 저 어린 때 그 먼 외갓집까지 걸어갔단 말인가. 오싹 한기가 든다.

거리개념도 시간분별도 못한 어린 날 세 살 위 아재꼬임에 홀려 간 것이다.(아재는 저수지에서 물장구치다 깊은 물에 빠져 허우적이는 나를 구해준 생명의 은인이기도 하다)

전화가 없던 시절에 행방을 모른 채 집에서는 밤 지새우며 얼마나 걱정 했을 것인가. 미아가 되지 않은 건 지금 살고 있는 것처럼 번거로운 도시가 아니었음일 게다. 이튿날 큰 외삼촌 뒤를 따라 가족이 있는 정든 집으로 왔다. 지금 생각하면 미아 안 된 것이 천만 다행이다.

새삼 부모형제 누님들과 살아온 따뜻한 세월이 포근하고 고맙다. 외할머니 외숙모와 큰 누님 아들이라고 이종형보다 나를 사랑해준 세 명의 외삼촌들이 살아 있는 듯 선하다.

누님들

　누님이 세 분 계셨다. 큰 누님은 출가 후 아들 둘 낳고 세상을 떠났다. 우리집안 가족 들 중에 얼굴이 가장 해맑았다. 둘째 누님은 세 살 바기 딸 하나를 두고 돌아가신 슬픈 삶을 보냈다.

　모두 보건시스템이 없는 낙후된 사회가 부른 죽음이었다. 둘째 누님이 나의 학교성적에 관심이 가장 높고 사랑했다. 통신표를 받아오면 부엌에서 일하던 둘째 누님에게 보이면 누님 코로 내 코를 문지르며 칭찬 해 줬다.

　셋째 누님은 딸 둘을 두고 고흥-익산- 서울까지 함께 이사 다니며 정을 나누고 이웃하여 함께 살았다. 2023년 그 누님이 돌아가셨다. 돌아가시기 전날 병원으로 갔을 때 의식불명이었다. 돌아가신 날은 내 얼굴에 작은 수술 날과 겹쳤다. 떠나보낸 장례식 날 어린 시절 푸른 추억이 달려 왔다.

　　겨울이 가고 햇살 힘 붙은 봄날/연자방아 장독대 둘레에/칸나 국화 난초 작약…/
　　보드라운 새싹 올라오면/빨간 댕기머리 누님은/"동생아 저것 좀 봐/겨울잠을 깨고 싹들이 올라온다/자라서 아름다운 꽃들이

189

피었다 지고/겨울에는 잎들도 꽃대도 스러진다/사람의 삶도 저런 거란다"/삭은 볏짚지붕에 하얀 박꽃 피면/저녁 밥 지을 때 피어올라가던 연기처럼/하늘나라로 간 누님아/삼일 전 병원에서 마지막 볼 때 평화롭던 얼굴/동생 알아보는지 모르는지 말없이/기계가 숨 쉬는 걸 돕던 시간/간호사 승낙 받고 손목 잡아 만지며/서럽게 돌아 섰다/사대 독자 외로운 집안 따뜻한 부모님 아래/겨울밤 새벽 목화송이를 까며 /삶은 고구마를 먹거나/ 호롱불아래 글 읽으며/삼남삼녀 오순도순 살던/꿈이 자란 시골집과 텃밭 그립네요/

다섯 번째인 내게 배튼 넘기고 떠나/하늘나라에서 기다리고 있을/정 많고 배려 깊던 자형 손잡고/부모님과 먼저 간 언니 오빠 어우러져 지내며/착하고 열심히 사는 두 딸 사위 손주들/

우리 집안 모두 지켜 주시고/언제일지 모른 훗날 저도/살기 좋은 하늘나라로 불러들여/

이승에서처럼 서로 아끼는 그윽한 사랑 속에/오순도순 살 수 있을까/선한 사람만 모여 사는 하늘나라로 잘 가세요/사랑하는 누님아!

* 2023년 5월 26일 아침 건국대병원 장례식장에서

연자방아는 옛날 부의 상징이다. 90세대가 넘는 마을에 우리 집에만 있던 소가 돌을 돌려 곡식알을 만드는 연자방아 돌 두 짝을 장독대로 사용했다. 한쪽 귀퉁이는 어머니 새벽 기도 장이었다. 새벽별 머리에 이고 정화수 앞에 손을 비비며 무슨 기도를 했

을까. 어머니의 굴곡진 삶을 스스로 달래며 가족의 무사태평을 빌었지 싶다. 세 살 아래 아우가 열병으로 떠난 뒤 44세에 막내아우를 낳았다. 기도가 쌓인 은덕일까. 그 연세에 드문 일이다.

둘째 누님은 삼십 세 전에 세상을 떠났다. 살아계실 때 걸어서 오십 리 길 보성 누님 집을 가면 머리를 쓰다듬어 주던 두 누님들. 우리형제자매에겐 사촌 팔촌도 없어 외로웠다.

사랑받은 시집 간 누님들을 간간이 만나고 싶었다. 초등학생 방학 때면 산 넘고 강 건너 먼 길을 혼자서 찾아가기도 했다. 한 해 겨울엔 둘째 누님 집에서 자고 일어나니 온 세상이 하얀 눈으로 덮였다. 이제 누님이 낳은 조카들이 간간이 전화안부를 하면 고맙다. 어려서 어머니를 잃고 살아온 과정을 생각하면 짠하다.

셋째 누님은 서울 살면서 음식을 만들어 형제들을 자주 초청했다. 남들은 귀찮다는 일을 그렇게 행하며 형제간 정을 쌓았다. 자형이 돌아가신 뒤 외 손주 넷을 어릴 때 모두 수발 했다. 관절염에 시달리면서도 불평 없이 껴안은 천성이 너그럽고 희생적이었다.

손주들이 자란 뒤에는 두 딸들이 누님을 극진히 모셨다. 큰 딸이 회사에 근무하면서 누님과 함께 살았고 돌아가실 때까지 모셨다. 큰 조카는 꾸준히 노력하여 일터에서 정년을 마치고 다른 회사에 재취업한 보기 드문 성실파다. 둘째 조카는 영민했다. 대학 캠퍼스에서 만난 짝과 결혼하여 잘 살며 누님을 자주 찾아 함께 지내곤 했다.

누님이 한 때 대형 종합병원에 입원해 위중하다기에 문병 갔을 때 "공중에 뭐가 날아다닌다." 고 손을 휘저을 정도로 쇠약했다.

이제 돌아가시겠구나 생각하며 한 지붕아래 살아온 날들에 맺힌 정들이 주마등처럼 스치며 애처로웠다.

조카들이 순발력 있게 인근대학병원으로 옮겨 소생한 후 오년 더 살다가 뇌출혈로 87세에 돌아가셨다.

형님은 2022년 가을에 돌아 가셨다. 삭막한 도시사회에서 스스럼없이 지내는 여러 조카들은 내 삶을 풍요롭게 한 자산이다, 멀리 잠들어 계신 할머니 할아버지 묘를 아우 조카들 아들 원영 손주랑 함께 한 곳으로 모아 공원화했다. 80 넘으니 여러 질병이 침입하기 시작한다.

한 여름 무더위 껴안고/숨 막히도록 사랑할 때/ 도탑게 푸르던 청춘/시린 서리와 하룻밤지내고/빨갛게 물든 입술 고와라/ 삶이란 한바탕 마당놀이 인 것/맑은 가슴 붉게 태우다/사뿐 날으리

— 자작 시 단풍을 보며 전문

일본 고모

고모님이 세 분 계셨다. 문씨 가문으로 출가한 윗 고모는 내가 성장하기 전 돌아가셨다. 할머니 제삿날이면 멋쟁이 누님이 참석하곤 했다. 일본에서 여고를 졸업하고 보성 득량 중학교에서 아이들을 가르쳤다. 그 누님이 자랑스러웠고 그립다. 고모부도 한번 오셨는데 천연두가 스쳐 간 곰보였다.

둘째 고모는 고흥읍 호산에 사셨다. 사남 이녀를 둔 다복한 가정에 고모부님은 장대하고 얼굴도 큰 편이었다. 할머니 제삿날이면 나룻배를 타고 아들이나 딸과 함께 꼭 참석했다. 나는 고모님이 오신 날에는 밖에 가서 고모님 오시는 길목에 놀며 오실 때까지 기다렸다. 고모님은 머리를 쓰다듬어 주며 많이 컸구나 사랑을 표시했다. 셋째고모는 재일동포로 사셨다.

체험하지 못한 현실과 전혀 다른 이야기는 가슴에 잘 닿지 않는다. 우리들은 모두 자신의 할아버지 할머니의 후손들이다. 내가 태어나기 전 돌아가신 할머니는 만년에 앞을 못 보아 7년 간 어머니가 대소변을 받아내며 간호했다 한다. 생각해 보니 지금 수술이나 약으로 치료하는 백내장 아니었을까 싶다.

일본에 살고 계신 고모는 이산가족이었다. 일본제국주의 패망

후 돌아오지 못한 재일 동포는 육십만 명이 넘었다. 일정한 직업이 없던 재일동포들은 북한 쪽 조선총연맹(조총련)을 통해 보따리 장사를 할 만큼 돈을 빌려 줬다. 한글 가르치는 학교도 모두 조총련 소유였다.

고모부가 작고한 후 일곱 자녀를 키운 고모는 조총련 돈을 빌려 행상을 하며 생계를 끌고 갔다. 한국에서는 뒤에 재일거류민단을 따로 만들어 남북처럼 일본 동포사회도 두 갈래로 갈렸다.

1988년 민주화 전까지 조총련 소속을 만나면 정부에 신고하고 조사도 받아야했다. 남매간에 오순도순 자란 아버지와 일본 고모는 편지로 안부는 오갔다. 서양의 마르크스가 뿌린 공산주의는 민족분열까지 일으켜 우리는 지금도 으르렁거리며 불길 품은 이념싸움이다.

일본 강점기 한글사용을 못 하게하고 이름까지 일본식으로 바꾼 소위 창씨개명 삼엄한 때 여성으로서 할머니는 보기 드문 한글문장가였다. 일본에 사는 고모는 할머니에게서 배워 익힌 한글로 아버지와 편지소통을 해왔다. 편지를 읽어보면 남매간에 헤어져 만나지 못한 애틋한 그리운 정을 토로하고 늙어버린 삶을 위로하는 내용이었다.

아버지께 부쳤던 편지 중 일부에는 "뜻밖에 오빠 편지 잘 받았습니다. 종전 주소(고흥)로 편지 보냈는데 되돌아와 걱정했습니다. 이리(익산)로 이사하셨다니 놀랍습니다. … 아들 한 명이 아직 장가들지 않아 결혼시킨 뒤 걱정 다 털고 고국에 가서 만나보려 생각하고 있습니다. 그때까지 오빠는 몸 건강히 계십시오."

외국에서 온 한글 편지는 신기하였다. 만나지 못하는 가슴 아픈 사연을 담은 여동생 편지는 아버지에게는 어떤 감정 이었을까. 제국주의 행패로 사업에 실패하고 살림이 쇠잔해진 형편에 막내 동생 고모의 안타까움까지 가슴에 품고 살아야 했다.

1980년 선배의 도움으로 한일원자력산업회의 참석차 처음 해외출장 간 일본 도쿄. 고모에게 알렸더니 고모는 남쪽 끝 시모노세끼(下關)에서 두 딸과 함께 도쿄까지 조카를 보러 고속열차를 타고 오셨다. 왜소한 고모와 건장한 누나들을 두 팔을 벌려 안았다. 우리 넷은 방 한 칸을 따로 잡아 이야기 물코를 트고 한 밤을 밝혔다. 일본 패망 뒤 귀국선을 못 탄 건지 안탄 건지. 재일동포들은 허허벌판에 동댕이쳐진 패망국의 도토리 신세였다.

주로 고모님이 살아온 고달프고 눈물 난 세월을 두 딸과 내게 들려 주셨다. 홀로 되신 고모는 조카인 혈육을 만나 오빠를 만난 듯 삶을 물으며 옛날을 반추했다. 나를 연신 쓰다듬으며 사랑의 정을 드러내신 자상함 속에 글 잘했던 할머니 유전자가 있을 것이다.

1980년은 종전으로부터 삼십오 년 되는 해다. 3남 4녀를 둔 고모는 국가가 다른 일본에서 아이들 양육에 못 죽어서 사는 고난과 아픔의 세월이었음을 토로하셨다. 서럽기도 한 얘기는 지루하지 않은 아픈 사연들이었다.

친정 혈육이 얼마나 그리웠을까. 생활도 어려운 고모는 그 먼 길을 두 딸과 함께 달려왔다. 간간이 권련을 꺼내 피우며 연기가 퍼져가는 천정을 무심으로 바라보셨다. 고모부와 사별로 외아들 오빠인 아버지가 더욱 그리웠는가 보다. 아버지 구두도 사 드리고 어머니께 선물도 하라며 2만 엔(한국 돈 20만 원: 당시 큰돈임)을 주셨다.

고모님은 살고자 하는 방편으로 조총련에 가입하여 장사하는 돈을 빌리고 북한과 조총련 지원으로 금강산 구경도 했다고 하셨다. 그 나이 또래 중 한글을 쓸 줄 아는 분이 드문 다부진 여성이라는 인상이었다. 말씀 사이사이 외로웠던 시간들이 이어졌다.

당시 한국에서는 조총련을 만나는 것조차 문제 삼던 감시의 시절이다. 공산주의보다 돈을 빌려 호구지책을 꾸리기 위한 생계수단으로 가입한 단체다. 민단에서는 그런 역할이 없었다. 내가 고모를 만나 안부를 묻는 것도 죄라니. 귀국 후 국가에 신고하지 않았으니 나는 국법을 어긴 범죄 공무원이었다.

큰아들은 장사하며 살고 막내아들은 '내과의사로 후쿠오카대학병원'에 근무한다고. 일본사회에서 어려움을 헤치고 의사 아들을 키웠으니 고모는 대단히 성공한 어머니다. 고모 체구는 허약하고 애처롭다. 그러나 어려운 세월 이기고 삼남 사녀 길러낸 보람으로 얘기는 활기찼다. 이야기 하면서 반복적으로 담배 연기를 연신 날려 보내며 후후 한과 슬픔 외로움을 날려 보내며 밤을 새웠다.

우리는 번영을 거듭하고 민주화를 성취한 세계에 우뚝 선 나라가 되었다. 1980년대 후반 조총련도 남쪽 방문이 허용되어 서울에 오신 고모님을 공항에 나가 집으로 모셨다. 그런데 그토록 보고 싶던 오빠는 이미 저승으로 떠나신 뒤다. 오십 년 넘어 고국 땅을 밟은 고모님에겐 얼마나 아쉬운 일인가. 이런 상황이 우리가 넘을 수 없는 사회적 한계다. 아버지는 만나보고 싶었을 여동생을 기다리시지 못했다.

일주일 정도 머물며 어머니와 대화는 길게 이어지곤 했다. 주말에 고모님 시댁 인척을 만날 수 있도록 내 차로 광주까지 모시고 갔다. 광주 인척과 만나 상당시간 얘기를 나눈 뒤 아버지 묘소로 갔다.

아버지 묘 앞에서는 가냘픈 어깨를 흔들며 애절하게 우셨다. 간절히 만나고 싶었던 오빠 아닌가. 4대 독자로 자란 귀한 오빠 아닌가. 할머니에게서 한글을 배운 딸 고모는 할머니 산소에도 가보고 싶어 했지만 차 접근이 어려운 산길이라 갈 수 없었다. 고모는 의사표현도 정확하고 글씨도 반듯 했다.

아버지 산소를 떠나면서 몇 걸음 옮기고 뒤돌아보기를 되풀이했다. 언제 또 와볼 수 있는 성묫길일 것인가. "오빠는 글재주가 뛰어났었고 어머니는 당시 대문장가 평을 받았으며 기품 있었다. 면내에는 어머니 같은 한글 잘한 여성은 없었을 것이다. 대대로 할아버지들도 훌륭하여 마을에서는 우리 집을 우러러봤다"고 회상하셨다. 할머니를 보지 못한 나는 분신인 일본에서 오신 고모님께 얘기 들으며 할머니를 상상하고 추모했다. 고모에게서 할머니의 채취가 느껴졌다.

이제는 일본 고모도 돌아가셨다. 어머님이 장수를 누리다가 한 세대는 문을 닫았다. 어머님 돌아가신 뒤 아버지 비석을 세웠다. 행적은 평소 지인이 작성 해 둔 내용이다. 형님 아우와 상의하여 할머니와 어머니 공적도 추가했다. 할머니가 당대에 「여성 한글 문장가」로 활동한 가문의 영광을 아버지 돌비碑에 함께 새겼다. 형제들이 눈으로 보아온 어머니 활동도 간략하게 새겼다. 전통적으로 내려오던 비문의 원칙을 변형시켜 아버지와 관련 된 여성 두 분의 행적을 추가하였다. 남성의 행적만 적던 전래의 비문 원칙을 깨 버렸다.

이별의 시작

- 배꼽

누구든 앞쪽 몸 한 가운데에 배꼽이 있다. 그것은 회자정리會者 定離의 항구다. 어머님과 한 몸이었다가 떠나온 항구는 지구에서 사람들과 더불어 항해를 마친 후 하늘나라로 회귀하는 확실한 항 구다. 참으로 많은 만남과 헤어짐이 있었다.

내 삶에는 어머님의 사랑과 보답하지 못한 죄스러움이 겹겹이 쌓여 있다. 배꼽을 내려다보거나 만지작거리며 생각한다. 그것은 어머님과 연결된 끈을 놓아버리고 이별 한 항구 아닌가. 배꼽은 하나의 몸에서 둘로 나뉜 슬픔과 독립의 고난이 엉킨 흔적이다. 어머님뱃속에서는 한 몸으로 하늘의 기운을 받고 땅의 찬가를 들 으며 꼼지락거렸을 것이다.

삶은 긴 항해다. 고샅길 아장거리며 풀각시 놀음은 자라서 저수 지 물장구치기로 이어지고 의연한 청소년으로 자랐다. 심한 질병 으로 죽음의 낭떠러지까지 갔다가 돌아오기도 몇 번 있었다. 마 을에 흥건히 고여 있는 정든 아저씨 아줌마들과 별리하여 새로운 세상 도시로 나아가 거친 대양을 떠돌고 하늘을 날아 외국을 돌 아본 나그네…

배꼽에는 어머님의 그림자가 늘 있다.

이별은 1962년 20세 때 고향을 떠나 익산(이리)으로 이사다. 익산을 중심으로 전북에서 8년 간 살면서 많은 친구를 사귀고 일 터도 잡아 사랑하는 여인도 있었으나 새로운 꿈을 향해 얽힌 인연들과 이별했다.

1970년 초에 분주한 땅 서울을 밟았다. 답십리 응암동 전농동 답십2동 장안동 과천을 돌아 1994년 강남구 일원본동 대모산 아래 아파트로 이사해 30년 넘게 살고 있다. 나의 상경을 계기로 아우 부모님과 형님 누님 모두 감자처럼 주렁주렁 서울 와서 뿌리 내리고 살았다.

가끔 「배꼽」에 커서를 대고 검색 키를 치며 이별 항을 떠난 뒤 살아온 날들을 더듬으면 파노라마로 삶의 궤적들이 파닥거린다. 46년 간 공직생활이 내 삶의 중심이기에 희로애락 속 풍랑과 의미 있는 일이 길고 깊은 항해였다. 공직에서 조금씩 자랐고 하고 싶은 공부도 하면서 선후배들과 어울림은 대체로 아름다웠다.

맡은 공무 중에는 부담스러운 일들도 있었다. 대전시 유성에 국립중앙과학관 신축공사 총괄책임을 맡았을 때는 걱정의 파도가 출렁거렸다. 전임자들이 갈등으로 인한 후속 인사인데다 건설 업무는 기초도 모른다.

예산확보와 집행 조직 확대 등 어려운 일에 여러분들의 도움을 받아 4년 만에 준공했다. 준공까지 이르는 동안 경험하지 못한 일에서 배움도 많았다. 업체들과 다툼 경제기획원 예산실의 비토와 품어 줌의 과장 둘, 인원 확대에 대한 총무처 담당과장의 고함과 사무관의 차분한 접근으로 도움은 항해 일지에서 지을 수 없다.

1993년 무더운 여름. 건강하던 아내가 감기 걸린 양 시름시름 아프다 못 견딜 정도로 심해 여의도 성모병원에 입원했다. 원무과에 근무하며 입원의 편의를 챙겨준 박*희 대학원 동기에게는 감사의 빚을 지고 산다.

그 와중에 장관은 대덕연구단지에서 발생한 집단민원을 해결하라는 명령이 떨어졌다. 어려움을 얘기하니 물러 스셨다. 그런데 골치 아픈 일 해결을 간부들이 나를 추천했단다. 아내를 병원에 둔 채 대전으로 내려가야 했다. 부임첫날 오후 민원인 30여명은 머리에 "생존권을 보장하라"는 붉은 머리띠를 매고 복도를 점령하여 시위하고 있었다.

데모할 만 한 사유가 충분했다. 몇 개월 줄다리기 끝에 밝게 매듭지어졌다. 전체 직원 40명과 상인 아줌마들이 소주잔을 기울이며 저녁을 함께하고 헤어졌다. 만난 인연은 까칠했으나 헤어짐은 서운함 속에도 아름다웠다. 직원들의 협조가 고마웠다. 일 년 정도 40여명 직원들과 한 가족으로 내장산 북한산 군산 등 여행이 참 좋았다.

국장에 승진해서는 기상청 새 청사 건설추진본부장을 맡아 몇 가지 어려움이 있었으나 일 년 만에 전보되었다.

1998년 10월 장차관의 명에 따라 공무원을 그만두고 한국원자력안전기술원 '상임 감사'로 부임했다. 함께 일할 검사역 왈 "노동조합직원들이 정문에서 낙하산 인사라며 출근을 저지하니 토요일 11시 쯤 유성에 도착하면 충돌 없이 안내하겠다고 했다"

11시에 도착하여 노조원이 지키지 않은 정문을 통과하여 원장과 인사하고 안내에 따라 노동조합사무실로 갔다. 위원장과 남녀 임원들이 회의하다 "자기들이 동의하지 않았으니 무효"라며 인사도 받지 않았다. 시간 나면 "토론 겸 청문회를 해도 좋습니다."는 말을 남겼다. 뒤에 노조원 전원과 토론의 장이 열렸고 그들의 질문에 어렵지 않게 답했다.

부지를 넓혀야 하는데 중앙과학관에서 매입하지 못한 토개공 부지가 있었다. 안전기술원 기획부장이 "내게 안전기술원에서 매입할 수 있도록 도와 달라 요청했다." 감사가 할 일은 아니나 차관을 면담하고 문제를 풀었다. 이 일이 있은 뒤 직원들은 스스럼없이 노조의 애로사항까지 상의하였다. 뒷날 문인들을 원자력발전소 견학 갔을 때 노조 강성 총무를 맡았던 분이 발전소에 근무하고 있었다. 견학 마치고 떠날 때 음료수를 두 박스 실어주며 환송하니 문우들과 나누어 마신 기분이 좋았다. 거칠게 만났던 인연이 별리의 상황에서 아름답고 서로 이해 한 즐거움 아닌가.

제3의 일터로 한국기슬사회 사무총장 발령을 받았다. 원자력안전기술원 상임감사 2회면 공무원 정년과 비슷한데 바뀐 정부에서 법령을 고쳐 비상임으로 격하시켰다. 마침 과장 때 일을 도왔던 한국기술사회에서 이사관 급 국장을 요청하여 희망했다. 시간을 끌다 뜻대로 되었다. 직선제 회장임기가 3년인데 회장 임기 1회만 하면 공무원 정년과 맞아 떨어진다.

회장은 내게 "기술사 날"을 정해 사기를 높이고 싶으니 "장관표창 셋만 받을 수 있게" 도와 달랬다. 과장승진 때 동행한 권 차관은 "걱정하지 말고 추진하세요. 내 전결사항입니다." 회장은 좋아

했다. 단체는 기술사법에 근거한 법정 단체지만 직원 7명에 1-2월 월급을 제때에 못준 옹색함이었다. 국가예산을 끌어 들이고 기술사날 포상을 훈장까지 끌어 올렸다. 후임 회장들의 요청으로 3년 아닌 11년을 일하면서 기술사들의 위상을 높이는 일들을 많이 했다. 상임감사 2년 못 채운 것이 11년 더 근무한 행운으로 바뀌었다.

과학기술부 후배들에게 "30억 이상 사업만 챙겨주면 내 자리를 후임국장이 떳떳하게 일할 수 있게 하겠소." 하고 정책실장이 바뀔 때마다 건의했다. 년 80억 원 교육 사업을 챙겨 줘 나는 70나이에 의연히 걸어 나왔다. 기금을 7억 정도에서 28억. 인원을 7명에서 20 명으로 늘렸다. 몇 년 전 5층 독립건물을 사서 이사했다. 나는 많은 기술사들을 만났고 담소 나눈 정겨운 날들을 보냈다. 후배들의 도움이 컸다.

83세의 나이에 공무원 사업자들과 만나고 헤어졌지만 서로 간에 좋은 감정은 남겼다. 더 무엇을 바라겠는가.

문학에도 발을 붙였다. 30여 년 남녀 문인들과 많은 동아리에서 어깨 짜고 시 낭송 모임과 글쓰기를 했다. 이 고운 인연들이 내 삶에 채색되었음은 또 다른 세계에서 부드러운 즐거움이다.

시집 9권 산문 8권 한국문인협회에서 최초의 근 현대시"해에게서 소년에게"를 발표한(최남선) 100주년을 기념하여 제정한 상〈제 8회 한국문학 백년상〉을 2015년에 받았다. 46년 일터에서 쌓이고 문인들과 겹치고 쌓인 예쁜 정들이 83년 삶 속에 맑은 이슬처럼 웃고 있다.

이제 이슬을 털고 떠날 날이 다가섰다. 어머님 배꼽을 떠나 영원한 이별까지 항해일지는 한 편의 글로는 모자란다.

아파트 공화국

원피스를 '내리닫이 옷'/ 브래지어를 '젖 마개'라 부른/팔십 넘
은 어머님/ 까치가 허리 부근에 날고/ 이따금/구름이 머물다 간
아파트를/ '공중에 매단 집'이랬다/우리말 빚는 번쩍임이/ 시인
아들보다 날카로운데/ 공중에 매단 집의 어감엔 낭만과 위태로
움 포개져 있다/편하긴 해도/ 영판 정이 붙지 않는/'공중에 매단
집'/ 한량없이 세워간다/언제 돌아서며 흔들지 모른/ 남에게 목
매단 에너지 줄을/얼마큼 깊이 요량하는지/ 먼지처럼 쌓이는 불
안은/ 할 일 없는 우환일까/구석구석 파고들며/ 키 재기하듯 더
높게/ 성을 쌓듯 더 넓게/호화롭게, 현란하게…/ 염병처럼 번지
는/ '공중에 매단 집'들!/우리는 지금/ 무지개 빛깔 행복을 노래
하고/ 꿈의 공간이라 장담 하면서/파멸을 잉태한/ 아파트공화국
을 만들고 있는지 모른다

– 자작시 아파트공화국 전문

1980년대 어머니는 과천 아파트에 간간이오셨다. 1970년대 서
울에서 시작된 아파트 건설은 지방 큰 도시를 넘어 작은 도시까
지 확산 됐다. 원유 값이 급등할 때도 잘 견뎌 나가니 다행스럽다.

국가경제가 그만큼 탄탄해지고 전체적으로 보아 국민소득이 늘어난 것이다. 자동차도 2인 당 1대로 전국 도로를 꽉 메워 달린다. 번영이 더할 나위 없다.

오늘날 우리 삶에서 에너지는 식량보다 더 큰 불안요인이다. 식량은 어느 정도 자력으로 충당할 수 있지만 우리나라 에너지 자급률은 5% 내외다. 1973년 에너지 파동 뒤 과학기술처에 국장급 자원개발관실 조직을 만들어 대안을 모색했다. 국장은 연구소에서 연구원 2명을 지원 받아 나와 함께 일하게 했다.

7개월 쯤 걸려 600여 쪽 자원총람을 만들었다. 경제적 유용한 자원은 보잘 것 없는 나라다. 지금도 여전히 아파트공화국으로 달려가고 있다. 나의 우려가 영원히 쓸데없는 헛걱정이 되도록 국가가 더 번영하길 기원하면서 출생률 급감으로 장차 빈 집이 많이 생기지 않을까 새로운 우려가 겹치고 있다.

* 국가의 비약적인 발전으로 아직 아파트 난방 공급이 끊기는 일은 없었다. 그러나 국제유가 급등 때마다 가슴은 철렁거린다. 에너지 심각성을 모르는 문대통령은 국산원자력발전 중단을 선언했다. 폴란드에 가서는 "40년간 무사고인 한국산원전 구매"를 요청했다. 한국전력을 빚더미에 올려놓은 참담한 실책이었다.

두고 온 고향

모락모락 뿜어내는 향기에/고향이 눈을 뜬다/홍양 아줌마/초
가지붕 덮던/딱 벌어진 가슴/통 큰 유자나무도 늙었겠지/생각
은 빛처럼 반짝/시골길 달려간 마음 가운데엔/후덥진 여름을 퍼
내며 울던 천사/네 살 바기 진이 얼굴/아이를 몇 두고 어디서 살
까/새콤한 유자차 맛에는/마을이 한 집으로 마음열고 살아 간/
석류씨알처럼 촘촘히 박힌 고운정이/휘모리로
    달려온다.

                                    - 자작시 유자차 음미 전문

두두고 온 고향은 어머님 품속이다. 어린 시절 놀이나 이웃 간
에 정을 쌓으며 살아왔다. 늙어 돌아보니 고통스러웠음도 행복
이다. 험한 산을 넘고 거친 바람을 비끼며 머나먼 길에 잡초처럼
너울너울 살아오지 않았는가.

문인들의 약력 맨 앞엔 흔히 출생지를 쓴다. 필자의 고향은 "지
붕 없는 미술관"이란 별칭이 있다. 국내 유일한 무한대의 우주 속
으로 떠나는 『인공위성』 발사기지가 있는 명소 〈고흥〉이다.

발사 때 마다 한 반도가 긴장과 기대 속에 전 국민의 가슴을 조

인다. 미세오차도 허용되지 않은 과학기술의 상징 인공위성 발사 기지엔 기념관과 바다를 낀 공원이 조성되어있어 전국에서 관광객이 모여 든다. 공원엔 고흥풍광의 예찬과 우주비행성공을 기원하는 필자의 시비도 있다.

과거를 짚어보면 깜짝 놀랄만한 자랑스러움이 있는 고장이다. 서울 광화문거리에 세워진 성웅 이순신이 "칼날 같은 정의와 공직자가 취해야할 도덕과 의연한 자세를 고흥 근무 때 보여 준 의義의 고장"이다. 순신이 수군 '만호'란 직책으로 처음부임한 곳 고흥군 도화면 발포에 얽힌 얘기다. 발포 만호는 전라좌수사 예하 사단장급쯤 된 듯하다. 발포엔 나지막한 역사기념관이 있다. 훈련하던 터가 있고 근무하던 건물이 있어 충무공 탄신일이면 군민들이 제사를 모신다.

역사기념관 자료 중엔 순신이 발포 만호로 근무할 때 전라 좌수사가 부하를 시켜 거문고제작을 위해 오동나무를 베 오라 명했다. 순신은 "오동나무는 국가재산으로 장차 배의 닻을 만들 때 써야하니 벨 수 없다"고 막았다. 이일로 18개월 만에 직위는 박탈당하고 함경도 경성지방으로 쫓겨 가 백의종군 사병생활을 했다.

'의義' 한문을 뜯어보면 양의 머리를 지닌 분. 성경에서도 양은 짐승 중 최고의 격을 붙인다. 의를 지님은 훌륭한 인간다움의 출발점인 것이다.

"국익과 정의로움"을 지키는 꼿꼿한 '순신다움'을 축약한 공무수행 자세의 본보기가 고향 고흥에 서려있다. 불의의 먹구름이 태양을 가렸으나 순신은 정의로움을 좇아 고초를 겪으며 살다가 임진왜란 전 몇 단계 승진하여 전라좌수사로 부임했다. 사병에서 사령관으로 특진은 사례가 있는지 모르겠다. 뒷날 왜적과 싸워 승리로 이끈 정신이 뗑그렁 들린다.

우리들은 흔히 "정의롭게 살아야 한다"지만 세상엔 정의를 지켜 살기가 어렵다는 사례이기도 하다. 이런 일로 인하여 고흥 분들은 장수將帥 혹은 사병으로 이순신 휘하에서 왜적과 싸워 많은 희생이 있었고 남해안을 지켜내 서해로 통한 왜의 보급로를 차단했다. 전라도 지역은 왜군이 발을 들여놓지 못했다. 순신은 "호남이 아니었으면 지금 국가는 없었을 것이다.(若無湖南 是無國家)" 어록을 남겼다. 임진왜란 극복의 중심에 고흥출신 수많은 장수와 이름 없는 사병들이 국난극복에 참여했다.

평안도 지방에 침입한 오랑캐 괴수 목을 베고 무리들을 물리쳐 선조로부터 친필 '정충록精忠錄'을 하사받고 임금의 평양 피란 때 호위했던 충양공(시호 받은 장군) 송순례(대서). 부산 앞 해전에서 장렬하게 전사한 녹도 만호 정운(녹동). 남해바다의 지리와 조석간만을 꿰뚫어 80넘도록 충무공 곁에서 자문한 장수 정걸(포두). 순신 곁에서 함께 싸운 신여량 장수(동강).이순신 전사 사실을 함구케 하며 순신 옷으로 갈아입고 최후까지 왜군을 몰아낸 군관 송희립 (동강). 송희립은 삼형제가 왜군과 싸웠다. 신군안 장수 (두원) 등 임진 · 정유 왜란의 승리에 장수와 사병 등 고흥 군민들의 궐기와 희생이 별빛처럼 반짝거리는 큰 별 충무공과 함께 의로운 빛의 고장이다.

소록도를 지나 금산대교를 건너면 한때 국민들 가슴을 확 트이도록 한 사이다 박치기 레슬러 김일 체육기념관이 있다. 피카소와 겨룰만한 천경자 화백이 있다. 조선조 때 유일한 낭만을 그린 어우동 작가 유몽인, 거창 대학살을 폭로 하고 꼿꼿하게 감옥 간 서민호의원도 있다. 한때 가장 사랑받던 국민연속극 〈전원일기〉의 작가는 고흥의 며느리 김정수다. 〈태백산맥〉〈아리랑〉 등 베스트셀러작가 조정래도 아버지가 고흥 분이라 문학관이 있다.

척박하던 농촌은 곳곳이 간척지로 품질 좋은 쌀이 넉넉하고 11월이면 유자 축제를 벌인다. 최근에는 해외로 김 등 각종 수산물 수출을 늘리고 있다. 수년 전 여수와 연결한 명소 팔영대교는 이어진 도로가 해변을 끼고 달려 국내 최고의 드라이브 코스라고 서울에서 만난 여행 즐기는 분이 예찬 했다. 나는 출타 고흥 문인이다.

아장아장 맨발로 뛰어다니며 자란 곳은 대서면 상남리 남양마을이다. 재기차기 하다가 동무와 싸우고 바람개비를 만들어 산과 들을 누비며 달렸다. 추운겨울 연날리기 하다 언덕아래 피운 불에 머리를 살라버렸던 일이 껄껄 거리며 달려온다. 고향은 누구에게나 정이 꿈틀대는 젓줄이다. 산야가 모두 내 것 아닌가.

아줌마들이 우물물을 길러 물동이를 머리에 이고 물동이 귀를 잡느라 팔을 올려 걸으면 적삼 아래 하얀 젖가슴이 삐죽이 나와 출렁거리던 소박한 시골 삶이 그림자로 아른거린다.

조선 정조 때 현조할아버지부터 둘째 조카가 태어나기까지 살아온 터는 아버지까지 4대독자로 이어왔다. 우리 육남매와 조카까지 200여년 정도 같은 집에 살다가 1962년 집을 팔고 고향을 떠나 시조 묘가 있는 익산으로 이사했다. 익산에서도 8년 간 이웃과 형제처럼 어울려 살았던 고즈넉한 정이 배어 있다. 익산 생활은 어머니와 형님이 눈부신 활동을 했다. 고흥과 익산을 어쩌다 찾으면 추억들이 눈을 깜박거리며 돌아오라 사랑이 녹아 있는 향수鄕愁.

태어난 마을 앞에는 20여 년 전 세운 〈마을 연혁비〉가 있다. 이 비를 중심으로 더 탐구하여 2006년 3월15일 〈고흥타임즈 제30호 7면 전체(회장 신금식) 〉에 우리 마을을 자세히 소개했다.

가장 눈에 띄는 것은 "영주 골(고흥 옛 이름) 8대 명성 높은 마을로 조선조 때 9명의 급제자를 배출한 인재마을"이라는 대목이다. 태어난 집에서 20 미터쯤에 급제 때마다 세운 솟대거리가 있다. 우리는 솟대거리에서 여름밤이면 반딧불을 좇거나 진도아리랑을 목이 터져라 불러재꼈다. 인재마을은 현대에도 계속 이어지고 있다.

관리관 2명 도의원 3명 이사관 3명 부이사관 1명 교수와 교장 파출소장 시군의원 3명, 서기관 사무관 등이 다수 배출 되고 있다. 중앙에서 활동중인 현역 문인도 2명이다. 또한 절수기술변기 생산중견 기업인과 형제간 우애 깊은 중소기업인도 있다.

두고 온 고향 마을은 일터에서 힘들 때면 어깨를 흔들어 기를 일으켜 세운 영靈이 있다. 1970년부터 서울 생활이 시작 됐다. 살아온 과정에서 부딪힌 험난함을 고흥과 익산은 품어 위로 해 준다. 46년 간 공직생활을 했다.

2023년 9월에 증조부님이 좀 넓게 계시던 터로 5대조부모부터 부모님까지 평장으로 모셨다. 명당을 잡아 모셨는데 파묘의 아픔 속 아우와 조카 아들 원영(장손) 등과 정성을 들여 묘지를 잡초가 나지 못하게 공원화하였다. 옆으로 형님과 형수도 모셔 우리집안 성지를 만든 것이다.

고향을 지키고 사는 분들이나 흩어진 이웃들 서로 격려하며 웃고 따뜻하게 지내시라. 매년 서울과 지방 곳곳에서 단합운동회를 열어 온 의로운 고흥 분들아 어디서든 불끈불끈 일어서소서. 한 평생은 구름처럼 흘러가는 것 아닌가. 고향과 각 고을에 흩어져 사는 향우들을 잇는 〈고흥타임지〉가 자존심을 꼿꼿이 세우며 다가선다.

6

나이아가라 폭포

가슴에 대자연을 담고 살면 한가롭다.

한문 글자 수보다 깊은 심연
- 이웃나라 중국

중국과 수교 1년 뒤 1993년 11월 민간 게임업체와 소프트웨어 대기업 등 8명과 함께 중국을 방문했다. 대학 연구소 행정기관 등 여러 곳에 들러 정보산업 현황을 살피는 프로그램이었다.

중국 과학기술위원회 관련 국장 및 직원 등과 상견례 겸 오찬을 했다. 수교 후 처음으로 대사관에 파견된 유능한 정윤 과학관은 국장 이하 20여명 중국공무원들로 부터 선망을 받고 있는 분위기였다. 그런 분위기는 전국 관련기관 10여 곳을 방문 할 때 가는 곳마다 친절로 표출되었다. 한국을 부러워하고 배우려 다가서는 분위기를 느꼈다.

칭화공대에 들러 전산화 실태를 물었을 때 PC도 없는 상태였고 안내교수는 월급을 주지 않고 대학에서 무엇인가 만들어 시장에 팔아 생활하라한다는 안내교수의 말에 깜짝 놀랐다. 그런 옹색스럽던 중국이 지금 세계 2대강국으로 치솟은 첨단기술국가가 되었다.

흔히 "이웃사촌은 친척보다 낫다"는 말은 사실이다. 그러나 착한 이웃이냐 사나운 이웃이냐에 따라 다르다. 중국과 일본은 이웃나라다. 친교가 있고 싸움이 있어 애증이 교차 한다. 주마간산의 글로 이웃을 짚어본다.

고조선시대 부터 중국과는 밀고 당김이 있었다. 그 주체와 영토소속 등 정통성을 놓고 한 중 간엔 역사적 이견이 있다. 저들은 저들의 주장을 하고 우리는 우리역사를 얘기한다. 특히 거란과의 전쟁은 처절했다.

미국에까지 고구려와 발해는 중국의 지방정부였다는 설명이 있었다고 한다. 중국역사학자들이「동북공정」에 담은 것이다. 기분 나쁜 일이다. 오천 년 역사 속에 중국과 싸움판도 많았다. 당나라 거란 여진 말갈 부여. 그들과 우리는 생존을 걸고 치고 박고 싸워야 했다. 그들은 모두 중국대륙국가 속에 녹아들어 실존하지 않는다. 하지만 옛날 옛적엔 각 종족들이 나라를 세워 우리겨레와 수없이 겨뤘다.

고구려는 만주일대와 요동반도에 진출한 우리민족이다. 고구려 유민 대조영이 발해를 세워 고려와 함께 남북조시대를 구가하며 시베리아를 중심으로 600여년 찬란한 문화를 꽃피웠다. 그러나 거란에 멸망한 발해로 우리는 반도국가로 전락했다. 그로 하여 고구려의 꿋꿋한 기상과 웅대한 꿈도 함께 묻혀 폐허 속에 갇혔다. 지금은 빛나던 역사를 돌아보며 고토故土를 사랑하는 역사가들이 치솟아 오른 국력을 바탕으로 중국과 붓끝에 힘을 주는 외로운 싸움을 한다. 이 어려움 속 분단 80년은 안타까움이다.

다섯 차례에 걸쳐 중국을 돌아봤다. 백두산을 중심으로 토문에서 단동까지 조상들의 얼이 숨 쉬는 백두산과 두만강 압록강 주변을 보았다. 한글 간판이요 한국화폐가 통행 되고 있었다. 잃어

버린 땅을 밟고 다닌 것은 서글픔이요 낭패요 참담이었다.

왕자가 태어나 방마다 하루씩 지내면 이십구 년이 걸린다는 자금성. 트럭도 다닐 만큼 넓고 튼튼한 북경부근 만리장성에도 서 보았다. 시안西安의 진시황 묘 발굴현장, 남경에서 명나라를 세운 주원장의 산 같은 묘(?)도 보았다. 선선한 바람 속 그 웅대함에 무거운 마음이었다.

내륙의 방위 산업체도 주마간산으로 살폈다. 대만의 고궁박물관에서 삼대에 걸쳐 육십여 년 만에 완성했다는 상아를 재료로 한 정교한 공예품에 고개를 흔들었다. 한 작품을 완성하기 위해 그 많은 세월을 참고 이겨낸 정신이 아득하다. 팔십팔 미터 높이의 세계최대 동 불상 앞에 멍하니 서 있었다. 돌아본 곳이 빙산의 일각이지만 알 수없이 깊고 심오한 문화유산들이 펼쳐 있다. 한문 글자 수가 이룬 숲보다 깊은 심연이다.

이천여 년 전에 장애물을 넘어 공격하는 대포와 전차로 싸우는 장기 놀이를 만들었던 그들이다. 중국은 고수들의 바둑처럼 상상력이 뛰어난 오묘함이요 은하의 별 떼처럼 신비로움이다. 서툰 모자이크로 한 편의 시에 담아본다.

중국에 가면 무거움 느낀다/ 만리장성 오를 때 즐거움/ 가뿐했는데
/ 성 위에서 귀 간질이는 바람/ 따사로운 초겨울 햇살도/ 육중한 무개로 다가선다/ 자금성 들어가/ 대만 고궁박물관의 정교한 상아 공예품 연상으로/ 어떤 불가사의 거기 있는가 맘 당겼지만/

조선조 동지사신 조공 받치러 와 머물다간 표지에/ 너울대던 상상 매몰 된다/ 시안 밖 진시황 묘/ 남경에 주원장 묻힌 곳은/ 무덤이 산/ 무서無錫 떠나 바다 같은 호수 길 달려가 만난/ 팔십팔 미터 높이/ 우람한 몸집의 동불상이/ 누르려는 사악은 무엇인가/ 중국대륙은/ 한문숫자 만큼 깊은 심연 속에/ 상하이 옆 흐르는 황포강 덮은/ 짙은 안개다.

- 자작시 만리장성에서

중국을 이해하기는 내겐 벅찬 과제다. 계림과 장가계 황산의 자연경관은 탄성이 나온다. 당나라는 신라의 청을 들어 백제를 멸망 시켰고 신라의 도움을 받아 고구려를 병탐 했다. 송나라 명나라 등과 굴곡은 많았지만 이웃으로 웬만큼 지냈다. 임진왜란 땐 명나라에서 지원군을 보내왔다. 청나라 건국과정엔 두 차례 쳐들어와 항복과 다짐을 받고 돌아갔다.

세계 오대 문명 발상지의 한 곳이기도 한 중국을 통해 한자 불교 유교 그리고 여러 놀이가 전래 되어 우리생활 속에 깊이 박혔다. 덩치 큰 나라 앞에 늘 힘이 부치고 영향을 많이 받으면서 우리 자신을 발전시키고 고유문화 창달도 이루어 왔다. 조선조까지 선과 악의 날이 교차한 이웃나라였다. 일제 강점기엔 독립운동의 근거지로 도움을 받았다. 그러나 세계 2차 대전 뒤 중국의 공산화로 남북 대치상황 속에서 한국전쟁 때 북한을 지원하여 한국과는 적성국가로 지냈다.

빈곤을 털고 일어선 한국의 발전은 공산체제로 침체한 중국이 깜짝 놀라는 파장을 일으켰다. "검은 고양이든 흰 고양이든 쥐를 잡아야 한다"며 자본주의시장경제체제로 전환 한 것이다. 개방 초기에 한국인을 대하면 진지하고 친절하고 우호적이었다. 1992년 한중국교정상화로 30여 년 간 방대한 무역량을 바탕으로 상호간 국부를 축적했다. 그들은 우리에게 기술은 물론 자본주의를 열심히 배웠다. 뿐만 아니라 북한이 핵실험 하면 우리 편에 서서 유엔의 이름으로 제재에 동참했다. 경제는 완전 자본주의면서 정치는 공산당독재국가다. 유인 우주선을 띄우며 미국에 이어 세계 2강으로 떠오른 이웃나라 중국은 우려이자 기회의 땅이다.

미국이 견제에 들어가면서 성주에 사드를 배치한 것을 트집 잡아 한국에 오는 중국관광객을 통제하고 중국에 진출한 우리기업들을 다양하게 압박했다. 시진핑의 장기집권과 솟아오른 군사력을 견제하는 미국은 우리까지 미국편에 설 것을 압박한다. 결과는 중국과 조금씩 소원해지고 있다.

남북 관계에서도 북쪽 편으로 기울어지고 있다. 한문 글자 수보다 깊고 많은 문화유산을 가진 이웃. 우리는 그들과 다시 체온을 느낄 수 있는 외교를 지혜롭게 해야 하지 않겠는가. 심연의 나라 중국을 우리정치지도자들은 어떻게 응전해야 하는 지 냉정히 바라보면서 유연성 있는 대처가 현명한 것 아닐까 싶다.

원죄에 대한 성찰

- 이웃나라 일본

원죄./'최초의 인간 아담이 하느님의 명을 거역한 죄'/ 그렇담/ 천 년을 어우러져 살아온 백성과 땅을 갈라/ 칠십 년 넘게 살생, 고통, 갈등의 수렁에 빠뜨린 원죄/ 실체는 누구냐/

스탈린 루즈벨트냐/. 북한공산당 김일성이냐/그들은 곁가지 죄 무겁지만 원죄는 아니다/

분단의 원죄는 왜倭다/그 승냥이들이 하늘 뜻 어겨/조선국 권 늑탈勒奪하고 백성 짓밟은 뒤 남은 상처다/도요토미 히데요시, 도죠 히데키 디엔에이가/ 왜 정치꾼 핏속에 찐하게 흘러/분단 추임새에/ 동해를 일본해로/ 독도를 일본 땅이라 강변하고/ 침탈을 베풂이라 우기며 야금야금 파고든다/ 웬수 소련, 오랑캐 중공과 친구삼아 오가면서/남북형제의 뿌리 망각한 채/세계가 걸러 심판 끝나 훤한 것/우리끼리 찢고 발기는 이념논쟁에 취한 분들/ 종북좌파 꼴통보수/ 그리 큰 울림에 제살 파먹기냐/겨레 숙명인 통일하려면/ 아름다운 축제로 합방 하려면/모든 것 던져 조국 구한 독립군/ 떨린 맘으로 간직하고/그리 처연한 3월 만세 뜨겁게 떠올리며/'기술' 발전시켜/ 우리들 힘으로 눌러 참 이웃 일 때까지/양의 탈 쓴 간교한 이리에 넘어가지 말고/ 분단의 멍

에 씌운 원죄, 올곧게 성찰省察해야겠네

- 자작시. 보령시 성주면 항일 시비공원

일본은 우리민족에게 잔인하고 살상 약탈을 수 없이 한 극악무도한 범죄국가다. 그러나 세상은 변하는 것. 2차 세계대전 후 20년 지나 한일 관계는 우호국가로 전변했다. 기술을 배우고 산업을 일으키는데 우리는 일본의 도움을 받았다.

여러 차례 만나본 일본인은 상냥하고 높은 수준의 도덕을 갖추었다. 한 · 일「기술사」심포지엄을 사십 년 넘게 매 년 교차개최하고 있다. 십여 년 간 만날 때마다 사근사근한 친절과 반듯한 예절을 배웠다. 그러나 이웃으로선 사나운 유산을 지니고 있다. 그들은 모이면 국가주의로 뭉쳐 남을 해치는 나쁜 유전자가 있다. 우리는 항상 독하게 당한 피해자다. 고려시대에 쉼 없이 서남해안 지방을 노략질한 그들은 골치 아픈 도적떼들이었다. 남원 운봉까지 쳐들어 온 왜구를 물리친 이성계는 그 공이 빛나 추앙 받았고 역성혁명에 성공 한 단초가 됐다.

임진왜란 칠 년 전쟁은 국토를 피로 물들이고 피폐시켰다. 귀를 자르고 코를 베어다 무덤을 만든 잔인무도한 피가 일본인 속에 흐르고 있다. 1910년 대한제국을 집어삼킨 일본제국주의는 우리의 자존인 한글을 말살하며 성과 이름을 바꾸라고 강요했다. 약탈과 유린을 맘대로 했다. 팔십년 가까운 분단 속에 우리 동포끼리 눈을 부라리며 겨루는 갈등은 일본강점의 후유증 아닌가.

그들은 일찍이 서양 과학문물을 적극 받아들여 동양의 강자로 부상했다. 2차 대전에서 패망 하고도 털고 일어나 세계 4위의 국력을 갖고 있다. 그것의 바탕은 앞선 기술력이다. 과학기술의 능력은 곧 과학기술자들의 창의적인 활동에서 나온다. 기술로 생산의 혁신을 이루고 품질의 고급화를 구현하여 세계시장을 다잡아 부를 축적했다.

독도문제를 비롯한 역사적 힘겨루기는 그들이 저지른 죄에 대한 진정성 있는 회개가 없는 우월인식에서 비롯된다. 이웃나라로서 사나운 모습의 일본의 극복은 우리가 국력에서 우위로 올라서는 길 밖에 없어 보인다. 그것은 오로지 과학기술자들을 더 지원하여 전자분야 등 첨단기술을 앞질러 간 사례에서 찾을 수 있다. 억지 사과를 기대하지 말고 헛꿈에서 깨어나 〈기술〉을 키워 일본을 뛰어 넘어야 이긴다.

평화 친교시대에 일본과도 서로 도우며 잘 지내야 한다는 명제 앞에 과거를 들어 반일을 외치고 있다. 반기문 유엔사무총장 선출 때 비밀투표에서 일본만은 끝까지 반대표를 찍었다 한다.

교류도 외교도 그 속성을 꿰뚫어 항상 바닥에 깔고 대응해 가야 할 것이다. 헐렁하게 대응할 대상이 아니다.

상냥한 백성을 사나운 국가주의로 바꾸는 일본정치가는 이율배반이다. 그들과 더불어 협력하고 더러는 함께 웃기도 하는데 그들의 계략에 놀아나는 건 아닌지? 분단과 동족갈등의 원죄가 일본에 있지만 지금은 야박스럽게 대하기도 어려운 국제상황이어서 속이 편치 않다. 항상 치밀하게 대응해야 한다.

기상천외奇想天外

우리나라를 금수강산 삼천리라 한다. 백두산 꼭대기 신비스러운 천지. 금강 설악산 아기자기한 산세. 지리 한라로 이어진 우람한 뼈대와 우거진 숲. 골골이 맑게 흐르는 물. 적절하게 펼쳐진 들과 마을. 철마다 갈아입는 곱디고운 옷의 색깔. 동해 서해 남해 바다와 오밀조밀 섬들이 뿜어내는 정취는 우리들 모두의 축복이다.

제주도 표선리 앞 해안도로에서 바라본 바다와 어우러진 숲은 선경이다. 그곳에 살다 뼈를 묻고 싶다는 충동이 일어난 아름다움이 흠뻑 배인 경관이다.

그러나 유념해야 할 점이 있다. 금수강산은 우리만이 지닌 것으로 오도해서는 안 된다. 나이아가라에 가면 입이 딱 벌어지는 장엄한 폭포가 있고 알프스산은 세계인들의 가슴에 파고들어 사랑받는다. 중국의 계림, 브라질오의 해변, 세계 곳곳에는 아름다운 자연과 신묘함이 펼쳐져 있다. 사람들은 그런 곳을 찾아 마음을 다듬고 새로운 활력을 채운다.

베트남의 하롱베이Halong bay도 심신이 빠져들게 하는 명소다. 푸르게 펼쳐진 바다 위에 섬들이 절묘하게 군락을 이루고 있다. 누구의 섬세한 설계인가. 어떤 경로로 이렇게 아름다움이 빛어졌는가. 사십 명 쯤 탈 수 있는 나무로 만든 관광선을 타고 섬 사이사이로 나아간다.

왕복 네 시간 쯤 달려가는 바다와 섬의 숨바꼭질 속에 펼쳐진 진경들로 단연코 지루함이 파고들 틈새가 없다. 우리 가을 날씨 같은 십이월. 선선한 바람이 머리를 스치며 환영한다. 섬들이 마당을 돌며 농악 놀이를 하고 있다는 착각에 빠진다. 섬들 사이사이 평온한 바다를 미끄러지며 관광선이 나아간다.

푸른 바다에서 부부가 작은 어선을 타고 그물을 펼친다. 기나긴 전쟁이 멎은 땅. 저 평화롭고 힘찬 손놀림이여. 물 위에 배를 띄우고 사는 수상가족도 보인다. 그 집엔 강아지가 꼬리치며 드나들고 있다. 물 위의 집엔 먼저 간 친구들이 모여 신선으로 살고 있을 것 같다.

과거 베트남은 우리처럼 중국과 맞대고 있어 숱한 전쟁을 치르며 살았다. 한자문화 권이어서 사찰 기둥엔 한문 간판이 붙어 있다. 중국에 대하여 지금도 신경 쓰이기는 마찬가지다.

눈으로 바라보는 경치 사이사이로 여러 생각들이 밀고 온다. 우리가 일본강점에 저항 했듯 베트남은 불란서 식민지의 질곡에서 벗어나려 기나긴 독립투쟁을 했다. 2차 대전 때 일본이 점령 후 멀쩡한 국토와 백성을 강대국들이 남북으로 갈라놓은 것 까지 닮은꼴이다. 북쪽은 공산주의 남쪽은 시장경제의 자유민주주의.

남쪽은 미국의 영향아래 살다가 호치민의 영도 하에 통일한 나라다. 우리 국군이 남쪽을 도와 싸웠지만 패퇴한 아픔이 있다. 백성들 뜻과 다르게 힘없다고 제멋대로 가른 것이 강대국이고 뻔뻔

스런 정의요 인류애와 윤리도덕이었던가.

아름다운 경치까지 잠시 어지러워지고 감정은 헝클어진다. 불란서와 미국, 저 막강한 나라들의 지배와 간섭을 약소국이 이겨 낸 것은 거머리처럼 물고 늘어진 끈질김이다. 겹겹이 펼쳐진 섬들과 비늘처럼 반짝이는 바다 위 햇살 속에 그들의 빛나는 혼이 숨 쉬고 있으리라 짚어본 사이 평상심으로 돌아온다.

두 시간 쯤 달리다 시야를 막아선 큰 섬에 내린다. 안내원을 따라 배에서 내려 동굴 구경이다. 걷기 편할 정도 너른 동굴 안에 세워지고 드리워진 종유석들은 기묘하고 아슬아슬하고 신비롭다.

삼십 분쯤 돌고 나오니 한자로 『기상천외奇想天外』라 글귀가 새겨진 돌이 있다. 보통의 상상으론 미칠 수 없는 천만뜻밖의 엉뚱함이 이곳에 빚어져 있음을 압축한 표현이다. 안내원의 얘기로는 중국의 어느 명사가 하롱베이를 관광하고 동굴을 돌고 나와 소감을 피력한 것이란다.

다양한 형상, 아름답고 평화롭고 신비로운 자연경관. 그래서 흡족한 관광을 하고나서 가슴을 찡하게 한 사자성어다. 촌철살인 같은 한자표기의 묘미와 축약을 새삼 맛보게 한다.

나의 장황한 기행문도 '기상천외'란 네 글자에 압도되는 것 같다. 작은 돌에 새겨진 네 글자로 내 문학은 졸아지고 행색이 초라한 채 벌레 씹은 기분이다.

자유의 힘

하노이 시가는 오토바이 물결이 도로를 꽉 채워 출렁인다. 겨울 천수만 하늘을 날아오른 가창오리 떼 같다. 혼란스러운 속 부딪 힘이 없는 저 분주함엔 분명 설렘과 꿈이 있을게다. 자유분방한 가슴에는 내일을 채울 희망과 바람이 깃들었을 성 싶다.

일찍 일어난 편인 나는 아침이면 호텔 밖 사거리 인도에 나가 떠오르는 햇살을 받으며 윙윙거리고 곡예를 하듯 바쁘게 오가는 오토바이 물결을 멍하니 바라보곤 했다. 남북 대치 상황에서 줄 곧 터부시 한 공산국가. 우리세대는 교육을 통해 공산국가와 적 대감을 키우며 자랐다.

그러나 세상은 한 틀에 머물게 하지 않는다. 변하는 게 사람이 고 세상이다. 국가의 틀도 바뀌고 사람 생각도 바뀐다. 중국처럼 정치체제는 자유선거가 없는 일당 독재 경제는 자본주의다.

베트남인들 분망함 속엔 통제가 심한 북한과는 다른 활동과 돌 아다님의 자유 반쪽 자유가 보인다. 평양처럼 혈통을 잇는 왕조 국가도 아니다.

시장경제를 받아들여 잘사는 국가를 일으켜 세우기 위해 새롭 게 나아가는 율동인 자유의 힘을 읽을 수 있다. 반 자유 속에 숨 쉬는 발랄한 창의와 혁신의 솟아오름을 맛보고 산다. 자신들 힘으로 통일 했다는 측면에선 우리보다 우월하다. 불란서의 장기 지배를 걷어 냈고 미국이란 이십세기 최강국과 무력투쟁에 이긴 것이다.

한 때 우리는 미국의 요청으로 남베트남 편에 서서 베트콩과 싸웠다. 그 전쟁에서 미국이 패퇴할 때 함께 철수해야 했다. 호치민의 지도 아래 통일한 베트남 측에서 보면 한국은 우리식 표현으로 적성국가인 것이다. 그러나 하노이 겉 분위기는 한국인이라고 기피하거나 분노 하는 것 같지 않았다. 따뜻하게 다가서는 느낌이다. 한국의 경제발전경험을 전수받고 싶어 보인다.

호치민의 유언을 거스르며 백성들이 조성한 통일 주석의 웅대한 묘와 너른 광장엔 외국관광객들이 많다. 호치민 광장을 거닐며 거대한 묘보다 어제 본 검소하게 지낸 호치민의 생활 모습이 더 크게 다가선다.

해설자는 정약용이 지은 〈목민심서〉가 호치민 장서 중에 포함되었다고 한다. (박헌영과 호치민은 러시아 유학 동기로 박헌영이 기증했을 거라 함. 한국에서도 공무원 필독의 책으로 고건 국무총리는 번역서를 추천했던 책이다. *한자는 공통 문자였음) 홀로 살았던 호치민 생활 자취가 질박하고 검소의 극치 였다.

역사에서 적과 동맹이란 영원하지 않다는 걸 우리는 체험하고 있다. 냉전체제 붕괴 뒤 우리가 적성국가라 칭했던 중국 러시아를 비롯한 과거 공산주의국가와 이웃처럼 왕래하고 무역하는 상황도 의미심장하다.

동행한 허남 형이 가이드 겸 운전기사에게 "적군으로 싸운 한국인에 대한 베트남 정부의 입장과 백성들 감정"을 물었다. 대답은 듣던 대로다. "과거는 잊지 않되 미래를 향해 나아간다."는 것이 베트남정부나 백성 모두 공감이라 했다. 우리나라가 못 살고 축 처져 있어도 같은 감정으로 대할까? 개인이든 국가든 경제적 풍요는 날이 선 힘을 지니고 있음을 새삼 되짚게 한다.

중국이 개방 초기에는 한국인만 만나면 붙잡고 무엇인가를 알아내고 얻으려 간절했다. 오래 얘기하려 했다. 이십 년 쯤 넘어서니 첨단기술이나 빼내고 별 볼일 없이 대하는 교훈을 새겨야 한다. 왜 그럴까? 중국인들의 교활 때문일까. 이제 더 배울 게 없다는 메시지다. 국가 간에는 냉엄하고 엄중하다. 이익이 있는가를 고려 할 수 있다.

베트남에 진출한 우리기업들이 진심으로 돕고 예절과 도덕의 우월성을 보여 줘야 한다. 고루한 표현이지만 홍익의 자세와 동방예의지국의 자긍을 보여줘야 한다. 절대로 졸부근성을 드러내면 안 된다. 으스대면 안 된다. 누가 그런 나라사람을 친구로 삼겠는가. 치졸하게 굴면 적개심을 불러일으킬 수도 있다.

하롱베이에서 관광선을 타기 전날 해변을 산책할 때 어린 아들을 오토바이에 태우고 달려와 "안녕하세요." 하며 기념품을 팔던 작은 체구에 눈이 큰 아줌마의 얼굴. 아들에게도 한국어를 배우게 한다면서 십 세 전 후 쯤 어린이에게 한국말로 인사하게 했다. 그 아줌마가 정말로 한국을 동경하고 있는지는 잘 모르겠다. 허남 선배와 난 조그마한 기념품을 샀다.

그 날 밤 호텔로비에서는 마루를 스치는 우아한 아오자이를 입고 아리랑을 비롯한 한국 노래만을 이어서 연주하고 춤췄다. 우리관광객들이 많이 다녀갔을 것으로 생각되는 하노이와 하롱베이. 우리가 악연을 만들었던 과거를 스스로 씻는 맘으로 환골탈태는 이루어지고 있는 것일까.

베트남은 어느 나라보다도 더 깊게 배려하고 베트남인들을 정중하게 응대해야 한다는 생각이 든다. 자유와 이윤추구의 시장경제가 창의와 혁신을 일으킨다는 것을 한국에서 배우려 한 것 같다. 사회주의 일당독재체제 한정된 자유 속에 그들은 우릴 교본 삼으며 가능성을 찾아 번영으로 나아가고 있는 것 아닐까.

박항서가 베트남축구를 일으켜 세워 베트남백성과 통치자들로부터 훈장과 사랑받은 건 좋은 본보기를 남겼다. 김일성대학 출신이 한 베트남 문학교류 수장으로 한국을 자주 찾는다. 역사의 아이러니인가.

게르Ger 속의 낭만과 비탄
- 몽골기행 1

몽골 수도 울란바트르는 해발 천 사백 미터가 넘는 고원 도시다. 평퍼짐한 고원을 바탕으로 느슨한 능선이 받쳐 올린 외곽의 산봉우리들이 이천 미터는 되리라 짐작된다. 유목민의 젖줄인 톨강이 도시 동 쪽에서 서쪽으로 아랫도리를 간질이며 도란도란 흐른다. 울란바트르를 지나 북쪽으로 흘러 셀렝게강과 합류한 뒤 러시아 국경을 넘어 바이칼로 흘러들어가는 긴 강이다.

국토는 남한의 십칠 배가 넘는 대륙인데 인구는 삼백만 명 정도에 국민소득이 초라하다. 인구와 경제력을 보면서 칭기즈칸이 세운 대제국을 떠올리며 냉혹한 역사를 음미케 한다. 지금도 십세 전 후 어린이가 안장 없이 말을 타고 달리는 나라. 그러나 첨단 무기와 과학기술문명 앞에 무색하다.

아라비아 지역까지 진출하여 지금도 몽골인 유전자가 그곳에서 검출 된다는 몽고 대제국. 중국을 140여년 한국을 80년 넘게 지배하는 등 세계를 호령하던 대제국이 애잔한 생각이 든다.

알려진 대로 몽골은 초원의 나라다. 끝없이 이어지는 푸른 벌판과 흰 구름 떠가는 아래 구릉에서 한가롭게 풀을 뜯고 있는 가축들이 곳곳에 떼 지어 다닌다. 그것은 그림보다 아름다운 자연의 살결이요 평화로움이다. 가축과 목자牧者가 자연에 편입 되어 편안하고 아늑함이다.

바쁠 것 없으니 서두르지 않는다. 한 능선에서 웬만큼 풀을 뜯고 나면 이어지는 평원으로 옮기고 다시 건너편 구릉으로 천천히 움직인다. 칠월과 팔월이 여름인데도 밤이면 야영장 천막인 게르 안에 장작난로를 피우고 잠을 잔다. 겨울에 태어난 새끼 말은 섭씨 영하 40도의 혹독한 추위를 넘기기는 고통이요 죽음에 이르기도 한단다.

교회에서 선교목적으로 부부가 몽골을 가는 길에 순천 사는 석종부부와 광주 사는 재평부부께 연락하여 함께 갔다. 선교 단에 끼여 간 값싼 여행인 셈이다.

몽골 기행의 백미白眉로 일컬어지는 한 시간 여 말 타기와 게르에서 하룻밤 야영은 이국의 정취를 만끽케 했다. 검푸른 밤하늘에 반짝이는 초롱초롱 쏟아지는 별들. 우리들은 도회 생활에서 상실한 별자리를 찾느라 호들갑을 떨었다. 동심의 세계로 돌아가 깊고 너른 하늘 속으로 빨려 들었다.

깊어가는 밤 일행 중 한 분이 하모니카로 '목동'의 노래를 부르자 약속이나 한 듯 모두 게르 밖으로 나와 따라 부르며 즐겼다. 노래는 이어졌다. 기암절벽 아래서 부른 노래는 어둠을 뚫고 평원을 지나 건너 산으로 날아가 메아리 져 돌아왔다. 밤 열한 시 지나서야 가족 별로 게르 안에 들어가 장작불을 지피며 즐거운 웃음소리가 여기저기서 들렸다.

6개월짜리 전세를 전전하고 때로는 병마와 시달리기도 한 가파른 인생 고개를 넘어온 아내와 몽골 야영은 무거운 짐 내려놓기요 낭만과 행복의 무늬였다. 춥고 긴 겨우살이에 몽골인들은 불씨를 신성시 한다는 말처럼 우리들은 한 여름 밤 자다가 일어나 장작불을 피워 추위를 쫓곤 했다.

이튿날 한국인 선교사의 주선으로 십여 세대의 빈민가를 찾았다. 그런데 그들이 살고 있는 게르 속은 웃음과 낭만의 진원지가 아닌 비탄의 터전이었다. 휴양지의 게르 속과 울란바트르 변두리 주거지 게르 속은 천당과 지옥처럼 확연하다. 심방한 집마다 작은 천막에 여러 명의 가족이 생활 했다.

성에 대한 질서가 바로서지 않아 대부분 가계家系도 추스를 수 없다고 한다. 병들어도 치료 받지 못하는 안타깝고 슬픈 삶을 이어가고 있었다. 세간은 차치하고 바닥이 맨 땅인 곳에 침대 두 개를 놓고 세 남자를 아버지로 둔 일곱 자녀와 엄마가 살고 있는 극빈은 한 숨이 나왔다. 모계사회의 단면을 보듯 기이하기도 했다.

김 장로님이 물었다. "가장 간절한 소망이 무엇인가요?" "일자리 구하는 것입니다" 라고 답한 43세인 어머니 오윤치치크는 무겁게 천천히 입술을 움직였다. 공산체제를 해체하고 시장경제체제로 돌아섰으니 어디서나 일자리는 생명줄이나 마찬가지다.

한국인들은 몽골에서도 끈기와 불같은 염원으로 뛰고 있었다. 4년 째 되었다는 연세친선병원 의사는 몽골에서 어린아이를 데리고 부부가 어렵게 살지만 즐거운 마음으로 빈곤한 병자들을 돌보고 있다고 했다. 병을 고쳐주는 신뢰와 사랑을 바탕으로 한국을 심고 있었다. 젊은이들이 의과대학으로 줄달음치고 돈에 미치

다시피 날뛰는 세상에 신화 같은 주인공의 실화 앞에 숙연했다. 슈바이처에 다름 아닌 것이다.

인재양성이 몽골 부흥의 원천이라며 종합대학을 세워 교육하는 권오은 총장은 몽골 총리나 대통령도 만나는 몽골에서 상징적인 한국인이었다. 1993년 몽골에 들어가 칠전팔기했다. 대학을 세우겠다니 몽골정부에서 세 곳 후보지를 제시하며 고르라 했다고 한다. 믿음이 얼마나 깊은가. 한국을 얼마나 흠모하고 있는 것일까. 감동이요 우리백성의 자랑이다. 빈곤과 후진성을 태워버릴 불쏘시개 들이다.

우리들은 어디서나 '도덕'의 바탕 위에 신뢰를 쌓으며 나가야 한다. 신뢰를 잃으면 공든 탑이 무너지듯 모든 것이 한꺼번에 소멸될 수 있음은 국가 간이나 개인 간에 마찬가지 이치임을 되새기게 한다.

게르Ger 속의 낭만과 비탄

- 몽골기행 2

오-츨라레(미안합니다)를 샌-배-노(안녕하세요)보다 열심히 외웠다. 몽골인들은 전투적이어서 "몸을 부딪치기만 해도 칼을 빼어든다"는 안내원의 말이 섬뜩했다. 그래서 백화점이나 사람이 붐비는 장소에서 행여 부딪치면 오-츨라레하며 낮춰야 한다는 농반진반弄半眞半 얘기가 나의 단기간 몽골여행에서 익힌 단어 첫 번째다. 다행스럽게 사나운 일은 일어나지 않았다.

문득 몽골과 우리와의 관계가 떠올라 돌아봤다. 엉덩이의 반점은 몽골인 헝가리인 인디언 한국인에게만 나타난다고 한다. 언어도 우랄알타이 계로 어순이 같다. 우리들의 뿌리가 이곳일까?

몽골역사박물관 입구에 걸린 대형 세계지도에는 칭기즈칸의 4세가 중국을 제압하고 원나라를 세웠을 때 고려까지 영토로 편입시켰다는 내용으로 붉게 칠해져 있었다. 한국의 도움을 좋은 감정으로 수용하는 몽골. 지하자원 매장은 많다지만 도로와 수송수단이 낙후되어 경제적 도움이 되고 있지 못하고 있었다. 인구가 너무 적고 걸림돌이 많아 부강의 날은 멀어 보였다.

민주공화정과 시장경제로 탈바꿈한 몽골은 한국 일본 미국에 나간 근로자들이 보낸 송금과 외자유치로 개발자본 만들기에 발버둥치고 있다. 그러나 중국인과 중국자본은 경계한다고 한다. 1937년 현 인구보다 많은 몽골인 4백만 명이 살고 있는 내몽고를 중국에 빼앗긴 때문이다. 중국인 2천만 명을 내몽고에 이주시킨 뒤 주민투표로 국가 귀속을 결정하여 중국에 복속시킨 것이라 한다.

이 일은 중국의 동북공정 추진을 멍하니 바라만 보아선 안 됨을 가르쳐 준다. 중국은 고구려 역사는 자기네 지방정부 역사라며 우긴다. 기회를 봐 북한을 병탄하려는 음흉한 야심을 간파해야 한다. 우리가 북한을 포용해야함의 당위성이 이 속에 함축되어 있다.

한국인이 운영하는 작은 호텔 왼 편에는 남양주문화원이 반듯이 자리 잡고 있다. 오른편엔 소망교회에서 세웠다는 울란바트르 대학이 한글 간판을 달고 있다. 정보통신기술직업학교를 세워 몽골 젊은이들에게 일자리를 갖게 하겠다며 후끈한 열을 뿜는 김용식 선교사. 직접 벽돌을 찍어 게르 모양의 아름다운 건물을 신축하고 컴퓨터 등 교재 채우기에 한창이었다.

시내엔 간간이 한글간판의 음식점이 있다. 울란바트르의 유일한 영화관을 한국인이 인수 했다고 했었다. 달리는 자동차 안에서 새마을사업 시범도시 안내판도 보였다. 현대, 기아 중고차가 많았다. 1992년 한 몽 수교 후 한국인의 진출이 시작 되어 이천오백 명 정도가 여러 곳에서 활동 중이라고 한다.

칭기즈 칸이 부족을 통합하여 제국을 세우고는 풀을 뜯어 먹은 양이나 소 말 등을 먹으면 채식 한 거나 마찬가지니 고기만 먹도록 해서 육식 위주의 식생활이 정착 되었다는 몽골.

그들은 야채를 먹으면 구토하는 정도로 육식 위주로 살아왔다고 안내원설명이다. 그렇지만 식당마다 먹을 만큼의 야채가 나오고 있었다. 몽골인 들이 야채를 일상으로 먹는 날이 멀지 않은 듯싶다.

여행하는 동안 곳곳에서 어려운 여건을 무릅쓰고 민들레처럼 질기게 살아가는 한국인들의 당찬 모습이 생생했다. 우리와 달리 마을과 마을의 거리가 수 십 킬로미터 씩 떨어져 있는 몽골.

그 오지나 사막부근까지도 한국인들이 진출하여 활동하고 있다고 했다. 진지하고 용감하게 살고 있는 백성들의 불꽃이 세계 속에 떠오른 조국의 위상과 어우러져 국력상승이 이루어지고 있는 것이다.

지금은 해외여행 전성시대다. 인천공항은 출입국인파로 연일 북적거린다. 인천 공항에 도착할 무렵 여러 가지 생각들이 스쳤다. 우리가 여행을 떠나며 다지고 다져야 할 명세도 끼어들었다.

지구촌 어디서든 〈도덕〉으로 무장해야 한다. 교만하지 말고 친절해야 한다. 정직하고 겸손해야 한다는 강령이 필요하지 싶다.

나이아가라폭포

P형,

자네 아들이 명문대학에서 공학박사학위를 받았다는 소식 듣고 참으로 장하다며 칭찬하고 싶었네. 얼마나 많은 독서와 실험, 심오한 탐구에 매진했을까 하는 생각에 숙연한 마음이 들었네.

더러는 외로움이 시름으로 변해 괴롭기도 했을 것이네. 때로는 난관에 부딪혀 절망하다가도 끝내는 자신과의 싸움에 이긴 아름다운 삶의 한 장을 장식한 게지. 꿋꿋한 의지와 인내의 결실은 찬 서리를 머리에 이고 피어 있는 청초한 가을 국화를 연상케 하네.

공직 마감(이후 11년을 더 일한 행운)을 앞두고 모처럼 가뿐한 마음으로 파리-비엔나-제네바-워싱턴-나이아가라폭포에 이르는 여행길에 올랐네. 전에도 런던 파리 보르도 등을 시나브로 여행해서 별다른 의미를 붙일 건 없지만 20세기를 마감하는 해인 2000년의 분기점이 공교로운 생각이 드네.

이번 여행은 늦가을 자연이 펼쳐놓은 빛의 잔치, 지구 북반부의 찬란한 가을 단풍을 만끽한 행복스런 시간이었네. 부러 고속열차를 이용한 파리-비엔나의 열두 시간은 더욱 좋았어.

하염없이 스치는 벌판과 나무와 파란 하늘은 아름다운 그림 같왔어. 언덕 위의 하얀 집과 평화롭게 풀 뜯는 가축들을 보며 일찍이 과학기술에 바탕 하여 유럽의 산업혁명으로 이룩한 유토피아가 부러움이었네.

흔히 "사람은 공기 없이는 한 순간도 살 수 없는데 공기에 대한 감사를 깨닫지 못하고 산다"는 지적처럼 오늘을 살아가는 인류는 수많은 과학기술자들이 애써 일궈놓은 과학기술문명에 얹혀살면서도 과학기술자들의 고마움을 잊고 사는 야속한 측면이 있지.

나는 수없이 반복해 주장하네. '자연자원이 빈약한 우리나라가 선택할 길은 두뇌자원인 과학기술을 일으켜 세계일류가 돼야한다'는 것을 주문呪文처럼 외우는 그룹에 서서 살아 왔네. 그 소원은 세계인들이 놀랄 만큼 솟대처럼 세워지고 있네.

산이 70%가 넘는 땅에 석유처럼 위력 있는 자원은 없고 오밀조밀 오천 년 동안 농사에만 기대어 살아온 우리들이 겪은 궁핍은 필연이요 운명 아니었었나 싶네. 늦게나마 눈을 떠 남들이 칠십 년 혹은 백 년 넘어 이룩한 산업화를 삼십여 년 만에 이룬 것은 참으로 자랑스러운 일 아닌가. 정말 뛰어나고 기적 인 게지. 더구나 최첨단기술을 공략하여 앞으로 국운이 왕성할 것으로 보이네.

유럽에서 뉴욕으로 향한 비행기 의자에기대어 몇 군데 나라를 돌아 봤던 정경을 떠올렸네. 그 중 미안마(버마) 여행 중 수도승들에게 시주하는 행사 때 한 끼의 먹거리를 기다리며 줄서있는 그들이 기이했네. 왜 석가모니는 자급자족의 농사를 가르치지 않았을까. 기독교는 목회자들이 헌금으로 생활하며 빌딩도 짓는 호화를 누리기도 하는가. 부질없는 생각으로 잠 못 이룬 시간이 길어져 피곤만 쌓였었네.

지구촌이라는 말이 어색하지 않을 만큼 세계는 가까워졌고 모든 산업은 개방과 시장원리에 따라 흐르는 구도 속에 우리는 어떻게 대응해야 할까? 식상해 하지 말게나. 이 화두를 푸는 열쇠는 『과학기술을 일으켜 세우는 일』이라 믿고 있네.

두뇌자원이 뛰어난 나라. 창의력이 부강한 나라를 만들고 그 터전 위에서 자유민주주의 꽃을 피우는 거야. 복지정책을 펴 안정된 터전 위에 행복할 권리가 있는 작은 나라 한국. 기술전쟁에 이기려면 공이 큰 과학기술자들에게 상도 많이 줘 격려해야 하고 유공 과학기술자들이 작고한 뒤 국가에서 챙기는 국립묘지도 조성하는 등 국민들이 숭앙하도록 발상의 전환이 필요하다는 생각에 글로 써 제안했지만 반응이 없네.

삼십여 년 공직생활을 회상하면 오늘의 상황은 참으로 감개무량이고 우리시대가 역사상 대단히 큰 발자국을 찍고 있다고 생각하네. 하지만 역사는 반전을 거듭한 것 아니던가. 기어가다 뛰고 뛰다가 날고 날다가 내려앉는 반복인 게지.

최근 들어 우수청소년들이 의대를 선호하고 이공계를 기피하는 현상이 뚜렷하여 우려의 목소리가 높아지고 있네. 하기야 의료도 과학에 바탕하고 있으니 우수인재들이 의료 활동을 통해 달러를 벌어들일 수 있는 제도적 개선도 검토해야 할 때지.

짙푸르던 숲이 고운 빛깔로 변하는 계절, 더러는 붉고 더러는 노란 색깔의 잎들. 한국이나 유럽이나 미국 동북쪽 산이나 모두 아름다운 빛의 잔치였어.

동행한 직원이 워싱턴 공항에서 랜트 카로 나이아가라 폭포를 향해 달렸지. 가다가 길을 잘 못 들어 펜실바니아주 어느 산골에 이르렀어. 인가가 전혀 없는 외진 곳에서 말 목장을 한 젊은 부부는 어린 아이도 함께 살고 있었는데 아주 평화로워 보였어. 지도를 펴고 길을 물어 캐나다에 이르니 밤이었지.

아침 일찍 식사하고 장엄한 대자연 나이아가라 폭포 앞에 섰지. 포효하는 자연의 외침을 들으며 지금까지 쌓인 찌꺼기가 씻어진 듯 홀가분했네. 장쾌한 폭포를 바라보며 동행한 벗과 술도 한 잔 마셨어. 작은 목선을 타고 폭포부근까지 갔는데 모두 비옷을 입어 폭포에서 흩날리는 물방울을 막았지.

그때 폭포 앞에 드리운 커다란 무지개는 나도 모르게 지은 죄까지 씻어내는 세척제로 오래 간직할 걸세. 캐나다와 미국국경에 걸쳐 있는 폭포의 넓이와 쏟아지는 넉넉한 물이 일으킨 대자연의 한 자락. "사람은 미물"이라는 표현은 맞는 말이더라고.

그렇지만 '생각하고 창조하는 뇌'와 '만드는 손'을 지니고 인공위성을 띄워 다른 별까지 점령하려는 꿈은 어떤 의미일까. 지구별 안에서 만이라도 넉넉하게 오순도순 평화롭게 살아갔으면 하는 것이 여행에서 얻은 소박한 바람이었네. 마지막 날 주미과학관 김상선 박사 집에 초대받아 따뜻한 저녁밥상은 아직 갚지 못한 빚으로 남았구만.

천사 섬 순례

푸른 너울 속에/묻어 둔 꿈 한 조각/수평선 너머 가물가물 떠
있는/그리움 삭인 붉은 볼/다가서면 다소곳 반기는 예쁜 자태/
누가 그대를 멀리 귀양 보냈나/바람처럼 달려온 나그네 앞에/태
고부터 아픔 펴낸 곰보 얼굴/마음열고 다가서니 사랑이구나/ 그
대 품고 떠난 뒤/가둔 시간 울타리에/추억의 갈기 날리거든/타
는 빛 노을에 손 흔드는 비경/다시 오마 홍도여.

– 자작시: 홍도

'천사 섬'은 이름부터 신비로운 공간으로 다가서게 한다. 아기
자기한 돌 섬 홍도에서 하룻밤 자고 돌아오는 길 흑산도여행 끄
트머리에 이미자의 "흑산도 아가씨"노래비가 애절하다. 내게 이
미자 가수의 노래처럼 독자 가슴에 공감하고 사랑받는 시가 있
을까.

홀로 여행을 즐기는 편인 나는 그 후 몇 차례 천사 섬들을 더 둘
러봤다.

섬들은 별리를 다시 이으려는 듯 손을 뻗혀 서로 잡으며 칠석
날 밤 까치를 늘려가고 있다. 장차 우리나라 관광 명소가 될 것이

라 예견되는 점전이 떠 있는 아름다운 천사 섬 뗴들.

떠도는 김삿갓 병이 내게 조금 있어 늦은 가을 가까운 수서역에서 목포행 SRT고속남행열차를 타고 종점에 내리니 08:30쯤 되었다.

떠날 땐 남서 쪽 끝 섬 '가거도'로 가자고 가슴에 담았는데 부두에 가니 1회 간다는 배는 떠났다. 항구 안내소에 꽂혀있는 관광지도를 한 장 들고 유심히 보는데 모래섬(砂丘)이 있는 우이도 행 배 시간이 번쩍 눈에 띠였다.

사막 아닌 나라에 지도에 표시 될 만큼의 모래섬 이라니? 표를 사서 올랐다. 몇 개의 섬을 거쳐 마지막 종착지까지 3시간 정도. 여객은 많지 않았다. 섬을 거칠수록 동행 나그네들은 점점 줄었다. 숙소 사정도 모르고 예약도 않은 채 미지의 섬을 가는 것은 상당히 무모 했다. 섬에 도착하면 해가 얼마 남지 않은 늦가을이다.

홀로 심심하여 선상으로 가 바다와 점점이 서 있는 섬들을 더 많이 보고 싶었다. 선상에는 내 또래의 남성이 홀로 앉아 안주도 없이 페트병에 소맥의 술을 훌쩍이고 있었다. 다가가 인사했다. "어느 섬으로 가시나요?" "우이도로 가서 모래 산 좀 보려고요". 아 하 일순간 이러게 만난 인연의 벗도 있다며 위안 받았다. 내처럼 떠돌뱅이 유전인자를 지닌 분들이 더러 있는 모양이다.

선상에서 인사를 나눈 목적이 같은 벗은 국내외 여행을 많이 다닌 전문가였다. "여행은 거의 홀로 다닌다며 그래야 사색도 하고 여행 맛"이 난단다. 내보다 훨씬 고수다. 한국의 섬 여행은 동쪽의 울릉도 남쪽의 마라도 서쪽의 가거도 북쪽의 백령도는 꼭

가봐야 한다. 고 부연했다.

　난 지인들의 도움을 받기도 하면서 울릉 마라 백령도도 1박2일 홀로 여행했다. 가는 곳마다 시 한편씩은 얻었다. 출발 때 생각처럼 '가거도'로 갔으면 선상에서 만난 벗 얘기처럼 우리나라 섬 순례의 코스와 우연일치인 가거도는 영영 글렀지 싶다.

　전주에 산다는 두 살 아래인 권씨는 "신안 앞바다에 점점이 떠 있는 섬들을 연결하면 우리나라 관광의 보고寶庫입니다."고 했다. 우이도 행 여객선은 긴 수행의 수도승처럼 섬들마다 내려놓아 다 비워버렸다. 종착포구에는 우리 두 명과 광주에서 보일러를 고치러 간다는 젊은이 셋만이 남았다.

　보일러공의 주선으로 민박집 한 칸 방에 짐을 풀고 두 사람은 찬란한 서해바다 노을빛을 짊어지고 모래산(砂丘) 오르기에 나섰다.

　사막도 아닌 외딴 곳에 이렇게 높은 모래산(砂丘)은 지도에 점을 찍을 때부터 뜻밖이었다. 곳곳에 바람이 이리저리 수놓은 흙처럼 가는 모래 위 그림은 탄성이 나올 만큼 신비롭다. 우리는 감탄하며 걸어 올랐다. 아무 설명도 없는 이 큰 모래산은 자연경관지로 지정하여 관리했으면 싶다. 산의 양 쪽이 해수욕장으로 수많은 세월 바람이 양편에서 밀어 올려 산을 이루었으리라 짚어본다.

　바람이 이처럼 큰 모래산을 만든 풍랑의 시간이 얼마였을까. 서쪽에서 올라 동쪽으로 넘을 때까지 금색으로 물들인 태양은 기다려 줬다. 저녁에 주인아저씨랑 셋이서 소주와 맥주를 섞어 캬 캬 기울이며 담론을 나누었다. 집주인은 서울 석촌 호수 부근에서 살다 귀향한 늙음의 그늘이 다가서고 있다. 작은 보트로 생미역을 건져 올리고 통발도 놓아 주문판매로 재미롭게 산단다.

이튿날 일찍 목포로 돌아오는 뱃길에 권 씨는 자신은 전에 가 봤다며 도초도를 둘러보라 권했다. 우이도에서 육지로 나오는데 도초도는 첫 번째 기항지다. 도초항에서 권 씨와 헤어졌다. 섬 입구 돌비에는 아득히 청동시대부터 사람들이 살기 시작했단다. 마침 섬을 도는 미니버스 시간과 맞아 버스를 타고 섬을 둘러보았다. 깜짝 놀란 것은 넓은 평야다. 밭이나 좀 있을 것으로 짐작했는데 섬에 논이 펼쳐진 평야는 뜻밖이다.

버스에 오르내리는 아낙들은 굽은 허리를 펴며 버스바닥에 주저앉아버렸다. 구수한 전라도 사투리를 쏟아내는 굵은 주름진 아낙들이 나눈 이야기는 욕이 반이다. 지인끼리 대화 중 "지랄하고 자빠졌네 시방" '지랄'은 몹쓸 병명이다. "000댁 아들이 서울 가서 잘 됐땀서 인자 팔자 늘어지겠네 잉…. 그런 욕은 거부감 없이 친근감을 주는 익살이다.

섬을 한 바퀴 돈 미니버스기사는 혼자 남은 나를 보곤 어디로 가느냐고 물었다. 비안도로 가렵니다. 도초도와 비안도는 다리로 연결 되어 있었다. 친절한 운전기사는 비안도 가까운 곳까지 태워다 주곤 "귀경 잘하고 가세요."한다. 감사인사 후 배려에 감사했다. 섬끼리 잇는 다리를 홀로 걷는 길은 힘들었지만 일진이 좋은 편 아닌가.

당대 세계바둑계를 제패한 천재 이세돌 고향 비안도 바닷가엔 명사십리 고운모레가 펼쳐져 있다. 맨발로 한 참 걸으며 '세돌碑

똘'.이름 속에 당대 세계최고의 바둑천재가 함축 되어 있는 듯 심오하다.

창호가 수년 간 누린 세계바둑제왕 자리를 세돌이 앗아 수년 간 제패했다. 바둑계에 AI(인공지능)가 처음 등장했을 때(영국에서 개발) 세돌과 다섯 판 겨루기에서 한 판만 세돌이 이겼다. 세돌은 처음 AI를 무시했지만 인간지능 과학 앞에 그도 무릎 꿇었다. 사람이 진 것 아니고 내가졌다. 사람을 챙겼지만 지금 온 세계가 AI기술경쟁에 국운을 걸고 투자한다.

세돌의 모교 비안초등 분교는 학생이 없어 이세돌 기념관으로 꾸몄다. 중국의 한 부자가 10억 원 상금을 걸고 10판 6승제로 양국의 최고 기사 이세돌-구리와 대결할 때 비안도에서 딱 한 판 두었는데 방송사 기자들이 몰려들었다는 안내자가 자부심 담은 얘기를 했다. 게임은 6승을 먼저 한 이세돌이 10억 상금을 거머쥐었다.

세계 1등!! 고교시절 교감선생님이 조회시간에 고등고시에 합격한 판·검사보다 세계 1등 운동선수가 되라는 말씀을 소환했다. 어느 분야든 세계 1등은 대단히 위대하지 않은가.

다른 날 가까운 수서역에서 이른 고속열차를 타고 09:00전 목포역에 도착했다. 09:30에 출발하는 신안군청에서 무료 운행하는 순환버스가 연결된 큰 섬을 일주하는 코스다. 압해도와 다른 섬을 연결해 놓은 천사교는 우리기술이 펼친 예술이다. 천사교는 최첨단 현수교와 사장교 서로 다른 공법으로 연결하여 바다 위 날씬한 장관을 이룬다. 이 섬을 건널 때 풍랑을 만난 제자들을 구한 성경구절이 떠올랐다. 기술은 독생자 예수의 능력도 따라잡고 있구나.

3개 큰 섬 원근에는 점점이 작은 섬들이 아랫도리를 하얗게 걷어 올리고 푸른 머리칼로 예쁘다. 찾아 간 섬에는 몇 아름 크기의 해송단지가 사랑의 전설을 이고 서 있었다. 광주(덕헌)와 순천(청하)에서 온 벗과 셋이서 아름을 펴 재어보았다. 둘레가 이만큼 큰 소나무는 처음이다. 모래사장도 맨발로 걸어 즐기고 점심은 식당가에 내려놓으면 각자 맛을 골라 먹는다.

여행 중 뜻밖에 추상화의 거장 김환기 고택과 만났다. 화가는 아이들 셋인데 상처했다. 일제 강점기 난해한 시와 소설로 유명한 이상과 결혼하여 졸지에 청상과부가 된 여류문인 변동림이 김환기와 살았다는 소개책자가 흥미를 끌었다. 변동림은 문학과 화가를 겸비한 여성으로 당대의 그림과 문학의 최고 두 분과 살을 맞댔다. 행운이었을까?

다른 날 노벨평화상을 받은 김대중대통령 생가가 있는 하의도 후광마을을 찾아가는데 목포항에서 여객선으로 3시간 넘게 걸렸다.(지금은 육지와 연결 됐다함) 후광마을은 선착장에서 4킬로 정도 걸었는데 시누대밭 언덕 아래 한 채뿐인 아담한 고택을 군청에서 관리하고 있었다. 집 앞으론 작은 들판과 염전들이 펼쳐졌다.

구미 박정희 대통령 거제 김영삼 대통령 생가를 찾았던 생각과 겹친다. 1970년대 선거에서 박대통령의 중화학공업론과 김대중 4대국 안전보장론. 총통제로 갈 것이란 장충단공원에서 화끈했던 경쟁이 떠오른다. 신라호텔 철제울타리가 넘쳐나는 군중들의 당김으로 무너졌었다.

김대중도 대통령 되기 전에 반 원전을 주장하다 에너지의 심각성 얘기 듣고 기자회견을 통해 원전수용으로 전환했다. 에너지 자급률이 5%밖에 안 된 우리 실정을 공부하고 건전하게 변절했다. 문재인은 선배 대통령들의 고심에 찬 결정을 내몰라 라 반 원전을 하여 한전을 수렁에 빠지게 하고 전기요금 상승 압박과 원전의 해외진출 기회를 놓쳤다. 대통령은 프로여야 한다는 생각을 들게 한 교훈을 남겼다.

소위 인권운동가로 분류되는 후광은 정보화고속도로 과학기술자 상훈제정 등 과학기술을 기반으로 경제성장에 노력했다. 공산주의라고 씌운 모자는 허울이었는지 민주화 바람에 날아간 것인지. 아이엠에프 경제위기를 맞아 금 모으기에 함께하고 기초연금 복지정책을 처음으로 펼쳤다.

정치목표인 미국 일본 소련(러시아) 중국과 친교로 4대강국 안전보장도 기술이 일으킨 경제 대국을 바탕으로 노태우대통령이 길을 터놓아 자연스럽게 더 다졌다. 남북교류도 노태우대통령이 물꼬를 터놔 그 위에서 평화를 다졌다.

자그마한 전시장으로 바뀐 생가에는 납치와 정치적 고초 노벨 평화상 수상 등 애환의 사진들로 채워져 있다. 누구든 대통령이 된 뒤 조금 지나면 국민들로부터 욕을 먹기 시작한다. 그 욕이 거름이 되어 우리대통령들은 국민과 함께 후진국에서 선진국에 이른 자랑스러운 자유민주주의를 세웠다.

하늘나라엔 적과 원한이 있을 리 없다. 한 시대를 겨루던 용들은 세웠던 비늘을 내리고 조국의 번영과 자유로움을 보며 어깨동무하고 지난 대결을 씻고 하하하! 웃고 있을 것 같다.

푸른 물에 몸을 담그고 서있는 천 사개의 섬들은 온유하고 평화롭다. 젖을 빨며 남도 바다의 품에 안긴 아늑한 섬들은 이웃끼리 손을 뻗혀 잡으며 신비의 꿈을 꾸는 사슴 떼 들이다.

내게 시詩 네 편을 안겨 준 노을빛 가득채운 아름답고 그리운 순례지다.ㅎ

여음餘音

　1971년 01월 03일 결혼하여 54년 간 먹을 것 입을 것을 뒷바라지 한 아내 김은자 여사가 감사하다. 두 자녀와 며느리 사위 네 손주들도 행복덩어리다.

　사대독자 집안 부모님과 형제자매 조카 종손들이 곳곳에 흩어져 긴 징소리로 퍼지며 가슴에 돌아온다.

　30여 년 간 오르내리는 5층 아파트에서 마주보고 살아온 아줌마와 아내의 주고받은 정이 고맙고 아저씨와 나의 정제된 대화는 복이요 기쁨이다.

재직 기념패

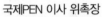

국제PEN 이사 위촉장

홍조근정훈장(대통령)

제8회 한국문학백년상
(한국문인협회이사장)

▶과학시인: 문학평론가 이유식 이명재 김재엽 박사가 詩集 평 중 붙인 이름

여산송씨 「양헌공파陽軒公派」 공원묘지

2023년 9월 아우와 조카 손주 들과 함께 흩어져 있던 조상묘를 한곳으로 모셨다.

– 전남 고흥군 대서면 상남리 온동 뒤 선영

* 陽軒 : 햇빛 찬란한 따뜻한 집